普通高等学校美术学（教师教育）本科课程教材

总顾问

朱训德　尹少淳

顾问委员会

郑林生　梁　玖　杨国平　宋子正

谢丽芳　廖少华　李昀蹊　朱小林

主　编

洪　琪　谢　雳　陈卫和　孟宪文

副主编

秦　宏　冯晓阳　席卫权

黄　露　华　年　谭亚平

编　委

（以姓氏笔画排名）

王立民　王宗雪　冯晓阳　龙湘平　付宙华

华　年　曲湘建　刘永健　许长生　任　苗

向　昕　李月秋　李心生　李毅松　李尧嶷

李亚男　陈升起　陈秋伟　陈志强　陈卫和

陈志平　陈　铿　吴　猛　吴宗勤　肖丽晖

肖　弋　邹少灵　邹正洪　杨球旺　张容舟

谷利民　孟宪文　易建芳　周功华　罗湘科

洪　琪　段　鹏　段宇辉　赵正明　赵　晖

姜松荣　郝亚丽　贺　炜　贺观清　席卫权

秦　宏　秦　华　唐　杰　黄　露　郭建国

黄礼攸　黄　蓉　梁丽君　曹伟华　谢　雳

彭　飞　蒋君兰　蒋湘琴　漆跃辉　滕小松

普通高等学校
美术学（教师教育）
本科课程教材

美术教育资源

Resources of Art Education

编著/洪琪 唐杰

湖南美术出版社

总 序 Preface

2005年教育部印发了《关于〈全国普通高等学校美术学（教师教育）本科专业课程设置指导方案（试行）〉的通知》（教体艺[2005]2号），2007年又印发了《教育部财政部关于实施高等学校本科教学质量与教学改革工程的意见》（教高[2007]1号），但普通高等学校美术学（教师教育）本科专业的教学改革仍进展缓慢。

普通高等学校美术学（教师教育）本科专业的教学改革之难其原因何在？我们认为与以下三个方面关系甚密：

第一，固守原有教学模式，对课程改革意义认识不足是普通高等学校美术学（教师教育）本科专业改革的关键问题。教育部教体艺[2005]2号文件，对普通高等学校美术学（教师教育）本科专业的培养目标作了明确的定位，即"本专业培养德、智、体、美全面发展，掌握学校美术教育的基础理论、基础知识与基本技能，具有实践能力和创新精神，具备初步美术教育教学研究能力的合格的基础教育美术教师和社会美术教育工作者"。由此可见，高等院校的美术学（教师教育）专业要始终把服务基础美术教育作为办学的宗旨，充分考虑基础美术教育领域的需求，以此作为专业建设与定位的出发点和立足点，努力夯实本专业生存和发展的基础。

第二，普通高等学校美术专业教师不能适应课程改革的要求，是普通高等学校美术学（教师教育）本科专业改革的屏障。目前，普通高校美术院系的教师大多来自专业美术学院或曾受专业美术学院模式影响的师范大学，他们有较强的美术创作能力，但缺乏对基础美术教育的了解，缺乏适应新课程标准的教学知识准备。

第三，缺少与"指导方案"相匹配的教材，是制约普通高等学校美术学（教师教育）本科专业改革发展的瓶颈。专业建设关键是课程设置，而课程设置的基本要素在于教材的建设，自教育部下达《关于〈全国普通高等学校美术学（教师教育）本科专业课程设置指导方案（试行）〉的通知》（教体艺[2005]2号）后，尽管有部分院校进行了一些课程改革的尝试，但是在教学中只能依托东拼西凑的教材或无教材可循，大大降低了教学效能。

为了推动普通高等学校美术学（教师教育）本科专业的改革，我们联系了几所勇于改革的高校和一部分勇于挑战的教师，编写了这套《普通高等学校美术学（教师教育）本科课程教材》。本套教材以基础美术教育为纽带，在适应和贴近基础美术教育改革的前提下，对教材内容进行选择，对教材的体例进行了大胆创新，采用了单元提示、案例导入、学习内容、延伸与拓展、单元小结的结构形式。学习内容分技能、理论两类课程展开，技能类包括兴趣激发、尝试练习、原理呈现、实践领会，理论类包括兴趣激发、引发讨论、知识呈现、思维拓展。在延伸与拓展中有知识点击、思考练习、学习研究、相关文献，旨在拓展知识，启发学生的思维。

本套教材的推出，属一家之言，难免出现错误，还望老师和同学们多提宝贵意见，如果本套教材有助于普通高等学校美术学（教师教育）本科专业的改革，便是我们最大的欣慰。

湖南理工学院美术学院院长　洪琪教授

2010 年 7 月 8 日

目录

Contents

本书编写的主要目的是适应中学美术新课程在全国各地大力推行的师资需求，培养具有实践能力和创新精神，具备初步美术教育教学调查、研究能力，能结合当地物产资源、文化特色资源，创造性地开展美术活动的合格的基础教育美术教师和社会美术教育工作者。

在编写思路上，首先是理论篇，阐述的是美术教育资源开发的基本问题，即美术、美术教育、美术教育资源的关系，界定美术教育资源的发展内涵，说明地方美术教育资源开发的意义所在，确立美术走向文化深处（民族文化、地方特色资源文化）的基本底色。其次分两条脉络，以城市和乡村的文化基础设施和民间特色文化资源展开，探讨各自的美术教育资源的开发与利用之路，是为策略篇。具体而言，城市美术教育资源的开发着重从走入校园环境、走入日常生活、走入美术殿堂、走入创作现场、走入名胜古迹、走入园林景观、走入传统节庆、走入城镇民居、走入生态空间等课程教学来展开；乡土美术教育资源的开发着重从走近民间编织、走近民间剪纸、走近民间印染、走近民间服饰、走近民间雕刻、走近民间玩具、走近民间年画、走近民间活动等课程教学进行拓展。城市和乡村的美术教育资源开发并不是平行不相交的，而是互相借鉴、彼此观照的两条路径。教材的最后部分聚焦在信息化网络资源的开发与利用上。随着网络资源的普及，它进入学校教师和学生生活，成为师生知识和生活经验的一部分。新一轮课程改革明确提出将迅速提高青少年的信息素养作为渗透素质教育的核心要素，并力求将信息素养的培育融入有机联系着的教材、认知工具、学习过程以及各种教学资源的开发之中。信息化网络资源在美术教育中的普及应用，必将大大拓展美术教育的时空，展现一个全新的世界，是为拓展篇。

在具体的内容编排上，选择一些经典的、具有代表性的案例和教学模式，并在每讲后面附有相关的美术课堂应用教案，为美术教学工作者结合实际情况开发美术教育资源提供可资借鉴的"范式"；知识点击、思考练习、学习研究等模块在于拓展课堂学习内容，为深入学习、研究提供某种契机。新的美术课程标准颁布后，美术教育资源的开发成为一个新的课题，各地都在研究、探讨独具特色的美术教育资源开发之路。这种气氛对开展研究、进行教学都是大有裨益的，在前进的路上我们一起努力吧！

洪琪

2010年7月

理论篇

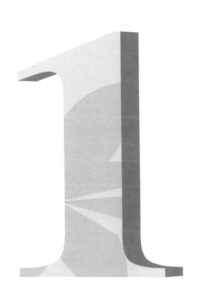

第一单元
美术教育资源的 "版图"

单元提示

　　课程资源是形成课程的要素来源，也是实施课程的必要而直接的条件，第八次国家基础教育课程改革将"课程资源的开发与利用"作为重要概念列入国家颁布的各学科课程标准之中。美术学科教育同样需要借助教材之外的资源才能完整地实施课程，创造性地实践美术教学内容。美术教育资源的开发和利用旨在充分发挥社区、学校、教师、学生等各方面的课程资源优势，形成学生的创新精神和技术意识，为促进学生个性形成和全面发展服务。这一单元之所以叫做"美术教育资源的'版图'"，目的在于为后续美术教育资源开发的实践勾勒一个大致的理论边界。美术教育资源的内部因子是什么，它们之间的内在关系是怎样的，有怎样的结构序列？在这一单元里，我们通过阐述美术、美术教育、美术教育资源之间的关系，了解美术教育资源的内涵、文化资源如何向美术教育资源转化等问题，来澄清理论上的认识，提高美术教育资源开发实践上的有效性。

第一讲　美术教育资源概述

一、美术、美术教育、美术教育资源、地方美术教育资源

（一）美术

"美术"一词是西方舶来的，移入汉语后内涵不断地发生聚合、变化，直到成为具有当下意义的、今天所指称的"美术"。20世纪初时任民国政府教育总长、北京大学校长的蔡元培，在其撰文和正式场合中频频使用"美术"这个词。不过，他所谓的"美术"除了包括"建筑、雕刻、图画"以外，还包括诗和音乐，其含义近似于我们今天所说的"艺术"。在西方，"艺术"同"美术"本没有严格的区分，拉丁语系使用"art"既作艺术解，又作美术解。它最初源于古罗马的拉丁文"ars"，泛指各种人工制作的产品，当然也包括音乐、文学、戏剧等，甚至还包括美术、魔术、医学等等。18世纪法国美学家阿贝·巴托在研究艺术形态时，把"艺术"分为三类，其中，他把绘画、雕塑、音乐、舞蹈和诗归为"美的艺术"（fine arts），这可能是"美术"一词的直接来源。美术是最古老的艺术门类之一。在很长的历史时期内，它是直观反映现实和掌握世界的唯一的艺术手段。人类对于客观世界无比丰富的形状和色彩的强烈关注和浓厚兴趣，对于采用直观方式反映生活和表达情感意志的愿望，对于物质产品和其他一切可视事物的审美要求和理想，是美术发生和发展的深厚根源。

美术是以一定的物质材料为手段，在实在的三维空间或平面上塑造可视的静态艺术形象，以此反映社会生活和表达艺术家思想情感的一门艺术。由此，它又被称为造型艺术、视觉艺术、空间艺术和静态艺术。从广义上讲，美术包括绘画、雕塑、建筑、工艺美术、设计、园林、书法、篆刻等几大门类，每个门类又可以细

分为许多品种，如绘画可分为油画、国画、版画、水彩画等，这是按照他们所使用的物质材料及其制作方法的不同来划分的。根据功能不同，美术可以分为纯美术和实用美术两大类：所谓纯美术，主要指满足欣赏和娱乐等精神需求，以审美为目的的美术，主要包括雕塑、绘画、书法、篆刻等；所谓实用美术，主要指以实用为目的的、与审美相结合的美术，包括建筑设计、园林设计、工艺美术和工业设计等。美术在形态上还有具象美术与抽象美术之分，具象美术模拟自然中原有的形象，抽象美术则创造高度提炼的形象。

美术具有什么特征呢？可以从造型性、视觉性、空间性、静态性四个方面来把握。造型性是指用一定的物质材料在平面或三维空间里将客观事物本身所固有的视觉形象固定下来，以静态方式再现世界的可视的、感性的真实存在。造型有立体造型，也有平面造型；有色彩造型，也有黑白造型；在现代观念中，有具象形式的造型，也有抽象形式的造型。造型的手段比较多样，比如雕塑通过塑造、刻镂；建筑艺术通过间架营造；工艺美术通过镂、刻、蚀、切、削等等。美术的视觉性，是就审美主体与审美对象之间的感知媒介主要是视觉而言的，美术的创造和欣赏都必须通过视觉来进行。艺术家通过视觉感官并借助于相应的审美手段如线条、色彩等，把审美心理加以物态化，创造出艺术作品，以传达审美经验；观赏者同样通过这种审美器官以及相应的审美形式去接受艺术作品所传达、表现的审美心理，从而产生审美愉悦。离开了视觉，也就谈不上审美造型艺术及其欣赏了。美术的空间性和静态性分别对美术的存在方式和存在状态进行把握。一般地说，绘画的空间性质依靠视觉，是通过透视、色彩、明暗等手段，在平面上产生现实空间的假象；雕塑和建筑除视觉外，还离不开触觉和动觉，雕塑是以实体空间为主，建筑是虚、实两

种空间同时具备的立体艺术。不论是绘画还是雕塑，它们都只能反映客观物象发展过程中的某一瞬间的状貌，只能塑造存在于空间的静止形态，而不能像舞蹈等时间艺术那样表现动态过程中的活动形象，这就使美术作品的形象具有瞬间性和静止性的特点。

（二）美术教育

美术教育究竟诞生于何时，似乎很难确证。但基于我们对文化发展与教育之关系的认识，可以认为美术教育与美术的起源基本上是同步的，换言之，美术诞生之日就是美术教育诞生之时。因为人类任何重要的知识的形成和技能的成熟都是由教育活动引起、承接，并使之世代延续发展的。具体来说，既存经验和认识使得以后的美术实践活动更明确、简便和有效，同时，美术实践活动又使原有的经验和知识得以检验、修正、充实和完善。若缺少教育，则没有今天的文明；若缺少美术教育，则没有人类今日的美术文化。

美术教育虽是一种历史悠久的教育门类，但直到19世纪，美术教育这一名称才在德国出现。起初，美术教育这一术语所针对的并非培养美术人才的教育，而是指提高普通人的艺术趣味和鉴赏力。其直接动因是为了改善当时欧洲社会工业文明导致的机械、呆板、了无生趣的生存状况。由此甚至引发了一场蔓延欧洲的美术教育运动。这场运动的主要代表人物是德国哲学家康拉德·朗格（Konrad Lange）和美术史学家阿尔弗雷德·里希特瓦克（Alfred Lichtwark）。美术教育的内部构成有多种类型，据《牛津艺术指南》所做的划分，美术教育至少包括这么几类："专业画家和雕塑家的教育，爱好者的教育，以及作为儿童普通教育的一部分的儿童教育。"

美术教育的德文表述为"Kunsterziehung"，英文表述为"Art Education"。无论是从英文表述还是从中文表述来看，美术教育都是个合成概念，即由美术和教育合而为一。其研究指向既区别于纯美术学科，也区别于纯教育学科，而是两者结合的产物。因此，美术教育的含义可以通过美术与教育两个方面体现出来，也就有

了美术取向的美术教育和教育取向的美术教育。美术取向的美术教育的着眼点是美术本身，即从美术本体出发，以教育为手段，发展和延续美术文化，换句话说，即借助于一定的教学方式和手段，横向或纵向传播美术知识与技能，促进美术文化的发展。教育取向的美术教育的着眼点在教育，即由教育的价值看待美术教育，以美术作为教育的媒介，追求一般教育学意义的功效。换句话说，就是通过美术教育有目的地培养人的道德、审美、意志、智力和创造性等基本素质和能力，以及进行心理疏导和艺术治疗。美术取向的美术教育对应的是美术专业方向的教育，而教育取向的美术教育则对应的是普通美术教育，或者说是学前及中小学美术教育，强调的是对美术的欣赏能力及审美趣味的培养。虽然这两种美术教育在性质和目的上有某些区别，但是他们实际的关系是对立统一、相互依存、互相通融的。虽然普通学校的美术教育不以专业美术人才的培养为己任，但它却为专业的美术院校培养了丰富的人才资源，更为重要的是，它为美术文化提供了数量众多的接受者——对美术有较浓厚兴趣，有一定美术文化知识和某种程度的艺术实践经验的社会成员。他们是多样性美术文化存在和发展的条件，缺少这一条件，美术文化则不可能有较大的社会性，其自身的发展就不可避免地带有局限性。从教学空间上进行划分，美术教育可以分为社会美术教育、学校美术教育和家庭美术教育，如表1-1[1]

表1-1　美术教育的分类

美术教育	社会美术教育	美术展览
		博物馆展
		媒体展览
		社会环境
		个人传艺
		各种培训班
	学校美术教育	美术学校专业美术
		普通学校美术教育美术
	家庭美术教育	家庭教师
		长辈传授
		家庭环境

① 杨建滨主编. 美术学科教学论[M]. 武汉：湖北美术出版社，2002：16.

所示。

美术教育是一种重要的文化教育活动。它产生于人们延续美术文化、传播社会知识、表达内心情感、满足审美需求的愿望，并随着人类社会的进步和发展而日趋成熟。在物质文明和精神文明日益发展的今天，美术教育越来越受到社会的重视，正迎来它最好的发展时期。

（三）美术教育资源

美术教育资源是指一切可以为美术教育服务的资源，包括现有的资源和潜在的资源。按照课程资源的功能特点，美术教育资源可分为素材性资源和条件性资源。素材性资源是指知识、技能、经验、活动方式与方法、情感态度和价值观以及培养目标等方面的因素。条件性资源是指直接决定课程实施范围和水平的人力、物力、财力、时间、场地、媒介、设备、设施和环境，以及对课程的认识状况等因素。但必须注意的是，上述两者并没有截然的界限，有许多课程资源中既包含着课程的素材，也包含着课程的条件，例如美术馆、图书馆、互联网、人力和环境资源等。按照空间的分布不同，可以分为校内课程资源和校外课程资源。

此外，对"美术"的内涵和外延的不同认识，也影响到对美术教育资源的理解。不同地域、不同文化背景下的人们对美术的内涵不断充实和拓展，使"美术"不再是人们头脑中油画、国画、雕塑、工艺等概念的代名词。随着商业广告、电影电视，尤其是电子媒体和计算机网络的快速发展，图像和影像充斥着整个社会，成为人们接受社会信息最为直接的媒体和方式之一。正是在这种社会环境中，一个新的名词——视觉文化应运而生。什么是视觉文化？美国学者尼古拉·米尔佐夫（Mirzoeff）认为，"视觉文化即是每天的日常生活"。在此基础上，台湾学者郭桢祥、赵惠玲给视觉文化的定义是："每天的日常生活中，能建构并传达出吾人态度、信念，以及价值观之视觉经验。"[1] 视觉文化概念提出的意义在于其扩大了美术教育的范畴，也让学生对视觉经验的积累从学校扩展到到了社会。因为视觉

文化让学生将眼睛所见的一切都变成了发展他们视觉经验的资源。美术教育可以从视觉文化中获取养分，或者说从视觉文化中选择一些内容加以组织使之成为美术教育的内容。

后现代主义思潮对包括美术教育在内的文化教育领域也起了很大的作用。后现代主义思潮倾向于意义的不确定性，注重事物之间深刻的关联，认为任何事物的意义是无法从该事物本身作出解释的，而只能从它与某个事物或其他事物之间的关系中来领悟。这种后现代观点对教育和课程的寓意非常深远，对世界各国学校美术教育产生了很大的影响。具体来说，20世纪90年代以来，各国美术教育改革出现如下倾向：[2]

1. 艺术教育列为学校的核心课程。艺术教育被认为是促进社会动力的教育，是培养具有创意及多方面技能的国民的重要环节之一。

2. 生活技能为本（skill-based）（而非美术制作技巧）代替了内容为本的课程，并强调课程的统一和整体。

3. 对艺术的认识不仅局限于艺术品与艺术家，还应认识艺术在社会中的角色和作用等，艺术的价值在于促进人们对文化与社会面貌的深层次认识。

4. 以情境学习取代直线形式的美术史学习。认为采取情境学习的方法学习美术史，以及与美术史有关的其他文化艺术领域，能比较全面地了解艺术与社会的相互关系。

5. 消除高雅艺术与低等艺术的分界。认为多元化主义、多元化的结合构成多元化与多媒体的作品。

在后现代课程观念影响下，学校美术教育更注重美术与文化及社会的联系，设计一种开发的、既能容纳又能扩展的美术课程成为世界各国美术教育改革的焦点。在这样的课程中，美术教育的资源已不再局限于美术学科自身，而拓展至更广泛的范围。

"美术"是构成美术教育的"基础性要件"，它规定了美术教育"教什么"的问题；美术教育资源则回答了美术教育"用什么教"的问题。弄清美术、美术教

---

① 郭桢祥，赵惠玲. 视觉文化与艺术教育//黄壬来主编. 艺术与人文教育. 台北：桂冠图书股份有限公司，2002：345.
② 钱初熹. 美术教学理论与方法[M]. 北京：高等教育出版社，2005：219.

育、美术教育资源三者之间的内在联系及逻辑关系，对理解美术教育资源的内涵，深入把握美术教育资源开发和利用的实质有积极的意义。

（四）地方美术教育资源

1. 地方课程的地位及其开发价值

① 地方课程的地位

在课程体系中，国家课程、地方课程和校本课程都具有十分重要的地位，其各具使命和独特的功能，相互渗透、相互支撑，形成了完整的课程结构。地方课程考虑的主要是使课程具有良好的适应性，促使课程与当地的社会生活紧密相联，与当地生活文化水乳交融。地方课程来自于生活，来自于当时、当地的社会现实，应当是鲜活的、生动的、学生乐于接受的课程。地方课程将国家课程目标具体化，具体到指导学校根据地方特点组织实施国家课程。

地方课程有其独立的地位，不能简单地视其为国家课程的补充或延伸。其一，地方课程和国家课程一样，都是从不同的角度，以不同的形态，承担着促进学生素质全面提高与个性发展的重任，在共同承担为中华民族的复兴奠定基础使命的过程中发挥不同的作用。各类课程之间当然有联系，但要说地方课程服从于、服务于、补充于国家课程，必然削弱地方课程的独特价值和重要作用。要说服从、服务，所有课程都应服从教育方针，服从教育目标；要说补充，国家课程与地方课程应是相互补充的。其二，它们之间的主次、从属和高下之别，并不是由国家、地方和校本的名称或是所占课时的多少来决定的，而是根据课程所承担的任务来确定的。最后，回到新知识观上看，地方课程反映的是地方性知识，地方性知识与普遍性知识同等重要，而且从文化战略和策略意义上看，地方性知识是对经济全球化进程和社会科学本土化思潮的一种积极回应和推进，是对地方性知识、对草根力量的尊重和守护。普遍性知识与地方性知识各具优点，地方课程与国家课程也应处于平等的地位。我们不是削弱，更不是否定国家课程，而是让国家课程和地方课程各居其位，"各领风骚"。从当下的实践来看，地方课程的开发还没有更大

的进展和突破，对地方课程地位与价值认识的不到位，可能是一个重要原因。

② 地方课程开发的价值[①]

首先，从课程管理政策看，地方课程的设置与开发，实质上是课程权力的分配与逐步下放，是我国课程管理政策的重大突破。众所周知，中国历史上的教育管理体制实行的是中央集权制，体现在课程上，自然是中央对课程的集中统一管理。新中国成立以后，又全面移植了前苏联的教育管理理论和经验，把"课程"置于"教学"之下，"课程"的概念及权力只属于中央，地方的任务就是严格按照中央的规定，忠实地组织教学。随着教育体制改革的深入，要求形成具有一定弹性的、有利于调动地方积极性的管理体制，其切入点和突破口就是设置地方课程、校本课程，实行三级课程管理。

其次，从课程体系看，地方课程的设置与开发，健全并完善了我国基础教育的课程体系，是课程结构的一大改革。长期以来，我国基础教育课程体系指的就是国家课程体系。从现实情况看，文化、教育基础各不相同的地区只用统一规定的课程，显然缺乏弹性，难以适应不同地区、不同学校的需要，难以做到为当地经济社会发展服务，也难以培养学生热爱家乡的感情。从理论上看，国家课程多集中在普遍性知识上，它无暇也无法顾及地方性知识，长此以往，就会有偏重精英文化而忽视乡土文化的可能。新的知识观和知识体系告诉我们，在普遍性知识之外，实际上还存在着各种各样的地方性知识，它们是知识体系中不可或缺的组成部分。地方课程的设置与开发，从理论到实践都是对我国课程体系的完善，在坚守学科的同时走向更完整的课程，在坚守国家统一课程要求的同时走向课程结构的多元化。

再次，从课程队伍建设看，地方课程的设置与开发推动地方课程队伍的形成及其水平的提升，是我国课程队伍建设的一大进步。课程是由人创造和实施的，课程权力总是与课程管理者、实施者、研究者的能力紧紧联系在一起的。新课程背景下的教师已不仅仅是课程的实施者，还应是课程的创造者，需要在已有经验的基础上

① 成尚荣. 我们该怎样认识地方课程的地位及意义. 中国教育报，2008-3-21（5）.

进行改造。地方课程的设置与开发对课程队伍的建设提出了更高的要求，也提供了机遇和平台。

2.地方美术教育（课程）资源的开发

美术课程标准非常重视课程资源的开发与利用。美术课程标准指出："尽可能运用自然环境资源（如自然景观、自然材料等）以及校园和社会生活中的资源（如活动、事件和环境等）进行美术教学。"如何有效开发、利用当地的美术课程资源，弥补国家美术课程设计难以兼顾地方特点的问题，使美术课程与学生生活经验紧密联系，引导学生参与民间文化艺术的保护、传承；激发学生美术学习兴趣；增强对家乡大自然和人类社会的热爱及责任感，发展为家乡创造美好生活的愿望与能力，这些都是新的课程改革后美术教师应该思考的问题。

美术教育资源的分布在不同的地区存在明显差异。新的课程标准中指出，要充分地利用各种课程资源，开展多种形式的美术活动。地方文化资源是在当地特定的历史、宗教和地理环境中形成的。它以独特的、稳定的形式存在，是当地人们耳濡目染的最熟悉的事物，也是当地人们赖以生存的重要精神支柱。失去了这种地方文化资源，就等于失去了这个地区最具个性特点的文化精髓。美术课程与地方文化资源的开发和利用，有助于传承地方灿烂的本土文化，共享人类社会珍贵的文化资源。

地方文化资源反映了一个地方的传统特色，是当地精神文化之"根"，让学生了解本土文化，热爱本土文化，无疑是丰富学生美术知识和实践经验的有效之途。在这方面，江山市某中小学作出了积极探索。依托当地丰富的民间艺术、建筑文化、雕塑及山水景观艺术等资源，他们进行了美术地域文化特色资源的开发，建立了美术地方课程资源库，开设了美术地方资源校本课程，创编了校本教材，取得了美术教学的良好效应：

首先以本地自然资源为材料，开展具有地方特色的美术创作。如可利用泥土、鹅毛、稻草、树枝、麦秆、棕榈等常见材料做成小动物、挂件等小工艺品和装饰品。既可以就地取材，节约美术材料上的开支，又可以培养学生有效开发、利用家乡自然资源的意识和习惯，创作出具有地方特色的美术作品。

其次，以家乡为实践基地，开展艺术实践活动。针对具有固定空间形式的建筑、自然景色、文化艺术等资源，他们开展校外写生艺术实践活动，身临其境地对这些艺术建筑的观察、体验，更能引发学生的写生表现欲望，在多样化的表现方法中探究、创造出自己心中的图像。此外还走访风景名胜，拍摄照片、文化采风，感受家乡山石造型艺术和古镇明清建筑群。这样不仅能培养学生热爱家乡的感情，发展了他们的美术实践能力，同时还引导学生联系和关注社会生活。

再次，以美术作品为载体，向校外辐射，宣传保护家乡人文景观。廿八都古镇，这个千年古村落，保留着原生态的民间艺术文化特征。但由于人们对乡土美术文化的认识、开发和保护不够，很多古建筑由于年久失修、风吹日晒，逐渐风化，失去了昔日的风采。以古镇为例，引导学生关注本土文化，组织学生搜集、整理有关资料。2007年3月，学校在橱窗里布置了主题为"走进廿八都"的展览，展出内容包含写生稿、摄影图片、文字资料、美术创作作品。学生在橱窗前时而为雕刻在古建筑中窗花、木梁上的精美图案而惊叹，时而为古建筑遭到破损而惋惜。引导学生通过制作或绘画等多种形式，使具有特色的乡土文化深入学生内心，增强学生的爱乡情感，并有利于他们树立良好的文化保护意识。

他们在实践的基础上拓展了教材资源，编写了自己的美术课程教材。其教材内容按审美性、典型性、适宜性和可融性的原则进行筛选、分类，充分考虑美术本体学习的规律性、儿童各年龄阶段心理和能力的可行性，遵循内容内在推进和结构的渐进关系进行编排，体现与原教材教学内容衔接的特性，如表1-2。

在多元化的背景下，保护和弘扬民族文化和本土文化，是当代文化教育的一个热点，它不仅有利于保持文化生态的多样性，也有利于保护民族文化和本土文化的固有价值，使不同民族和地域的人们产生精神的认同。然而民族和本土文化的保存和弘扬，不能仅仅是以文字的形式进行，也不应仅是图像、音响和声音的记录，必须是一种活化的状态，印在每一个人的心中，才具有旺盛的生命力。因此，注重利用民族文化、本土文化和民间美

表1-2 江山市某中小学校教学计划

阶段	总体目标	学习内容	具体目标要点	课时
第一阶段	初步了解和接触家乡文化和自然风光,激发学习兴趣,尝试和运用自己喜欢的美术语言表达自己热爱家乡的民间艺术之情。	《窗花》	初步了解感受民间剪纸艺术,体验民间剪纸造型、内容、表现主题的艺术特色,激发对民间剪纸的热爱。	1
		《江山点心》	了解家乡特产点心文化,尝试用泥塑的方法制作外形精美的点心。	1
		《灵璧奇石》	感受浮盖石造型之美,尝试用石头造型想象。	2
第二学段	欣赏和感受秀美的自然景色和传统的民风民俗,通过观察、分析、交流、探究和创作引导学生从中汲取营养,积累情感和丰厚文化内涵,形成保护民间艺术和名胜古迹的意识。	《民间刺绣》	欣赏廿八都民间刺绣,感受民间工艺美术,尝试设计构图饱满、色彩丰富的刺绣图案。	2
		《家乡的桥》	感受家乡桥的造型特色,探索桥的造型美,并用水墨画的形式描绘。	2
		《江山风光》	欣赏自然风光,感受家乡的自然景色与人文景观,用记忆画的美术语言加以描绘。	2
		《廿八都风俗》	了解廿八都传统节日以及相关文化活动,感受民间风俗,用文字或绘画的方式记录。	2
第三学段	利用学生熟悉的文化资源整合为学习内容,进行有针对性的艺术主题创作,从而以探究式学习方式进一步欣赏感悟家乡文化特色和艺术价值,传承和弘扬民间艺术,培养创新精神。	《古铺写生》	采用线描的形式描绘古街小巷,感受廿八都的老街风貌和艺术特色。	3
		《文昌宫壁画》	欣赏文昌宫历史文化遗产——壁画,通过临摹,理解家乡古文化。	2
		《淳朴的廿八都人》	观察古镇老人的长相、衣着特点,用线描的形式勾勒。	3
		《仿造古家具》	比较古今家具差异,感受古家具文化,尝试用竹木等材料,以拼插、捆绑的方法仿制一件古家具。	2

术资源进行教育,对于美术的发展至关重要。

二、美术教育资源的相关概念及内涵、分类

(一)课程与课程资源

在了解美术教育资源的内涵之前,有必要阐述一下课程与课程资源的概念,因为从根本上说,美术在学校的学科地位首先是作为一种教育课程而存在的。

课程(Curriculum)是指为实现学校教育目标而选择的教育内容的总和,包括学校所教的各门课程和有目的、有计划、有组织的课外活动。课程是学校教育的核心,它涉及教学过程中教师教什么和学生学什么的问题。狭义的课程指学科,如语文课程、美术课程等。目

前我国的中小学课程主要由课程计划、教学大纲、教材三部分组成。

1. 课程计划

课程计划是指国家教育行政部门根据一定的教育目的和培养目标制定各级各类学校教学和教育工作的法规性文件,又称课程标准。课程计划针对学科的特点和学生身心发展的规律,从整体上决定着学校的性质、培养目标、教学目的与任务、教学内容的范围与应设置的学科、各阶段的教学进度和课时安排以及教学效果评价标准等。如2001年7月由国家教育部制订的《全日制义务教育美术课程标准(实验稿)》,对美术课程的性质与价值、课程目标、内容标准、实施建议做了相关的规定和阐述。如课程总目标是:"学生以个人或集体合作的

方式参与各类美术活动，尝试各种工具、材料和制作过程，学习美术欣赏和评述的方法，丰富视觉、触觉和审美经验，体验美术活动的乐趣，获得对美术学习的持久兴趣；了解基本美术语言的表达方式和方法，表达自己的思想和情感，美化环境与生活。在美术学习过程中，激发创造精神，发展美术实践能力，形成基本的美术素养，陶冶高尚的审美情操，完善人格。"《全日制义务教育美术课程标准（实验稿）》根据美术学习活动方式分成四个学习领域，即"造型·表现"、"设计·应用"、"欣赏·评述"、"综合·探索"；将九年义务教育阶段的美术学习分成四个学段，即第一学段：1~2年级；第二学段：3~4年级；第三学段：5~6年级；第四学段：7~9年级。针对每个学段又提出了各学习领域的内容标准以及相关教学活动建议和评价建议。

2. 教学大纲

教学大纲是国家行政部门规定学校各学科的性质、目的任务、教材纲目和教学实施的法规性文件。以纲要形式规定各学科的知识、技能、技巧的范围和结构，体现了国家对各科教材与教学的基本要求。美术教学大纲的具体作用体现在：它是一切美术教学工作的依据，是编写和评审美术教材的依据，同时也是美术学科考核和美术教师教学评价的依据。

3. 教材

教材是教学大纲的进一步展开和具体化，是教师和学生在知识传授活动中的主要媒介。美术教材是根据美术教学大纲提出的教育目标、目的和任务，选编和组织具有一定范围和深度的美术知识和技能的体系，是美术教育、教学的主要依据。

美术教科书有其特殊性，要求简练的文字、高质量的图片和精美的印刷。此外，还包括一些实物教材、视听教材和计算机信息教材。如表1-3①所示。

关于美术教材的开发，我国现在主要实行的是"一纲多本"的教材建设制度，即由国家制定教学大纲，由各地编写适合于当地使用、多种版本的美术教材，最后由专家按教学大纲进行审定。目前在全国推广得比较好

表1-3 美术教材的分类

美术教材	文字教材：教科书、讲义、图表和教学参考书等。
	图像教材：美术作品原作、画册、画谱、图片、挂图等。
	实物教材：各种美术作品实物类原作，如民间工艺品、雕塑、立体构成、各种石膏模型、道具和专用教具等。
	视听教材：教学影片、录像带、幻灯片、投影片等。
	计算机信息教材：计算机绘图、设计软件、图像资料库、计算机辅助设计教学软件等。

的九年制义务教育美术教材是人民教育出版社、人民美术出版社和湖南美术出版社组织专家编写的教材，简称人教版、人美版和湘美版。在编写教材时，现行的美术教学大纲要求"按10%~20%的课时比例补充乡土教材"，即允许地方和教师自行组织教学内容，编写乡土教材或自创教材，使美术教学更具有地方特色。这些表明美术教材在教学大纲统一性的基础上有了更多的灵活性。

相对于课程而言，课程资源具有各种课程要素的某些特征，但他们不是课程要素，也不是课程要素的某一部分的直接来源。正如矿产资源不能等同于钢材，而是要经过加工提炼之后，改变它的组织结构，才能成为人们所需要的各种钢材。这些钢材所需材料的基本元素在矿产资源中是存在的，课程资源中包含了人类认识的元素，如认识对象、经验、智慧等，这是课程资源与课程存在的内在联系。可是只有当课程资源进入课程系统中，原有要素的组织状态发生变化，才能成为课程活动的目标、内容或实施和评价的方法、手段。因此，课程资源是课程的外部系统，而不是课程系统的组成要素。课程是传递人类文化的一种活动，它以课程资源系统作为依托，但它与课程资源是相对独立的。课程资源一旦进入课程活动过程，就不能称它们为课程资源了。它已经是课程的有机组成部分，要么成了课程内容，要么成了课程不可缺少的支持系统。

顾明远先生在其编著的《教育大词典》中提出了与

---

① 王大根. 美术教学论[M]. 上海：华东师范大学出版社，2008：84.

课程资源相类似的一个概念，即"教育资源"。他认为"教育资源"是指"教育过程中所占有、使用和消耗的人力、物力和才力的总和"。学者徐继存认为：课程资源是课程设计、实施和评价等整个课程编制过程中可资用的一切人力、物力以及自然资源的总和。包括教材以及学校、家庭和社会中所有有助于提高学生素质的各种资源。课程资源既是知识、信息和经验的载体，也是课程实施的媒介。课程专家吴刚平同时也指出，课程资源是指形成课程因素来源与必要而直接的实施条件。

据此，就美术课程来讲，地方美术课程资源是指有利于美术课程目标实现的、具有地方美术文化特色的各种资源的总和。这其中既包括物态的，也包括人文的；既包括校内的，也包括校外的；既包括文本的，也包括图片影像资料等。

（二）美术课程资源开发和利用存在的不足

由于长期以来对技能教学的偏重，美术课程资源在开发和利用的工作中，认识上存在误区，在实践中往往受限。其主要表现在：

1. 课程资源单一的呈现方式

美术课程资源常被简单地理解为教材和教师的技能技法，而实质上，美术课程资源在呈现方式上有文本资源、实物资源、活动资源和信息化资源。而地方文化资源如名胜古迹、城镇民居、民间艺术、民俗活动、自然景观等具有更接近学生生活经验，更为直观、形象的特点，是美术教学中传播民族文化最常用的课程资源，但这方面资源的整合与应用明显存在不足。

2. 课程资源实施的空间局限

课程资源实施空间集中在校内，而校外丰富的课程资源没有得到应有的重视和开发。校外课程资源包括家庭、社区乃至整个社会中各种可用于教育教学活动的设施和条件以及当地丰富的自然资源。而当地的博物馆、美术馆以及其他丰富的乡土资源是美术课程资源的重要内容之一，它将学校所在社区的自然生态和文化生态方面（包括乡土历史、民风习俗、传统文化等）内容进行整合，有选择地进入地方课程、校本课程乃至国家课程的实施过程中，成为师生共同建构美术知识的平台。它对培养学生热爱家乡和祖国的情感，开阔学生视野，加深学生对美术的理解有极大的帮助。

3. 课程资源的内容挖掘不足

由于受"应试教育"功利思想的影响，许多教师、学生和家长把注意力放在了所谓的核心考试科目上，而忽视美术知识与文化的学习，甚至对学生身心发展极有价值的地方文化课程资源也被忽视。开发和利用地方文化资源能丰富美术课堂教学活动，扩大学生信息源，拓宽学生的美术知识领域和艺术视野，使美术课堂教学本土化、生活化、社会化，同时有效地培养学生的主体意识、探究能力和实践能力。

以上存在于课程资源的开发与利用问题上的不足，反映了人们陈旧、落后的课程观、教学观和传统保守的教学行为。所以，我们有必要对课程、课程资源重新定位和认识，走出"教材是唯一课程资源"的狭窄天地。

（三）美术教育（课程）资源的内涵及分类

美术教育资源的内涵比较广，凡有助于创造学习动力、领悟目标、恰当的课业、鼓励和反馈等学习环境的资源，在制订教学活动的计划时都可以考虑进来，进行合理的开发和利用。生活中存在着很多美术教育资源的"原材料"，正如矿石需要经过提炼才能成为钢铁、黄金一样，它们也需要经过发掘、提炼之后才能转化为课程资源，成为有效的美术教育资源。

美术教育（课程）资源有好几种分类方法。按照课程资源的属性分，可以分为物质性资源和精神性资源。前者是指客观的、不以人的意志为转移的物质存在。大到园林景观、名胜古迹等人类文化遗迹等，小到笔墨纸张、生活废弃物等都属于物质性资源。后者是指主观的精神存在，比如学生的生活、学习体验，教师的人生阅历、教学积累等经验资源。师生既是课程资源的生命载体，又是课程资源开发的主体。人作为课程资源的生命载体，具有内生性可以创造出比自身价值更大的教育价值，是课程发展不竭的动力。

按照课程资源的功能特点，可以把课程资源划分为素材性资源和条件性资源两大类。其中，素材性资源是指知识、技能、经验、活动方式和方法、情感态度和价值观以及培养目标等方面的因素。条件性资源是指直接决定课程实施范围和水平的人力、物力和财力，时间、场地、媒介、设备、设施和环境，以及对于课程的认识状况等因素。

按照课程资源空间分布的不同，可以分为校内课程资源和校外课程资源。凡是学校范围之内的课程资源，就是校内课程资源；超出学校范围的课程资源就是校外课程资源。学校内的课程资源主要包括图书馆资料资源和展示美术作品的场所等。图书馆资料资源主要有美术理论书籍、美术教育理论书籍、美术作品集、美术杂志、美术教育杂志、幻灯片、教学录像带、光盘等。新的美术教学活动注重学生自学、合作学习以及教师自主开发新教材，这些都需要丰富的美术教育资源作为参考。用美术作品既可以美化校园，营造艺术氛围，丰富校园文化生活，也有助于提高学生对美术的兴趣与欣赏、评价艺术品的能力。美术教师可以充分利用学校建筑中的门厅、走廊、教室等场所经常展示各种美术作品，如举办课堂作业展览、美术名作复制品展览、美术创作展等。

校园开展的许多活动也可以转化为美术的课程资源，例如学校举办运动会，学生全身心地投入参加，较之平常的活动有更深的活动体验，在美术课上让学生为运动会设计会标、招贴画、表现运动会中人和事都将十分有意义。学校开展艺术节活动时，学生可以看到各种形式的展演。教师以此为契机，组织学生为艺术节设计海报、参加舞台设计、让学生表现艺术节中的见闻等都是很好的美术活动。美术教师只要留心校园生活，大胆抓住时机，就能把这些资源引进到美术课堂中来。

校外的美术资源异常丰富，主要包括：公共文化设施、当地文物资源以及自然环境资源、艺术家工作室和艺术作坊。

第一，公共文化设施。这主要指各地建立起来的众多的美术馆、图书馆、博物馆等公共文化设施以及各种私人博物馆。这些文化设施中拥有大量美术名作、文物、美术文献资料，还提供美术讲座等多种艺术活动，为中小学美术教学活动的开展提供丰富的课程资源。各地的青少年宫、文化宫也可以为学校美术教育提供活动的场所与多样的活动。

第二，当地文物资源以及自然环境资源。包括各地的文化遗产，例如宗教建筑、园林、民宅等；现代城市的环境艺术，例如公共雕塑、建筑，以及自然景观、自然材料等都是美术教育资源。美术教师可以根据教学的需要，充分利用当地的文物资源以及自然环境资源，尤其是应充分利用当地的世界文化与自然遗产、民间美术与民族美术，开发教学内容，设计教学过程，开展各种美术教学活动。

第三，艺术家工作室和艺术作坊。参观艺术家工作室可以了解艺术家的思想、生活以及艺术作品诞生的过程。访问传统艺术作坊，可以了解传统艺术的制作过程以及蕴涵其中的深厚的历史、文化背景。

校外美术教育资源的开发应根据美术课程目标、学生的兴趣需要，以及周围环境所能提供的便利资源入手进行考察。一般对校外一些自然资源、物质资源可以采用实地调查法，通过拍照、摄像等方法收集第一手资料，必要时须对一些人物进行采访并做好记录。有关人文、历史方面的资料可以通过文献资料查询获得。面对校外丰富的资源，教师要能扮演不同角色，具有较强的社会活动能力，必要时可以联系当地文化馆、美术馆、文化局或电视台、报社等文化、媒体单位，以他们为中介寻找想要的资源。

此外，信息技术对于形成新型的美术学习方式具有重要意义。网络上丰富的图片资源为开展美术欣赏教学提供了很多便利，是现代美术课程的重要资源。信息技术的发展为美术学习所特有的形象感知、加工与描述过程的顺利实现，提供了多层次、多角度、多种载体的学习材料，为美术学习提供了更大的自由度和越来越贴近其本体发展的可能。

第二讲　文化资源向美术教育资源转变

一、文化与文化资源

文化资源的着重点在"文化",而非其他。那么,什么是文化呢?人类学家阿尔弗雷德·克鲁伯(AlfredL Kroeber)和美国人类学家克鲁柯亨(Clyd Kluckhohn)在他们1951年所著的《文化:关于概念和定义的探讨》一书中做了统计,在1871到1951年间关于文化的各种定义就有164种之多。莫儿于1965年统计的关于文化的说法达到250种。以后,俄罗斯的学者克尔特曼则发现关于文化的定义多达400种。可见对文化定义的问题已经是学术界和社会界十分关注的热点问题。

在权威工具书中,文化又是如何被定义的?《现代汉语大词典》对文化有三种解释:"① 人类在社会历史发展过程中所创造的物质和精神财富的总和,特指精神财富,如文学、艺术、教育、科学等。② 考古学用语,指同一个历史时期的不依分布地点为转移的遗迹、遗物的综合体……③ 指运用文字的能力及一般知识……"《不列颠百科全书》对文化的解释是:"人类知识、信仰和行为的整体。在这一定义上,文化包括语言、思想、信仰、风俗习惯、禁忌、法规、制度、工具、技术、艺术品、礼仪、仪式及其他的有关成分。"

文化作为人类社会的现实存在,具有与人类本身同样古老的历史。在文化的创造与发展中,主体是人,客体是自然,而文化便是人与自然、主体与客体在实践中的对立统一物。这里的"自然",不仅指存在于人身之外的外在自然界,也指人类的本能、人的身体的各种生物属性等自然性,因为人创造文化的同时,其本身也在文化创造中被改造。一块天然的岩石不具备文化意蕴,但经过人工打磨,便注入了人的价值观念和劳动技能,从而进入"文化"范畴。因此,文化的实质性含义是"人化"或"人类化",是人类主体通过社会实践活动、适应、利用、改造客体自然界而逐步实现自身价值观念的过程。这一过程的成果体现,既反映在自然面貌、形态、功能的不断改观,更反映在人类个体与群体素质的不断提高和完善。

长期以来,人们在使用"文化"这一概念时,其内涵、外延差异很大,故文化有广义与狭义之分。广义的"文化",着眼于人类与一般动物、人类社会与自然界的本质区别,着眼于人类卓立于自然的独特的生存方式,其涵盖面非常广泛,所以又称作"大文化"。梁启超在《什么是文化》中称,"文化者,人类心能所开释出来之有价值的共业也",这"共业"包含众多领域,诸如认识的(语言、哲学、科学、教育)、规范的(道德、法律、信仰)、艺术的(文学、美术、音乐、舞蹈、戏剧)、器用的(生产工具、日用器皿以及制造它们的技术)、社会的(制度、组织、风俗习惯)等等。一般来说,文化哲学、文化人类学等学科的研究工作者多持此类文化界说。狭义的"文化"排除人类社会——历史生活中关于物质创造活动及其结果的部分,专注于精神创造活动及其结果,所以又被称作"小文化"。对文化还有一个经典性定义,由著名的英国人类学者泰勒(Edward Bumett Tylor)于1871年在其所著的《原始文化》一书中所作出的:"文化包括作为社会一名成员的人所获得的全部能力与习惯。"在当代,一个比较有影响的文化定义是意大利哲学家、历史学家克罗齐(Benedetto Croce)提出的,他说:"文化是由外显和内显的行为模式构成;这种行为模式通过象征符号而获得和传递;文化代表了人类群体的显著成就,包括它们在人造器物中的体现;文化的核心部分是传统的(即历史地获得和选择的)观念,尤其是它们所带来的价值;文化体系一方面可以看做是活动的产物,另一方面是进一步活动的决定因素。"

基于文化内涵的丰富性，许多学者尝试从不同的角度对其加以分类。有学者认为文化可以分为两个层面，一是内在的情感与认知层面；一是外在的物质与行为层面。这两个层面具体包括哲学、美学、宇宙观、价值观、意义体系、信仰体系、行为模式、符号、规范等，以及复杂的相关产品，如艺术创作、教育内容、道德标准、分类系统、宗教、传说、礼仪、习俗、律法、语言、日常用品等。其他还有一些分类则更为具体，如饮食文化、丧葬文化、婚俗文化、服饰文化等等。

从广义上而言，一切包含一定的主体思想、具有文化内核的物质载体都可以称之为文化资源。无论是精英文化也好，大众文化也罢，都是文化资源的来源。所谓精英文化是社会精英（通常由官员、知识分子或具有较高知识品位的人）所创造或享受的文化。精英文化具有正典性和主流性，一般趋向于关注和思考人和社会的终极目标，显示知识的优越感，重视认识功能、教育功能和审美功能。

大众文化是以大众为享受者的一种文化，它以娱乐性和消遣性为特征，与消费文化或商业文化相联系。大众文化包括民间通俗文化和大众娱乐文化，现代社会尤以后者为甚。大众流行文化包括电视文艺、综艺、游戏、流行歌曲、时尚报刊、网络文化等。在美术中则包括卡通艺术、艳俗艺术、电脑绘画以及具有刺激性和愉悦性的现代艺术等。

文化形态是指对文化进行形态的划分，并由此形成一个具有统一线索的由低到高的发展序列。有的学者认为人与自然界的物质和能量的交换方式是文化最本质的特征，据此划分为采集文化、农牧文化、工商文化和后工商文化四种文化形态，并对其特征进行描述（如表1-4[①]），对我们深入研究有一定的参考价值[②]。

表1-4　各种文化形态精神文化组面基本特征

文化形态	在世界范围内存在的时间	精神文化组面基本特征
采集文化（初级阶段）	距今300万年至1.5万年前	语言、结绳记事。 经验知识、数的观念、原始艺术、自然崇拜、祖先崇拜、图腾崇拜。
采集文化（高级阶段）	距今1.5万年至1万年前	经验知识。 艺术进一步繁荣。原始宗教、巫术。
农牧文化（初级阶段）	距今1万年至6千年前	精制的艺术品与装饰品。 神话、神的观念。
农牧文化（高级阶段）	距今6千年至300年前	文字、数字、哲学、诗歌、雕塑、绘画、文学以及一些科学分支知识，现代宗教。
工商文化（初级阶段）	距今300年前至100年前	实验科学、力学、分析数学、近代化学、生物学、物理学、社会学、政治经济学、法学戏剧、小说。
工商文化（高级阶段）	距今100年	自然科学、社会科学、人文科学的进一步发展。 各种文学、艺术流派。
后工商文化（初级阶段）	20世纪60年代以后	在分析的基础上，科学的综合化发展，系统论等"六论"为代表。 文学、艺术等具有全球性。变化速度更快。趋同性和多样性并存。

---

① 吕斌. 文化进化导论[M]. 上海：学林出版社，1994：49-50.
② 原书中对涉及文化形态的三个方面：经济组面、政治组面、精神文化组面的基本特征进行归纳，本表中只把与艺术相关联的精神文化组面进行罗列。

文化形态的知识告诉我们文化的发展状态，这种发展状态有利于我们从历史的角度看待文化艺术的演进序列，从而提供了一个认识文化艺术现象的有用框架。当然，不同的民族在特定的自然环境中生存，会形成自己独特的价值观、世界观、审美观并以此形成独特的生存方式，也就形成特定的文化。这种文化是民族精神的依托，被一些学者称为"精神植被"，它使得一个民族的所有成员紧紧地凝聚在一起，使得一个民族拥有自尊的资本，使得一个民族获得生存和延续的生命力，因此，应该得到很好的保护和传承。在经济全球化、文化接触日益广泛的今天，保护和传承民族文化显得尤其重要。保护和传承民族文化，需要理解这个民族的世界观、价值观、审美观、宗教、伦理和哲学思想以及语言、艺术、建筑、工具、衣食住行等。

我国地域辽阔，人口众多，是一个多民族统一的大家庭，具有地区特色和民族特色的文化相互交流和融合，构成了绚丽多彩的中华文化。中国民间文艺家协会负责人冯骥才同志在《谈中国民间文化遗产抢救工程》的一篇文章中谈到："如果说我们民族的精神思想的传统在精英和典籍的文化里，那么我们民族的情感与个性便由民间文化鲜明而直接地表现出来。"传统文化和民间文化在满足现代人生活的一些方面，可能会出现不适的现象，需要被改造，但其核心价值应该得到必要的尊重和保护。

民间文化与传统相关，更多地体现为一种地域性，即一个民族长期生存的过程中形成的文化特质。民族民间艺术是与当地人情风俗密切相关的，并与当地区域文化的历史渊源紧密联系、具有独特乡土气息的一种艺术形式。长期以来，民族民间艺术以其特有的方式传承、发展，孕育了一代代技艺精湛的民间艺术家，创造出一大批精美绝伦的艺术精品。在少数民族地区，我们随处可见美轮美奂的蜡染、大俗大雅的年画、多姿多彩的刺绣、古朴典雅的剪纸、精致富丽的银饰、朴实憨厚的泥塑和豪放粗犷的傩戏面具。这些艺术承载着一个民族地域文化的审美特征，反映了一个民族的生活方式、生活态度，具有独

特的艺术表现形式和组织架构的历史形态。

民间美术蕴藏着极其丰富的内容，从美术人类学的视角来看，民间美术能为学生思维品质的发展和文化价值观的传承作出较大贡献。学生们从小耳濡目染接触不同的民间艺术形式，得到民间艺术的熏陶和良好滋养，这可以为他们体验生活和艺术以及创造性思维的发展做下铺垫。民间艺术走向青少年大众这一事实本身，让文化价值观的传承有了不言而喻之义。

二、文化资源如何向美术教育资源转变

在社会生活当中，我们每个人都不能脱离文化的滋养而存在。文化是人所建构的，反过来文化也在塑造人。它熔铸在我们的灵魂中，决定着我们的情感、态度、思维和行为。我们接受文化的影响，对文化进行传承与建构的途径，除了文本之外就是形象（图形和影像）。美术教育建立在形象的基础之上，帮助我们学会观察、阐述和解读美术作品中的形象和现实生活中的种种现象，从中发现美感，发掘意蕴——个人的经验与文化的意蕴，并以此构筑视觉经验，塑造我们的价值观。

文化资源是美术教育资源开发与利用的源头活水，但这并不等于说，所有的文化资源都可以直接进入到美术课堂教学之中。文化资源不等同于美术课程资源，这中间存在一个转化的问题。转化的过程一般应该包含这么几个环节：

1. 寻找当地的器物与艺术品；

2. 分析其与当地人生存方式的关系和价值观；

3. 分析其美学品质、材料、工具及制作技术；

4. 分析其教育功能和价值；

5. 教育资源转化论证（局部可用还是整体可用，适用的年龄和条件）；

6. 设计课程内容之间的关系（相关性和梯度变化）、教学方法和教学建议；

7. 教学案例。

我们以河北蔚县剪纸艺术为例进行分析说明（表1-5）：

表1-5 河北蔚县剪纸艺术转化过程分析

转 化 环 节	案 例 操 作
寻找当地的器物与艺术品	河北蔚县剪纸艺术作品
分析其与当地人生存方式的关系	蔚县位于北京西南、河北、山西交界处，四面环山，为内地和边塞的交通要道，明清时已经成为旱码头。当地民间剪纸与民俗有着密切的关系，而民俗则是民间群体意识的体现。农耕社会生产力相对低下，农民企盼风调雨顺、丰衣足食、年岁平安、驱邪镇妖，民间剪纸正是这种心理反应的载体，经常出现的有 "松鹤延年"、"龙凤呈祥"、"喜鹊登梅"、"虎年大吉"、"福禄喜寿"等主题。此外，中国戏曲和古典、白话小说在当地农村尤为流行，地方戏曲更是普及，也使得蔚县剪纸多见戏曲人物脸谱。总之，蔚县剪纸，体现了喜庆、吉祥、热闹的价值认同。
分析其美学品质、材料、工具及制作技术	美学品质：(1)鲜活亮丽的色彩；(2)细腻精湛的阴刻刀功；(3)饱满充实的构图；(4)生动活泼的造型；(5)内容丰富的题材；(6)寓意深刻的内涵；(7)雅俗共赏的艺术趣味；(8)多种艺术形态的载体。材料：刻刀、蜡版、宣纸、品色、毛笔等。制作工艺：熏、焖等。
分析其教育功能和价值	教育功能：(1)培养学生的动手操作能力；(2)了解蔚县剪纸的文化意涵和审美品质；(3)培养对优秀民族民间文化的感情。
教育资源转化论证（局部可用还是整体可用，适用的年龄和条件）	蔚县剪纸材料易得，操作简便，适合从小学到高中所有学生学习。低年级可以简化一些操作程序，如熏、焖，图案可以相对简单，同时文化内涵和审美品质方面也不宜过于复杂。随着年级的增加，可以尝试完整地学习蔚县剪纸的制作方法，同时其文化意涵和审美品质也可以趋于复杂化。
设计课程内容之间的关系（相关性和梯度变化）、教学方法和教学建议	蔚县剪纸的课程的结构方式较多，可以根据节令安排课程内容，如春节、元宵节、端午节和中秋节等；可以根据从简单到复杂来安排课程内容，如由对称到非对称、由单色到多色、由部分程序到全部程序、由花卉到人物。教学方法建议：(1)低年级的学生采取制作优先的原则，在此基础上做适当的文化阐释，高年级的学生可在文化阐释的基础上进行制作；(2)注意直观性原则，教师要在掌握基本方法的前提下，对制作的程序和技法要领进行示范，条件允许的情况下可利用图像、影像增加直观性；(3)条件允许的情况下，教师可以采取"走出去"和"请进来"的方式，请民间艺人讲述和示范；(4)要注意学习原汁原味的民间艺术，也可适当地引导学生联系现代生活，进行创作；(5)采取适当的方式引导学生理解剪纸与当地人民生存的关系和价值追求，不要当成单纯的技法学习。在文化解读时，不要过于抽象，可采取比喻、比较和直观等方式使学生达到认识的程度，进而达到认同。
教学案例	可根据情况提供相关案例若干 （略）

地方文化资源直观、形象的特点以及在地理位置上与师生生活经验接近这一优势，必将使它成为美术教学中传播民族文化最常用的课程资源之一。通过有效地组织和利用地方文化资源，引导学生认识地方文化艺术，理解传统文化思想，体会劳动人民辛勤的劳动和高度的智慧；引导、启发学生学会珍惜、继承文化遗产，从小培养学生热爱家乡、热爱祖国的情感，才能使我们优秀的民族文化得以永续不断地传承、发展。

●延伸与拓展

一、知识点击

1. 后现代主义

以怀疑和否定为特征的后现代主义社会思潮诞生于20世纪60年代的欧洲大陆，发展于20世纪70年代，成熟于20世纪80年代。后现代主义艺术观的特点是：① 艺术是一种文化的产物，唯有认识文化的本源及其来龙去脉，并对文化的本质本源产生兴趣和欣赏能力，才能对艺术有深刻的了解；② 试图打破精英艺术与通俗艺术的界限，强调艺术是一种折中的形式并具有不和谐的美感，折中形式组合在意义上产生多种认定标准，可以是矛盾和冲突的；③ 与现代艺术家主张"为艺术而艺术"不同，后现代主义艺术家则寻求艺术与生活的结合。

后现代主义对美术教育的影响主要体现在：① 美术知识等级的淡化；② 美术教育中的泛视觉化倾向；③ 多元状态下本土性和民族性的强化[①]。

2. 多元文化主义

多元文化主义最早诞生于美国，形成于加拿大。加拿大政府在1971年推出的"多元文化主义政策"，成为多元文化主义正式形成的标志。20世纪80年代末、90年代初，多元文化主义超越了政策领域，衍生成为一种政治思潮，而影响甚广。多元文化主义之所以得到越来越多人的重视和认同，并且成为一些国家的文化政策，首先是因为经济全球化浪潮导致了文化认同的危机，使人们看到保护文化生态多样性的紧迫。与此相关的是人们处于对民主性和平等性的关注以及解决多元社会的复杂问题的需要。

多元文化观主张对多元文化现象的认同，主张从多元文化的角度看待不同的文化现象。鉴于多元文化观对文化生态和文化发展十分重要，它在当代社会被广泛赋予了教育学意义，培养学生的多元文化观已成为许多教育门类或课程的共同任务，在这种环境下，自然也就成为了新的美术课程标准所倡导的课程理念之一。

作为美术教师，形成多元文化观可以使我们在对待不同的文化，甚至不认同的文化时，采取更为宽容的态度，承认每一种文化都有其自身的价值。在教学中，注意培养学生的多元文化观，尝试了解和理解其他文化，以丰富他们的思想和文化积累。

二、思考练习

1. 结合实际情况，谈谈如何利用当地地方文化资源充实美术课程资源？

2. 在美术课程资源开发与利用的过程中，学生和教师各自充当什么角色？在创新能力和思维品质等方面，他们会有怎样的自我发展？

---

① 尹少淳. 美术教育：理想与现实中的徜徉[M]. 北京：高等教育出版社，2005:100-113.

三、学习研究

选择一种当地乡土文化资源，参照文化资源向美术教育资源转化的几个步骤，设计一则详细的教学案例。

四、相关知识

1. 教学案例：

为增设美术校本课程，我们做了什么？

美术课程标准非常重视课程资源的开发与利用。美术课程标准指出："尽可能运用自然环境资源（如自然景观、自然材料等）以及校园和社会生活中的资源（如活动、事件和环境等）进行美术教学。"我们在课程安排上与教导处作了沟通，每两周安排一节美术校本课，每学期的最后两周安排上美术校本课，课程表的安排促使美术地方课程走向有序化、正常化。学生在地方美术课程的海洋里快乐地汲取养分。

① 在"乡土风光"中领略家乡的美丽可爱。

我们以课程开发的眼光审视家乡的一山一水，一村一地，把它们变成有生命力的文字与图画，引导学生搜集家乡图片，寻找文化根基，让乡土文化如血液般融进孩子们的生命活动，激发对家乡的热爱之情。如我们引导学生聚焦江郎山，设计了主题为《家乡的山》的校本课，整理了有关江郎山山貌地势的一系列图片，领略江郎山之所以为国家级重点风景名胜区的文化底蕴，当我们再上起《山外有山》教学内容时，江郎山的引入，新鲜又熟悉且富有生活气息，极具亲和力，受到了学生的欢迎。基于家乡风光与课程适宜整合的特点，促使我们对江郎山水景观的相关课程内容进行整理创编。

② 在"民风民俗"中感受淳朴的乡土文化。

随着社会的发展和历史变迁，各种新兴娱乐节目的增多，传统的艺术形式正在被人们所遗忘，甚至消失。家乡除了看得见的自然山水之外，还有丰富多彩的民风民俗、文化积淀可以进入地方美术课程资源。所以搜集整理地方民俗艺术迫在眉睫，将它们筛选整理引入课堂教材编写，如舞龙文化，踩高跷表演，节日里的麻糍、铜锣糕、米糕、粽子等点心制作艺术，婺剧《江郎山的由来》等民间故事等有趣的习俗，以此为学生课内外学习的资源，独具风味。汇集民风民俗的校本课程，让学生徜徉在乡土文化的怀抱中，快乐成长！

③ 在"手工技艺"中感悟文化的传承

在江山廿八都古镇，至今还保留着较完整的明清建筑群，房屋建筑上的窗花雕刻、雕梁画栋、精美的牛腿、合抱的圆柱、木雕构件、根雕、木刻工艺品、遗留下来的古家具、文昌阁中的壁画，都是难得一见的民间工艺品。有着许多像剪纸、焙茶、春年糕、磨豆腐、打草鞋、串蓑衣、弹棉花、刺绣等传统手工项目和做土纸、打铁、铸铜锡器、做陶瓷器，乃至箍桶、浇蜡烛、雕版印刷等特色技术……只有积极挖掘民俗文化、民间艺术资源，才能建设出有特色的美术课程资源。

我们聚焦"乡土"以课程开发的高度探索了一系列的方法与途径，师生合作，搜集、整理、撰写、编辑，编出了《童心童画——江山风物》美术校本教材，这本美术学习材料既可作为课堂学习的教材，也可成为课外鉴赏的补充，它们是那样淳朴自然，贴近生活，可亲可爱，且使用起来具有较强的操作性和指导性，因此受到了师生的欢迎，初步实现了小学美术学科与乡土资源的有机整合。

——摘自郑李慧《美术课程中地域文化特色资源的开发与利用研究》

2. 推荐学习书目：

① 尹少淳.走进文化的美术课程[M].重庆: 西南师范大学出版社, 2006.1.

② 尹少淳.走近美术[M].长沙: 湖南美术出版社, 1998.12.

③ 常锐伦, 唐斌.美术学科教育学[M].北京: 人民美术出版社, 2007.10.

④ 王宏建.美术概论[M].北京: 高等教育出版社, 2003.2.

⑤ 陈雅玲.怎样开发和利用美术课程资源[M].重庆: 西南师范大学出版社, 2006.1.

⑥ 钱初熹.美术教学理论与方法[M].北京: 高等教育出版社, 2008.8.

⑦ 王大根.美术教学论[M].上海: 华东师范大学出版社, 2008.3.

⑧ 王德峰.艺术哲学[M].上海: 复旦大学出版社, 2007.6.

⑨ 黄壬来.艺术与人文教育[M].台北: 桂冠图书股份有限公司, 2002.8.

⑩ 邓福星.美术概论[M].上海: 上海人民美术出版社, 2009.

●单元小结

　　把握美术教育资源开发和利用的内涵和实质要求我们站在更丰厚的理论基点上来看待问题。美术教育无疑应该包含技术，但又绝不仅仅是技术，还应该涉及文化。这是新的美术教育的理念，也是美术教育新的进步与拓展。追寻美术、美术教育乃至对它们的存废根基——文化的观照，是本单元的逻辑线索之一。文化与美术的关系可以形象化地理解为一种母子的血缘关系，美术是文化的儿子，因此了解其母能更好地了解其子。美术既然是文化的产物，通过认识美术的文化本源及其来龙去脉能对之有更深刻的了解。

　　了解美术教育资源的内涵和分类是对其开发和利用的第一步。如果说"美术教育（课程）资源的内涵及分类"在试图解决"是什么"的问题，那么"文化资源如何向美术教育资源转变"则部分回答了"怎么办"的问题。

第二单元
师生经验资源和教学环境资源的开发

单元提示

经验是人类认识的主要形式。人的知识来源于感官的经验，感觉是经验的源泉，经验是知识的基础，没有经验不可能有知识。马克思主义承认经验是一切知识来源的同时，把经验与感觉、感性、知觉联系起来。经验不是从个人的观察和实验中取得的，经验是人们通过自己的感觉器官在社会实践的全部总和中获得的，这样就把经验和社会实践密切地联系在一起。

教育是人类一种特殊的认识活动，教育与经验存在着必然的联系。在所有的课程资源中，人是最重要的课程资源，人作为课程资源的生命载体，具有内生性，可以创造出比自身价值更大的教育价值，是课程发展的不竭动力。经验资源包含教师的经验资源和学生的经验资源，他们既是课程资源的生命载体，又是课程资源开发的主体。环境资源是一种教育元素，它是教学过程中不可缺少的元素。美术教学环境资源，就是一切有助于美术教学实施的客观存在的事与物，包括有形的、无形的、自然的、社会的、精神的。美术教师要善于把握好美术环境资源各种有利因素的利与弊，有效地开展美术教学活动。

第一讲　教师经验资源和教学环境资源的开发

一、教师经验资源的开发

每个人总是不断地接受来自外部的刺激，并体验外部事物形成经验。人的感觉是经验的源泉，经验是知识的基础，但感觉经验不经过整理和综合只能是零散的，不能成为具有普遍性的知识。经验是认识论中一个重要的范畴，经验在人类认识活动中扮演不可或缺的角色。

经验与教育的关系问题，一直是历史上教育思想家研究的主要议题，夸美纽斯、卢梭、裴斯泰洛奇、斯宾塞等都发表过重要的观点。美国教育家杜威通过长期的教育实验，全面而深入地对经验、经验与教育、经验与课程等问题进行研究，出版了《经验与自然》、《经验与教育》等专著。在杜威看来，"教育哲学是属于经验的、由于经验的和为着经验的"。[1]正是从这一假设的前提出发，他对经验的各种特性作了深入的分析：

经验包含一个主动因素和被动因素，这两个因素以其特有的形式结合着。……在主动方面，经验就是尝试——这个意义，用实验这个术语来表达就清楚了。在被动的方面，经验就是承受结果。我们对事物有所作为，然后它回过头来对我们有所影响，这就是一种特殊的结合。经验者这两方面的联结，可以测定经验的效果和价值。单纯的活动并不构成经验。这样的活动是分散的、有离心作用的、消耗性的活动。作为尝试的经验包含变化，但除非变化是有意识地与变化所产生的一系列结果联系起来，否则它不过是无意义的转变。[2]

显然，杜威为我们指出经验是人的活动过程，包括实践过程和思维活动，体现了人的主动性，而且这一活动必然是系统的思维活动的联结，是对活动对象的系统认识，并且主动去改变对象，改造环境，改造经验自身。

从某种意义上说，教师经验的积累是教师在长期的教学过程中主动尝试和被动承受的结果。教师经验是课程资源的生命载体中是最重要的精神资源。教师的素质决定了课程资源的识别范围，开发与利用的程度以及发挥效益的水平。正如北京教育学院王长沛先生所说："通俗地讲，真正决定课程的不是写在书上的各种观念与规定，而是天天和学生接触的教师。尽管专家们花了大量的精力，认真准备了课程标准和教材，但一到学校，教师一个人便决定了一切。"由此可见，教师优良的综合素质和良好的经验资源，在教育改革和发展过程中起着非常重要的作用。

一个教师在很大程度上代表了一个学科的形象，是这个学科的"形象大使"，一个学生对一门学科的兴趣，在很多情况下是由于受到了他喜欢的教师的影响。教师对学生缺乏吸引力，往往会转化成他所代表的学科对学生缺乏吸引力。因此，作为美术教师个人所体现出来的人格魅力、良好素质、丰富学识与高度的专业能力对美术教学具有关键性的作用。过去人们常说"要给学生一杯水，教师要有一桶水"。后来发展成"要给学生一杯水，教师要有源头活水"。根据新的教育理念，教师不仅自身要有"水"，还要带领学生自己找"水"。这些都说明，教师一直都被认为是非常重要的课程资源，随着教育观念的更新，教师专业素养和文化知识只有不断提升才能胜任教学工作。

那么，谁能做美术教师呢？换句话说，一个美术教师应该具备什么样的条件和素质？常锐伦先生对美术教师应具有的条件和素质的描述是：① 教师的业务文化素质，包括：具有合格学历的文化基础知识；丰富的美术专业知识；熟练的专业技能；掌握教育科学的基础理论知识。② 教师的能力，包括：美术教学能力；思想教育

① [美]约翰·杜威.我们怎样思维·经验与教育.姜文闵，译.北京：人民教育出版社，1991：256.
② [美]约翰·杜威.我们怎样思维·经验与教育.姜文闵，译.北京：人民教育出版社，1991：148.

能力；胜任学校美术教育诸多方面工作的能力；现代教育技术的运用与电脑工具掌握的能力；教育科研能力。③美术教师的基本心理品质，包括：为人师表的自我意识；热爱美术教育，热爱学生；具有良好的意志品质；强化不懈学习、终身学习的意识和实践。①基于对新的美术课程理念的理解和对美术教育实际的思考，尹少淳先生也为我们描绘了一个美术教师的形象——一个由独特的人格魅力、多样的美术知识与技能、基本的教育知识与技能和全面的文化理解力构成的形象。在此基础上，他还提出了更高的追求层次——研究型美术教师②。如表2-1：在尹少淳先生对理想教师应有特征的描述里，独特的人格魅力被特别强调。

关注和重塑美术教师的人格特征是美术教师教育机构的职责，也是一个已经成为或将要成为美术教师的个人需要自我修炼的功夫。在生活中，一些人容易受到其他人的尊敬、崇拜、喜欢，具有亲和力和吸引力，我们说这样的人就是具有人格魅力的人。作为美术教师，应该具备什么样的人格特征才会具有人格魅力？他提出了几个方面：① 爱心、同情心和宽容心；② 负责、认真；③ 幽默；④ 声音洪亮，表达清晰。③诚然，人格特征有其先天性的一面，即人们常说的天性禀赋，但后天的可塑造性也是不容忽视的。

新的美术课程改革对教师提出了更高的要求，对研究型教师的呼唤越来越强烈。研究型教师目标的确定，会使教师的职业特性中的单调性降低，而充满探究性、创造性和愉悦性。一个研究型教师常常又是一个创新型的教师，因为他必须在现有的规范中进行反思、批判和研究问题，作出种种尝试以突破现有的规范，给原有的、习以为常的思想或行为增添新鲜的东西。因此，具有研究型特征的教师能够给学生带来更多的知识，同时也能够向他们的思维和行为提供更多的维度和可能性。研究型教师的基本特征和能力包括：① 批判精神和创新意识；② 反思精神和问题意识；③ 较为丰富的学识；④ 了解研究的程序，掌握研究的方法。一个

表2-1 理想的美术教师

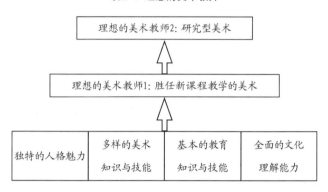

研究型的美术教师还必须学会准确地表达自己的研究成果，这需要掌握学术论文和实验报告写作的基本方法。

对学生的学习而言，教师是最大的资源。美术教师自身就是美术教学环境资源的载体。进入教学微观领域，教师是教学工作的负责人，更是资源开发的主体。没有主体的积极行动，基本的教学活动也难以完成。在新的课程理念下，美术教师要重视开发与利用美术教育环境资源，通才博识，使教学活动更富于平等性、开放性和生成性。平等性，就是指作品与学生、教师与学生、学生与学生之间的感受、对话、交流是平等的；开放性，就是指教学内容不拘泥于教科书；生成性，就是指在教学过程中动态生成的、可供教学继续深入的资源，如用学生的观点来讨论，用学生的作品来交流等等。美术的教学过程可以成为美术教学环境资源再开发与利用的过程，不仅教师是开发与利用教学环境资源的主体，在教师的引导下，学生也可以成为开发与利用教学环境资源的主体。学生在构建自身知识的同时，也会逐步提高自身综合素质。

二、教学环境资源的开发

美术教学环境资源，就是一切有助于美术教学实施的客观存在的事与物，包括有形的、无形的、自然的、社会的、精神的。以学校教育教学为中心，从课堂

---

① 常锐伦. 美术学科教育学[M]. 北京：首都师范大学出版社，2000：428-438.
② 尹少淳. 美术教育：理想与现实中的徜徉[M]. 北京：高等教育出版社，2005：238.
③ 尹少淳. 美术教育：理想与现实中的徜徉[M]. 北京：高等教育出版社，2005：241-249.

到校内外，地域的、民族的种种事与物，经过合适的选择与处理，就可以构成美术教育教学的元素。

美术学科离不开具体的造型手段与学习方法。借助物质媒介材料进行的技能技巧、视觉语言的表现与创造能力训练等都离不开美术教学环境资源的开发与利用。如何开发和利用美术教育资源、如何对它进行调控和优化，使之在教学中发挥最佳效应，既要看现成的教学环境资源现状，又要看教师的主观谋划与创造。在一定程度上，教师起着最终的决定作用。围绕美术教学进行环境资源的开发与利用，杨建滨在《初中美术新课程教学论》中提出了两个思路：一是系统性或专题性的进行；二是结合日常教学实际进行。前一种思路比较规范，人力、物力、财力相对集中，实践较多，常用于课程、教材的开发；后一种思路在教学上比较实用。量力而行，积少成多，开发范围由点到面，慢慢形成体系。

教师在调控与优化教学环境各因素时，要特别注意美术学科的特点。如美术教学范图、范画的选择要更讲究艺术性，才能达到教学的要求；所选画面的色彩要更准确；形象造型应更具有艺术魅力；范围、范本的版面设计等更应讲究艺术美感等。除此之外，美术专用教室的设计包括教室的光线、色彩及设备等，都要充分考虑美术学科的特点。同时，还应结合教学的实际条件与状况。农村学校不必照搬城市学校的经验，内地学校也不宜简单模仿沿海地区的学校，只要不同的学校充分考虑本校的现有条件，教师充分挖掘自身的潜力，发挥自己的优势，就能建立起独具特色的美术教学环境资源系统。当然，在美术活动中进行美术教学环境资源个体因素的调控与优化，是非常微妙而复杂的工作。校园环境、校园文化等都会影响美术教学活动的情景与情境的变化。对可能出现的偶发事件要妥善处理，使课堂环境、氛围处于良好的状态之中。如果掌握得好，还可能将不利因素转化为有利因素，并使之成为美术教学艺术的一个妙笔。在《中国美术教育》（2001年第2期）里，记录了这样一堂别开生面的"图案课"。一位调皮的学生带了一条菜花蛇进教室，使上一节语文课没

上成，而下一节的美术老师却以职业的敏感，抓住这一突发事件，将蛇的花纹与动物图案教学联系上，并让该学生向同学们介绍菜花蛇的习性，同学们都很好奇而又惊讶，因此积极地参与课堂活动，并在老师的带领下制作出各具创意的蛇的基础纹样与设计。这节课最后取得成功，关键在于教师的机智，他充分地把握了美术教学环境资源的各因素并对其主动调节和优化。对于用心的教师，一张图、一首诗、一件不经意的小事都能成为一堂课的点睛之笔，成为他调控与优化课堂气氛的有效因素。这样巧妙利用环境资源进行美术教学的成功例子，在山西教师赵紫峰的课堂里经常出现。

美术新课程要求教师比以往更重视学生的主体作用，当然，不同的条件和环境中重视的角度和方式有所不同。比如，教学场所的选择、布置、设计，就可能影响学生的行为活动与参与程度。普通教室的"单向排列式"，以讲台前面为中心，高高在上，这样的环境安排上就确认了教师的权威性和专制性。无形之中，就使得学生主动参与活动的可能性减小，因此，民主和明智的教师会经常走下来与学生保持近距离的关系，改变师生之间的不平等局面，使学生有机会更方便地接近教师，与教师对话、交流是美术课应该特别要注意的。教师在美术课上对教具、范画、范图的使用，教师的话语、动作、眼神等因素都可能影响学生的行为状态，影响学生的主体意识和参与的积极性。美术教师要善于把握好美术环境资源的各种有利因素，有效地开展美术教学活动。

环境资源是一种教育元素，它是教学过程中不可缺少的元素。就教师的教和学生的学来看，与生活环境中的语言和经验越接近他们愈能接近教育的目标，当然也就越接近美术课程标准所提倡的新的教育理念和学习方式。事实上，教材来自于我们对社会生活环境的一种选择，教材本身已经对教学环境资源进行了初步开发，但是，这种开发是不够的，还需要教师和学生进一步利用和开发。同一种教材内容，不同教师、不同的学校、不同的教学环境资源再开发，会出现不同的教学设计，教学效果也就不一样了。

第二讲　学生经验资源的开发

学生是教学中的另一个主体，他们既是课程资源的重要组成部分，也是课程资源开发的主体。美术新课程着力肯定与加强学生的主体意识，改变过去那种"灌输"的教学方式和学生只能被动接受的状况。华东师范大学叶澜教授也指出："在教学中，学生不仅是教学的对象、主体，而且是教学的资源，是课堂教学的共同创造者。"注重美术课程与学生生活经验和兴趣的紧密联系是新课程改革的基本理念之一。各种各样有助于教学互动的美术教学环境资源如果没有学生的共同参与、开发，将是资源的闲置与流失。

范兆雄在《课程资源论》里，对儿童的经验做了如下的划分：家庭生活经验、社区生活经验、学校生活经验。各种不同的生活经验又各有所指，如表2-2。我们以社区生活经验为例，来说明之。社区是我们赖以生活的真实空间，也是儿童活动的主要范围。社区生活是儿童经验的重要组成部分，儿童喜欢走出家门，参与家庭以外的社区活动，这些活动对他们不仅新鲜，具有吸引力，而且是情感和理智发展所必需的，富有社会性。在社区活动中，他们体验成功，经受挫折。儿童在社区的活动丰富多样，组成了他们主要的经验内容，具有非常重要的价值。社区生活经验主要包含了社区设施经验、社区同辈交往经验、社区异辈交往经验、参与社区中的组织活动经验。继续往深究，社区设施经验包含：① 商店、集市购物经验；② 公园游乐经验；③ 观赏电影经验；④ 体育馆的观赏、训练经验；⑤ 社区生产的经验。社区同辈交往经验包含：① 同辈游戏交往经验；② 同辈学习交往经验。社区异辈交往经验包含：① 家庭活动的异辈交往经验；② 社区活动的异辈交往经验；③ 社区生产中的异辈交往经验。参与社区中的组织活动经验包含：① 社区民间文化组织经验；② 社区公益组织活动经验；③ 社区政府组织活动经验；④ 社区商业性组织活动经验。[1]

教育是儿童的教育，课程是儿童的课程。教育向儿童经验世界的回归受到许多国家课程改革的广泛关注。课程资源的开发同样要关注学生的经验，只有在学生经验的基础上开发出来的教育资源，学生才会容易理解，课程的意义才能得到充分的彰显。这要求教师必须尊重学生的经验，把儿童从大人的控制下解放出来，把教育交到学生手中，尊重学生经验，发展学生的个性。以往美术教学的课前准备，我们只要求学生带好美术工具材料就可以了，上课后一切听从教师的安排。事实上，每位学生并不是带着一个空白的头脑进入美术课堂的。课堂上要注重对学生经验的唤醒。

在美术课堂上学生的经验交流、碰撞、生成、发展，教师的作用不是去统一所有学生的认识。教师要让美术课呈现百花齐放的景象，必须让学生根据自己的经验去表达、创作自己的作品。教师应该尊重学生的视角与个人理解，发展他们的个性。《美术，另一种学习的语言》一书中记述了这样一个故事：一群幼儿园的孩子被要求用蜡笔画自己眼中的妈妈。大多数孩子都以常见的视角表现了妈妈的形象，唯独一位孩子将其母亲画成了图2-1的样子，让老师大感不解。有一天，这位孩子的妈妈来幼儿园访问，美术教师在站着与其交谈时，不慎将笔掉在地上，当她俯身拾起笔要站起来时，从下仰视那位丰肥高大的孩子母亲时，的确很像她女儿画的样子。这一偶然事件令她获益匪浅，不仅理解了那位孩子的画，而且发现了从下往上看世界的奇妙性。

这个故事告诉我们在师生教学交往中充分尊重孩子经验的重要性。在视觉文化时代，孩子主动或被动获得经验的机会更多、更复杂、更加多样化，教师应积极引

---

① 范兆雄. 课程资源论[M]. 北京：中国社会科学出版社，2002：77-86.

表2-2　儿童经验的划分

儿童经验										
家庭生活经验			社区生活经验				学校生活经验			
家庭环境设施经验	儿童个人生活经验	家庭成员生活经验	社区设施经验	社区同辈交往经验	社区异辈交往经验	社区组织的活动经验	学校设施经验	师生相互交往经验	同学相互交往经验	学校组织中的经验

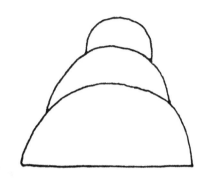

图2-1　一位幼儿园孩子所画的妈妈

导、鼓励、唤醒。

对学生经验资源的开发和利用除了课前的经验准备外，教师应该抓住学生生活中产生重大影响的人和事，作为教材的适当调整和补充。比如，参加学校的运动会，这些在大人看来是不足为奇的小事，在孩子的生活中却是一次重要的成长经历。许多孩子通过参加这么一次活动成长了不少，无论是上场的运动员们还是作为啦啦队的同学都能感受到集体的力量，受到集体主义精神的教育。这种独特的活动体验之后让孩子们拿起画笔来，在他们作品中一定会有不错的表现。

此外，学生经验资源的开发教师还应了解学生的兴趣，与学生共同探讨课程内容，在教学中提供给学生所喜欢的课程内容的机会。总之，从学生生命个体到他们的生活经验都是美术课程的重要组成部分。教师要善于利用美术课内、课外进一步探究，使课前的经验准备、课上的经验交流、课后的延伸形成一种互融互渗的有机体系，使学生的认知、体验在生活与课堂之间不断地丰富、建构、生成。

●延伸与拓展

一、知识点击

美国著名的教育学专家杜威认为，经验有两个原则：一个是连续性原则。他说，"每当我们企图区分有教育价值的经验和没有教育价值的经验时，总要涉及这个原则。"另一个是交互作用原则。"这个原则赋予经验的客观条件和内部条件两种因素以同样的权利。任何正常的经验都是这两种条件的相互作用。二者结合在一起，或在他们的交互作用中形成我们所说的情境。"

这两个原则不是彼此孤立的，而是相互交叉而又彼此联合。"他们是经验的经和纬的两个方面。"在教育活动中，要充分利用好这两个原则，因此，针对当时的学校的课程与儿童生活不相沟通的弊病，他主张改造课程，使课程真正适应儿童的生活。在芝加哥实验学校，他规定，实验学校要解决四个主要问题：

1. 怎样做才能使学校与家庭、社区的生活关系密切？

2. 怎样做才能使历史、文艺、科学的教材对儿童生活本身有真正重要的价值？

3. 如何使读、写、算等正式学科的教学在平日里获得的经验之上实施，并同其他学科的内容有机联系起来，从而使儿童产生兴趣？

4. 如何适当地注意个别儿童的能力和需要？

——摘自范兆雄著《课程资源论》第一篇第三章：课程经验资源

二、思考练习

从个人理解的角度思考一下，一位具有独特人格魅力的美术教师应具备哪些优秀的品质？分小组讨论。

三、学习研究

调查、采访：联系几位有丰富教学经验的中小学美术教师，采访他们如何处理课堂教学中的偶发事件，如何将偶发事件中的有利、不利因素转化为教学资源，从而营造出良好的课堂教学气氛。将采访手记整理成教学案例或主题明确的调研论文。

四、相关知识

推荐学习书目：

1. 常锐伦. 美术学科教育[M]. 北京：首都师范大学出版社，2000.

2. 尹少淳. 美术教育：理想与现实的徜徉[M]. 北京：高等教育出版社，2000：3.

3. [美]伊莱恩·皮尔·科汉，等. 美术，另一种学习的语言[M]. 尹少淳，译. 长沙：湖南美术出版社，1992：8.

4. [美]约翰·杜威. 我们怎样思维·经验与教育[M]. 姜文闵,译. 北京: 人民教育出版社,1991: 3.

5. 范兆雄. 教育资源论[M]. 北京: 中国社会科学出版社,2002: 12.

6. 陈雅玲. 怎样开发和利用美术课程资源[M]. 重庆: 西南师范大学出版社,2006: 1.

7. 赵紫峰. 中小学美术教育案例丛书: 雪地飞龙[M]. 北京: 高等教育出版社,2004: 7.

8. 刘清峨. 中小学美术教育案例丛书: 快乐的心[M]. 北京: 高等教育出版社,2004: 7.

9. 朱国华. 中小学美术教育案例丛书: 画校长[M]. 北京: 高等教育出版社,2004: 7.

10. 魏瑞江. 中小学美术教育案例丛书: 老魏信箱[M]. 北京: 高等教育出版社,2004: 7.

●单元小结

经验不仅反映人们在某一时间、某一范围内的活动历程及内心体验,并且由于人类有记忆、会思维,懂得利用事物之间的联系,经验往往是人们进一步采取行动的思想基础。因此,经验在人的成长中具有非常重要的作用。作为行为主体的教师群体、学生群体乃至每一个有行为自由的鲜活的生命个体,都有截然不同的生活体验和人生阅历积累。在美术教育资源开发与利用中,关注教师的经验资源,丰富、提升教师的知识素养和综合能力,树立终生学习的理念,使教师成为具有独特人格魅力的人。对于学生经验资源的开发,教师进行积极引导、启发,必将使他们的经验之花在美术大观园中开得绚烂多彩!

美术教学环境资源是一种教育元素,它是教学过程中不可缺少的元素。如何开发和利用美术教育资源,如何对它进行调控和优化,使之在教学中发挥最佳效应,既要看教学环境资源现状,又要看教师的主观谋划与创造,在一定程度上教师起着最终的决定作用。

第三单元
美术教育资源的
调查、开发

单元提示

    新一轮美术课程改革指出："广泛利用校外的各种课程资源，包括美术馆、图书馆、公共博物馆、私人博物馆、艺术家工作室和艺术作坊等。学校与美术馆、博物馆以及社区携手，开展多种形式的美术教育活动。民族、民间美术以及人类文化的遗物、遗迹也是重要的校外课程资源。应充分利用当地的民族、民间美术资源以及文物资源，开展各种形式的美术教育活动。"开发和利用地方资源能丰富美术课堂教学活动，扩大学生信息源，拓宽学生的美术知识领域和艺术视野，使美术课堂教学本土化、生活化、社会化，同时有效地培养学生的主体意识、探究能力和实践能力。本单元通过对新的课程标准关于美术教育资源的表述，校本美术资源的开发，地方美术教育资源的调查、开发，美术教育资源应遵循的原则等内容的学习，对美术教育资源开发和利用有个大致的了解，从而深化对地方课程资源作为国家课程资源的重要补充的地位的认识。

第一讲 新的课程标准关于开发美术教育资源的表述

2000年6月，我国教育部启动了基础教育课程改革项目，其中包括制定与研究义务教育阶段和普通高中美术课程标准的两个项目。在这一课程中，美术课程资源不再局限于美术学科本身，还拓展至自然、社会、文化等范畴。通过设置一些综合美术各学习领域的课题或跨领域美术学科的课题，引导学生进行探究性学习，以达到在有限课时内认识美术的特征及其发展规律，了解美术与文化及社会关系的目的。

2001年7月公布的《全日制义务教育美术课程标准（实验稿）》中，作为实施新课程的重要环节的美术课程资源的开发和利用被写入"实施建议"。2004年初，美术课程标准研制组在对《美术课程标准》进行修订时，对"美术课程资源的开发与利用"的条例也进行了修订，增加了关于民族、民间美术的叙述。

修订后的"美术课程资源的开发与利用"文本如下：

1. 各校应配齐美术教学设备与器材，配置美术专用教室，并提供储藏教具、工具、材料的场所以及展示学生美术作品的场所。有条件的学校应配置可供美术课使用的多媒体教学设备。

2. 学校图书馆应配备美术书籍和其他美术资源，包括教师参考书、学生参考书、美术杂志、美术教育杂志、幻灯片和光盘等，供教师备课及上课，学生收集、查阅资料以及自学或合作学习时使用。

3. 广泛利用校外的各种课程资源，包括美术馆、图书馆、公共博物馆、私人博物馆、艺术家工作室和艺术作坊等。学校与美术馆、博物馆以及社区携手，开展多种形式的美术教育活动。民族、民间美术以及人类文化的遗物、遗迹也是重要的校外课程资源。应充分利用当地的民族、民间美术资源以及文物资源，开展各种形式

的美术教育活动。

4. 有条件的学校应积极开发信息化课程资源，充分利用网络，获得最新的美术教育资源，开发新的教学内容，探索新的教学方法，并开展学生之间、学校之间、省市之间和国际的学生作品、教师教学成果等方面的交流。

5. 尽可能运用自然环境资源（包括自然景观、自然材料等），以及校园和社会生活中的资源（如文体活动、节庆、纪念日、建设成就、重大历史事件以及城市、社区村庄环境等）进行美术教学。

6. 地方美术课程资源非常丰富，各地美术教研机构、研究人员和教师应高度重视做好课程资源开发工作，有组织地在当地进行调查、了解、分类整理，充分加以利用，体现当地美术教育的特色。

2003年4月公布的《普通高中美术课程标准（实验）》第四部分的"课程资源的利用与开发建议"如下：

1. 各校应根据所开设的美术课程配置美术专用教室，配齐相应的美术教学设备（包括储藏教具、工具、材料的场所以及展示学生美术作品的场所）与器材，配置可供美术课使用的多媒体教学设备。

2. 学校图书馆应配备美术书籍和其他美术资源，包括画册、教师参考书、学生参考书、美术及美术教育杂志、幻灯片和光盘、录像带等，供教师备课及上课、自学或合作学习时使用。

3. 各校之间可以根据不同学习模块的师资需求，互通有无，共享美术教师资源。

4. 学校应积极开发信息化课程资源，充分利用网络获得最新的美术教育资源，开发新的教学内容，探索新的教学方法，并开展学生之间、学校之间、省市之间和

国际的学生作品、教师教学成果等方面的交流。

　　5. 广泛利用校外的各种课程资源，例如美术馆、图书馆、公共博物馆及私人博物馆、艺术家工作室和艺术作坊和有关工厂、车间以及当地的文物资源等，聘请美术专业工作者和相关人员参与美术教学，开展各种形式的美术教育活动。

　　6. 尽可能运用自然环境资源（包括自然景观、自然材料等），以及校园和社会生活中的资源（如活动、事件和环境等）进行美术教学。

　　教育资源是保证教育正常运行的基本条件。目前，如何开发利用当地的乡土美术教育资源，已成为许多地方院校美术学（教师教育）专业的重要教研教改项目。它们或者体现为增设这方面的课程科目，或者是在原有的相关课程科目中充实其本乡本土的内容，这对补充国家统一课程的不足，彰显地方特色课程具有特殊的意义与作用。

第二讲 美术教育资源的调查实施

一、调查的目的和意义

美术教育资源调查是指通过选择一定的项目对一个国家或地区的美术教育资源进行全面调查，为制定课程改革政策，或进行美术课程内容的调整提供必要的事实支持。美术教育资源调查的目的，一方面是为了教育发展和课程改革，为了更好地实现育人的目标；另一方面是为了满足美术课程研究本身的需要，为建立规范、有效的美术课程资源研究模式服务。

美术教育资源调查的意义在于：

1. 为地方美术课程资源开发和利用提供数据资料和决策依据。如果没有对我国美术课程资源的全面精确的调查分析，课程目标的制定就可能是没有足够的现实背景的一种假设。即使我们制订了足够合理的课程目标，如果研究者、教师、教育主管部门不了解哪些东西与实现我们制定的课程有关，也就不懂得去利用这些资源，从而使我们假设的目标落空。因为要了解一个地方的美术课程资源状况，就必须通过调查来获得全面的资料。只有对各个学校、地区和全国的基本情况全面了解，只有广大美术教育工作者掌握课程资源的基本情况，他们才会产生利用资源的意识。美术教育资源的调查是一项基础工作，它通过对资源的逐项调查、全面统计和描述，获得详尽的材料，为美术课程资源的研究、开发和利用提供宝贵的资料。

2. 全面掌握各级课程资源的基本情况。我国国家、地方和学校三级课程管理与开发所需要的各种详细资料，都可以从调查中获得，包括课程资源的地区、行业分布，资源种类、特性、品质等情况。课程开发是要根据国家、地方或学校的实际情况提出切实可行的课程方案，为实现教育目的，促进学生的发展服务。因此，在调查时要关注学校美术教育资源，地方文化课程资源，我国传统民族、民间文化资源中有价值的内容，进行认真的挖掘、整理。课程活动必须有一定的基础条件和途径、方法，否则，课程的开发和利用就无从下手。

二、调查的方法和步骤

校外美术教育资源的开发应根据美术课程目标、学生的兴趣需要，以及周边环境所能提供的便利资源入手。

（一）制订计划

美术教育资源开发的具体目标确定后，要制订详细的统筹计划，以便对课程资源信息进行有效的收集。统筹计划包括调查主题、调查范围、调查时限、参与人员、各自权责与任务等。调查范围可以地域为限，比如长沙市内的历史文化古迹；也可以特有的主题，比如傩戏活动在各省市的分布情况等。一般对校外的一些自然资源、物质资源可以采取实地参观调查法，通过调查拍照、摄像等方法收集第一手资料。在调查过程中要做好笔记，笔记内容的来源，可以是地方史、地方志里的历史文献记载、民间流传的历史和典故，也可以是对当地文化研究人员的访谈记录等等。记录的形式可以是文字记录和影像记录等形式，这些都是形成调查结果宝贵的一手资料。

（二）确定题目

下面以某教师开展的《塔的寻访》美术综合·探索课[①]为例，进行说明：

塔在人类发展史中有着极为重要的地位。它既代表建筑艺术的一类，也体现了不同时期的社会文化、宗教艺术。塔在我们生活中很常见，但很多学生却忽视了它的

① 李方著. 怎样上好综合·探索课[M]. 重庆：西南师范大学出版社，2006：75.

美。为让学生发现生活的美，师生共同商议，进行一次"塔的寻访"调查研究活动。主要围绕"塔"这个主题：

　　*了解塔的历史

　　*了解中国存在多少著名的古塔

　　*收集有关塔的画作

　　*制作一个塔的模型（各种材料都可以）

　　*去杭州六和塔写生或摄影

　　对提出的题目，师生进行讨论，论证哪些是可行的，哪些是不可行的，对包括安全、开支各方面的问题进行思考。最后，将以上各种题目进行归类，总结出五个单元题目供大家选择：古代的塔、现代的塔、未来的塔、奇奇怪怪的塔、画家笔下的塔。

（三）确定设计方案和具体分工

设计方案如下表所示：

项目名称	研究人员	研究方法、步骤	研究结果
塔的寻访	五（2）班全体、同学	查找、收集、访问、调查、记录	资料、文字、图片、照片的展示交流

具体分工如下表所示：

人员 分工	负责组长	参与同学
查资料		
社会调查		
材料收集		
文字表达		
创作表现		

（四）收集资料，进行探索

　　该课题研究是在老师的指导下，开展文献调查，了解塔的历史，进行探索。学生主要查阅了《塔》、《说文解字》、《中国古代建筑图解》、《中国少年儿童百科全书》、《中国古代能工巧匠》等。以上著作从文字角度说明了塔的历史、功能、造型等。

　　从网上查询，下载了世界著名的几十座塔，如埃及金字塔、法罗斯岛灯塔、比萨斜塔、埃菲尔铁塔、加拿大多伦多电视塔等图片。

　　从中外美术作品中寻访塔，俄罗斯弗拉基米尔·塔特林（Vladimir Tatli）的《第三国际纪念塔》、卢梭的《巴黎近郊的木材工厂》中的塔、吴良镛的水彩画《威尼斯圣马可广场》中的钟塔、日本加藤义明作的剪纸《京都东寺》等。

　　从邮票中了解我国古塔的名称、建筑特色和相关的历史背景。如：古塔一般和佛教有关，层数一般是单层，有西安的大雁塔、泉州的镇国塔、开封的佑国寺塔和杭州的六和塔等。

　　探寻古塔，研究小组发现富阳市内有多处塔。如新登的贤明塔，龙门古镇外的小山上有一座不知名的塔。学生们带上相机、速写本到该镇采风，他们走访村里的老人，记录塔的传说，拍摄照片，速写，进行一系列周密的调查。

（五）整理结果，形成教案

　　整理调查结果是调查的高级阶段，针对调查结果挑选出有效的美术教育资源，形成美术教学案例。

　　课例一：《古老的塔》

展示中国古代著名宝塔的调查资料：

塔名	特点
嵩岳寺塔	我国现存最古老的密檐式砖塔，可以攀登远眺。
少林寺塔林	众多塔云集在一起，高高低低，错落有致。
大雁塔	初名慈恩寺塔，砖表土心五层方形。
释迦塔	又称佛宫寺木塔，是世界上现存最高的古代木结构建筑，全部用木料建成，有近千年的历史。
雷峰塔	"雷锋夕阳"是西湖十景之一，现以钢结构、铜塔的新貌再现南宋原貌。
延安宝塔	密檐式塔，是我国革命根据地的象征。
六和塔	又名六合塔，取"天地四方"之意，每层都有题字立匾。
妙应寺白塔	位于北京颐和园，是自由式宝塔的代表作之一。

图3-1_埃菲尔铁塔1

图3-2_埃菲尔铁塔2

图3-3_北大水塔

图3-4_学生作品《改进的水塔》

课例二：《现代的塔》

选材：上海东方明珠塔、北大的水塔、法国埃菲尔铁塔、华盛顿纪念塔、夜景中的塔

可供选择的操作：

（1）欣赏摄影图片中的取景，学习摄影的构图。从远、近、上、下等角度看塔各不相同。

（2）让学生对不同造型、不同建筑材料的塔有所了解。

（3）同一塔在白天和晚上也不相同，如图3-1、图3-2是法国埃菲尔铁塔在中午、晚上的情景。试让学生用不同的色调来表现同一座塔在不同时间的状况。（图3-3、图3-4）

课例三：《未来的塔》

选材：学生绘画、撕纸、泥塑、折纸、综合媒体等作业

可供选择的操作：

（1）找出现实中的塔的不足，加以改进。

（2）用不同材料动手尝试制作立体的塔。

（3）写一篇作文，尤其要写出思维创新的过程以及体验。

学生作业：我们设计了各种各样未来的塔。有几何形的塔，由于形状大小各不同，塔会奏出不同的音乐。抗地震的塔，发光的塔，冲入云霄的塔。我们改进现代塔的不足，让未来的塔更完美。（图3-5¯图3-7）

课例四：《奇奇怪怪的塔》

选材：人塔、第三国际纪念塔、二七纪念塔

学生作品：阶梯塔、水果塔、树塔

可供选择的操作：

（1）欣赏各种奇怪的塔，让学生说出自己的感受，并了解作品的意图。

（2）启发学生创造奇怪的塔。注重现代观念的导入，并通过一定的艺术形式表现出来。

学生作业文字：奇奇怪怪的塔最有趣，有外形别致的仿生塔，也有许多人攀登起来的人塔。塔让我们知道艺术可以利用各种材料全方位多角度表现，只要我们去动脑筋、去发现，创造美，人人都可以做到。我们小组制作了许多特别的塔：

水果塔：人登塔时，容易饥渴，水果塔上的水果吃了又能重长。

阶梯塔：能根据不同的人调整楼梯的高度，让老人小孩登塔时不会觉得累，还很有趣。

树塔：高高的树塔是小动物们的家。

塔给了我们一种启示，我们要像塔那样，不畏艰难，永远向上。

课例五：《画家笔下的塔》

选材：卢梭的《巴黎近郊的木材工厂》中的塔、吴良镛的水彩画《威尼斯圣马可广场》的钟塔、日本加藤义明作的剪纸《京都东寺》、赵庆勋的《香山碧云寺金刚宝座塔》、各种学生作业

可供选择的操作：

（1）收集有关塔的名家作品、学生优秀作品。

（2）欣赏评述名家关于塔的美术作品。（口头或书面）

（3）学用名家不同的画法表现塔。

调查、研究成果利用：

（1）在校刊上发表调查的文章和图片。

图3-5_学生作业1　　　图3-6_学生作业2　　　图3-7_学生作业3

（2）在橱窗展示采访古塔的摄影和写生作品，呼吁市民保护古塔。

需要强调的是，美术教育资源调查是一项带有研究性质的工作，要周密计划，更要团队分工合作。同时，我们的调查要与美术教学密切结合起来。走出校门调查的目的最终是为了把当地和各处的资源"引进来"为美术教育教学服务。当然，在做好美术教学工作的前提下，我们也可以将具有建设性的意见和建议，以书面报告的形式向当地文化管理部门反映。

第三讲 美术教育资源开发的原则

开发教育资源，特别是素材性的教育资源必须反映教育的理想和目的、社会的发展需要、学生的发展需要、学习内容的整合逻辑等等。下面介绍几个基本的原则。

一、优先性原则

开发教育资源之前先对学生、教师以及周边环境进行调查、分析，做到心中有数，可以避免盲目开发。学生参与社会生活应具备的知识、技能和素质是什么，学生已经具备的经验、知识、素养是什么，周围的生活环境能给学生提供什么样的学习材料、资源等，这些都是开发前应考虑到的问题，然后再根据这些情况设计教育资源开发的框架。在开发利用的实践过程中，对那些最能体现办学理念、学生最需要的教育资源应该优先确立，并进行重点开发。例如，现代传媒资讯业十分发达，学生们每天接触大量的视听信息，其中包括一些比较先锋的、前卫的当代艺术现象。对于这些现象，美术教材上没有提及，但我们又不能对此充耳不闻、视而不见。对此，我们应该抓住契机进行引导，从方法上引导学生对当代艺术现象进行批判性审视，吸取它们中优秀的、精华的部分，去掉粗俗的、糟粕的部分，从而建构正确的、健康的审美体系和价值观。以教科书为基础进行课程资源开发，往往表现在对课程内容的延伸和拓展。如果我们对教材内容进行比较深入的解读，会发现可以吸纳进来的课程资源是非常丰富的。比如，动画片、卡通漫画等非常受学生的欢迎，但是教材中这方面内容较少，因此，重点开发这方面的教育资源可以让学生在学习美术的过程中，满足他们想象、创造和交流等多方面的需求。

图3-8 _ 学生作品

二、适应性原则

美术教育资源既能发挥教师的专长，同时又能被学生接受，这样课程实施和资源利用才能兼顾师生感受，共创精彩纷呈的美术课堂。从教师角度来看，虽然教师职业要求要有广博的知识面和较全面的素质，但作为美术教师，在专业技能上各有所长，从自己所擅长的方面入手，才能充分发挥自己的专业长处。从学生方面来看，只有适应他们个人经验层面的、富有吸引力的东西，才有利于知识、技能的建构和情感态度价值观的确立。比如，有位美术教师设计《勺子的联想》一课，教师从生活中挖掘儿童所熟悉的课程内容。他选择一件极为普通的日常用品"勺子"作为学生联想与创作的原型，在教学中变换勺子的不同观察角度，正面、反面、横放、竖放、倾斜，引发学生丰富的联想。学生联想到动物、植物、生活日用品、交通工具等，并用手工纸、即时贴等综合材料对勺子进行添加、装饰，创作出许多生动有趣的作品（图3-8）。

三、灵活性原则

教育活动有其自身的规律，这是不容否认的事实。把握教育契机，适时地开展教育课程、开发课程资源，往往让美术课收到意想不到的效果。赵紫峰老师在《中小学美术教育案例丛书：雪地飞龙》一书中提到的案例是这方面很好的佐证。美术课前下了一场大雪，让所有的小朋友们都无心于课上学习的内容。小孩子贪玩的性格让赵老师看在眼里，一个主意很快在他脑海里成形：把教材中的线描内容放一边，把大家关心的雪资源好好利用一回。他大手一挥，领着一班欢呼雀跃的孩子来到了雪地里。先是示范，他在雪地里用树枝几下就画出一条腾空的巨龙，孩子们深深地被吸引。接着讲解知识——在雪地里表现线描艺术的魅力，大家跃跃欲试。在他的启发引导下，孩子们不仅理解了线描的概念，还在雪地里创造出丰富多彩的作品来，孩子们在自己作品前签名留念，下课后还不肯离去。当然，能否很好地把握应时性，很好地开发课程资源，还涉及儿童认知心理、教育学等多方面的问题。教师平常善于积累经验，才能临场处理好这种"突发事件"。此外，根据学校教学活动与文体活动的安排，把握时机也很重要。例如一些校园文化活动，如校园艺术节、踏青、秋游等同时变成"美术节"，学生的经验资源和美术课程资源，都将得到有益的拓展和深化。

此外，美术教师利用所处环境的特有资源，积极开发利用，也能收到良好的效果。例如湘西自治州的美术教师们，利用当地垂手可得的稻草、玉米秆、棕树皮等，开展了别具特色的地方美术课堂教学。再如，城市垃圾中白色泡沫塑料随处可见，造成白色污染。白色泡沫塑料具有易于加工成型的特性，可以作为儿童造型活动的材料，变废为宝，一举两得。从它的视觉效果和材质特点来看既洁白又蓬松，十分像孩子们所熟悉的奶油蛋糕。据此，有教师创编了以白色泡沫塑料为材料设计"奶油蛋糕"的美术课程内容。从实施效果来看，学生的创新能力、合作能力都充分地表现出来。

●延伸与拓展

一、知识点击

美术教育资源开发案例之"世界遗产画信"活动

2003年春，苏州市画信培训学校发起了"世界遗产在我手——世界遗产画信展"活动。这一活动立即得到了苏州市和全国各地中小学生的热烈响应，日本画信协会闻讯也表示参加。不久，来自全国世界遗产地区的2万多封画信汇集姑苏，日本的中小学也寄来了5000多封画信。6月29日，1750张采用中国传统绘画形式、描绘着苏州园林古镇的画信寄达第27届世界遗产巴黎会场。

"保护世界遗产要从青少年做起"。孩子用中华民族的笔墨文化表达了对世界遗产的珍视，也表达了热爱自然、热爱和平的愿望。各国代表们聚集在我国孩子的作品前，这些画信以其独特的魅力深深地感动了他们，苏州孩子们的画信成了各国代表们最珍惜的纪念品。

二、思考练习

了解学校所在地都有哪些自然资源或文化遗产，拟一个调查研究的策划方案。有条件的地区可以将策划方案实施。

三、学习研究

整理以上调查结果，选择一种教育资源，运用跨学科知识，在四种美术课型（造型·表现、设计·应用、欣赏·评述、综合·探索）中选择其一，编写一个详细的教案。

四、相关知识

推荐学习书目：

1. 中华人民共和国教育部制订. 全日制义务教育美术课程标准（实验稿）[M]. 北京: 北京师范大学出版社, 2001:7.

2. 中华人民共和国教育部制订. 普通高中美术课程标准（实验）[M]. 北京: 人民教育出版社, 2003:4.

3. 钱初熹. 美术教学理论与方法[M]. 北京: 高等教育出版社, 2008:8.

4. 范兆雄. 教育资源论[M]. 北京: 中国社会科学出版社, 2002:12.

5. 陈雅玲. 怎样开发和利用美术课程资源[M]. 重庆: 西南师范大学出版社, 2006:1.

6. 赵紫峰. 中小学美术教育案例丛书：雪地飞龙[M]. 北京: 高等教育出版社, 2004:7.

7. 李方. 怎样上好综合·探索课[M]. 重庆: 西南师范大学出版社, 2006:1.

8. 谢雱主编. 中学美术教材教法[M]. 北京: 高等教育出版社, 2001:1.

9. 谢雱主编. 全国高师美术教育实习优秀教案选集[M]. 北京: 高等教育出版社, 2003:8.

●单元小结

　　教育资源开发实际就是课程资源的开发。美术课程资源的开发和利用已经引起国家教育行政部门和一线的基础教育阶段教育实践者的普遍重视，纷纷结合人文特色资源和当地实际创造性地开展美术实践教学，引导学生走进大自然，走进社会生活，实现美术教学的课内外联系、校内外沟通，增加学生学美术的实践机会，不断提高他们的审美能力和审美素养。美术教育资源的开发还需注意几个基本的原则，即优先性原则、适应性原则和灵活性原则。

策略篇

第四单元
城市美术教育资源的开发

单元提示

　　我国资源分布不均，相对来说城市教育的基础设施、办学环境、公共服务机构等条件要健全一些，这为美术教育资源的开发与利用提供了很大的空间。在这一单元里，我们采取理论阐述与教学案例相结合的方式，通过走入校园环境、走入日常生活、走入美术殿堂、走入创作现场、走入名胜古迹、走入园林景观、走入传统节庆、走入城镇民居、走入生态空间等课例的设置，了解校园文化环境、生活日用品与废弃物、博物馆与美术馆、艺术家作坊、名胜古迹、园林景观、节庆装饰、城镇民居等这些与城市生活中的美术相关的一些方面，即城市生活独有的美术文化资源，选取典型案例与"美术事件"，进行详细说明。

第一讲　走入校园环境

前英国首相丘吉尔曾说："我们先塑造环境，环境再塑造我们"，精辟地指出了环境会影响人类的行为，强调了环境塑造的重要性。校园文化环境是学校对师生施加影响的隐性教育因素，其教育作用是其他任何教育途径不可替代的。良好的校园文化环境可以提供给师生更多的创造空间与动力，激发学生的求学兴趣，陶冶情操，构建健康人格，提升教学与学习效果。优美的校园环境就像"润物细无声"的春风化雨，以其强大的熏陶作用，使学生从这面"镜子"中，看到了自己的"本质力量"，在潜移默化中构建完善的个性，培养健康、稳定的思维模式、心理定势、生活哲学和处事方法。

一、校园文化及环境

校园文化有广义与狭义之分。广义的校园文化是指由全校师生共同创造出来的一切精神产品及其创造过程，包括物质文化、制度文化、观念文化和活动文化。狭义的校园文化一般指观念文化与活动文化。

校园文化既与社会主流文化保持着相互的沟通，又在一定程度上独立于社会主流文化，具有自身的特征：首先，校园文化是学校在其发展过程中逐渐积淀下来的，具有客观的存续性。其次，校园文化是具有时代性与创新性的鲜活文化。一般而言，校园文化包括硬件和软件两方面。硬件是指校园文化设施，由各种物质设备组成；软件是指校园文化精神，是学校在长期的传统中积累的，学校组织本身所具有的文化传统和价值体系。

校园文化在学校与人之间起着重要的作用，主要体现在：第一，健康发展的校园文化有利于学校实现育人目标，促进学生的全面发展。第二，良好的校园文化有利于学生的个性发展。第三，校园文化有利于培养学生较高的情趣和审美情感。一所现代化的学校不得不重视现代校园文化设施的建设，必须按照学校现代化的要求，逐步建设学校的校园文化设施。当然，这并不是要求学校一味追求学校设施的现代化，追赶装备的新潮，而是学校的校园文化设施应该在现代科学文明的统领下，以人文文化和科学文化交互融合为基本构建模式，实现文化的现代化。

美术在校园文化环境的塑造上扮演很重要的角色。从美学角度分析，对环境美化的过程就是对环境中与人们息息相关的各种美的潜在客体进行精神化再创造的过程，是对其文化价值进行再挖掘和再升华的过程。它在按照美的规律造型的过程中，积淀下了创造者的审美感受，物化下了构思者的精神体验。因此，以美学指导思想规划和建设的校园环境必定是技术和艺术、实用和审美的统一。

二、校园文化墙——"让每一面墙说话"

校园文化墙是指把具有深厚人文底蕴的文章、诗词、格言挂在墙上，把具有教育意义的历史典故、具有时代进步意义的事件绘于墙上，发挥良好环境的熏陶作用，在潜移默化中达到对学生审美、启德、增智的教育目的。

文化墙既可以让专业的设计制作者完成，也可以吸收受教育者——学生来参与绘制。青少年儿童是校园活动中最具朝气的群体，代表着人类社会的未来，尽管他们不够成熟，但却是最具活力的年龄。他们思想敏锐、精力旺盛、创造力强，他们和拥有丰富知识的教师一道，成为活泼的、生动的校园文化的创造者。

徐州某师范学校附属小学在这方面有一定的经验。该学校东墙郁郁葱葱的立体绿化带显露出蓬勃的生命力，依墙而设的艺术画廊在古色古香的文化墙的映衬下更显小巧玲珑、匠心独具。走进细看，雪白的墙壁上还印着五彩斑斓的"try一下"小手印，寓示着附小孩子未来的腾飞。西墙的大型儿童壁画童趣盎然，色彩华美，这全部是附小"小画家"的丹青妙笔。南楼的标本墙，北楼的格言走廊等等，普通的墙壁因为童心的闪耀、设计的精当而灵性飞扬。

对学校的墙壁进行文化着装，在内容上应把代表中国古代灿烂文化的唐诗、宋词、名言警句，代表先进文化发展的科技、天文、地理知识等和学校的管理制度、师生作品相结合。形式上以广大师生喜闻乐见的表现方式，在学生必经的地方进行全面铺展。让每一面墙所说的话，和它的外在形式和谐统一。需要说明

的是，在组织学生参与绘制文化墙之前要做好准备工作：第一、确定明确的表现主题，是具有教育意义的历史典故，还是时代特色鲜明的题材。主题确定后，可以向师生收集资料、征集方案。 第二、确定表现元素，画出详细设计的草图，包括画面构图和上色方案等。第三、明确分工，各司其职。有的同学思维活跃，适合做绘制前期的组织策划； 有的学生造型能力强，适合画面构图；有的同学细心，适合填色彩。

例如，2008年是奥运年，为营造平安祥和迎奥运的浓厚氛围，某校以"2008北京奥运"为主题，让学生进行创作，很好地融合了时代特征、中国韵味及和谐社会等要素，体现了更快、更高、更强的奥运精神（图4-1~图4-5）。

图4-1_某校"2008北京奥运"主题文化墙1

图4-2_某校"2008北京奥运"主题文化墙2

图4-3_某校"2008北京奥运"主题文化墙3

图4-4 某校"2008北京奥运"主题文化墙4

图4-5 某校"2008北京奥运"主题文化墙5

三、校园雕塑——凝固的音乐

雕塑是造型艺术的一种，又称雕刻，是雕、刻、塑三种创制方法的总称。具体指利用各种可塑材料（如石膏、树脂、黏土等）或可雕、可刻的硬质材料（如木材、石头、金属、玉块、玛瑙等），创造出具有一定空间的可视、可触的艺术形象，以反映社会生活、表达艺术家的审美情感、审美理想的艺术。雕塑是一种对人类自身存在价值、生命意义积极肯定的艺术，是人类审美理想的感情凸现，也是人类相互间进行精神交流的一种特殊语言。

校园雕塑是指陈列在教书育人的校园环境中、具有一定象征和教育意义的雕塑作品。校园是教育人的地方，好的雕塑作品及其营造的优美环境，能更好地培养人、教育人、陶冶人，让学生潜移默化地受到美的教育。

校园雕塑是校园文化中的重要组成部分。一方面作为装饰，丰富校园空间环境，校园雕塑具有很高的审美价值，极大地丰富着师生的精神生活；另一方面校园雕塑也是一个时代精神和文化状态的体现。它体现着学校时代的变迁，学风的面貌以及办学的精神理念。优秀的雕塑艺术品会成为师生生活、学习的一部分，它们所蕴涵的审美精神潜移默化地影响着学生的身心发展，如由著名雕塑家遥远创作的《世界和平女神》（图4-6）落户中山大学珠海校区，为中山大学校园乃至整个城市带来一股清新的文化气息。

"好的校园雕塑可以将学校特有的文化底蕴化为有形的、可视的载体，可以让学生在这种良好氛围中受到潜移默化的熏陶，这对陶冶学生的情操、塑造其健康人格，大有裨益。"创作校园雕塑近20年的雕塑家叶国良说。著名雕塑家潘鹤也肯定了好的校园雕塑对学生心灵的美化作用。他说："一件艺术精品往校园一放，能在无声无息中牵引学生去寻找真善美，久而久之，心灵也会因此起变化。"在广州市109中学，学生们已经对那些校园里的雕塑生出了感情。"我想毕业之后，想起校园，肯定忘不了这些朝夕相对了几年的小石人、小铜人。"广州市109中学的任强同学说。该校的《腾飞》、《健》、《韵》等雕塑错落于校园的各个角落，已经成为学生校园生活不可或缺的部分。任强说，之前学校里空荡荡的，没什么意思，有了雕塑以后，校园显得很精神，学生们经过时都会看看、摸摸。与校园文化和谐统一的雕塑，的确能带给学生们一种愉悦的精神享受。

校园文化旨在为学生营造一个美好的环境，帮助他们更好地发展心智，形成良好的价值观和行为习惯。台湾的一些学校开展了广泛的校园文化建设活动，比如花

图4-6_雕塑《世界和平女神》

图4-7_雕塑《世纪之声》

莲县的明廉中学、静浦学校就做得非常有成效。这些学校通过生活美术教育的理念，落实多元文化艺术形态，在环境关怀中实现艺术教育的价值，培养学生的人文素养，帮助学生体认文化传统和自我。教师有意识地指导学生对教室、窗台、走廊、楼梯，甚至厕所进行装饰和美化，形成富有感染力的校园文化氛围。

北京第二实验小学也在这方面积极探索，以学生的发展为本，处处体现出对学生的尊重和呵护。一年级小朋友的卫生间装饰成粉色调，十分干净明亮。每个卫生间里侧都有一个小挂钩，以方便学生上厕所时搁置携带的东西。每扇门板内外两侧有一个巴掌大的警示牌，警示牌用优美的风景、花草图案作背景，上面写着各种关于文明卫生的用语，如"用清清的水，换来阵阵清香"、"让每个走近我的人都感到我的洁净"、"你也爱干净、我也爱干净"、"用你的举手之劳，换我一身洁净"、"来时你轻轻地打开，走时你轻轻地关好"等一系列标语，极富人性关怀。

校园文化环境是对师生施加影响的隐性教育因素，也是一种有较大利用价值和开发空间的潜在课程资源。当然，每个学校都有自己的办学历史、地理环境，所储备的教育资源的多寡也不尽相同，因此，要开发校本美术教育资源应首先充分了解自己的学校，了解学校的历史，关注学校的现在和未来，把各种有意义的校园文化活动、文化设施、观念、制度，如典礼、仪式、节庆、校徽、校歌、校训、校风、规章制度、塑像、典型建筑物等保护固定下来；在适当的场所设计一些名人的题词、警句、格言；塑造与学校办学定位和特色密切相关的教育名人的形象；设置校园文化墙、文化长廊、文化石、大型雕塑；整体规划学校的文化节、艺术节、学术节和社团活动，适度开展对外文化和学术交流，营造浓厚的学习氛围；整体优化、美化校园环境，实现环境的教育功能。只有结合学校的发展目标、开动脑筋认真思考，才能很好地挖掘相应的美术课程资源。（图4-7～图4-10）

图4-8_雕塑《协奏曲》

图4-9_雕塑《光阴》

图4-10_雕塑《青春》

●延伸与拓展

一、知识点击

文化环境塑造的建议

在校园环境文化的规划设计中，必须突出以下几点：

1. 融合学校文化底蕴

成功的校园文化环境规划，应当融合学校的办学理念，反映出学校丰厚的文化底蕴。以博兴第一中学的校园美化为例。博兴一中五十多年的办学历史，为国家培养了大批优秀人才，设置桃李园，意取"桃李满天下"，寓意众学子以博兴第一中学作为起点，励学成材，开花结果，桃李芬芳。桃李园西侧的文化墙，以孔子周游列国，广收门徒为背景，篆刻了一中五十多年来培养出的部分优秀人才，与桃李园遥相呼应，浑然一体。此外，还有梅园、万竹园等校园园林景观的设计，由近而远，融合了学校的现状及历史，理念及目标，给人以无穷的遐想空间，置身于这样的校园环境中，学生能不珍惜爱护自己的学校，奋发拼搏吗？

2. 关注文化氛围，主题力求明确

环境营造氛围，氛围产生力量。校园内的教学楼、办公楼、图书楼、实验楼、餐厅、宿舍楼、运动场等都有其不同的功能，而不同的功能区划分决定了各个场所不同的环境文化氛围，在校园环境文化规划设计过程中必须充分考虑到各个场所的氛围要求。以办公楼为例，办公楼走廊文化要体现严谨庄重、敬业爱岗、团结和谐的职业道德教育的氛围要求，规划过程中必须充分考虑到这一点。

3. 知识性与趣味性并重

苏霍姆林斯基曾说过"无论是种植花草树木，还是悬挂图片标语，或是利用墙报，我们都将从审美的角度高度深入规划，以便挖掘其潜移默化的育人功能，并最终实现连墙壁都会说话的远大目标。"研究表明，一个人在接受外界信息时，眼睛（视觉）接受的信息占全部信息的83%，所以在塑造环境文化的过程中，视觉占十分重要的地位。许多学校的校园环境文化建设，道路旁、花丛中是名言警句，走廊、教室是名人头像、格言。形式单调、说教味浓、效果不佳。来看看山东学校文化研究所给山东平邑行蒙学校设计的1号教学楼的走廊文化：

一层文化长廊，介绍兴蒙文化、沂蒙文化等，培养学生热爱学校，热爱家乡的道德情操。二层德育长廊，对学生进行明理诚信、团结友善、勤俭自强的传统德育教育。三层科技长廊，使学生认识科学、了解自然、开阔视野、增长知识、培养严谨的科学探索精神、激发学习的兴趣和动力。四层文学长廊，介绍国内外名著、诗词歌赋、名篇佳作等，营造文学氛围，提高学生的文学素养和文字鉴赏能力。这样的设计，考虑了学生爱好的广泛性，内容丰富，在制作过程中结合学校特点，拉近了与学生的距离，极大地激起了学生们的兴趣。

校园环境文化建设涉及的内容很多，涉及的学科知识也很广泛，需要有丰厚的理论知识为指导，需要系统的构思、谋划以达到最佳的育人效果。

——《博兴一中的校园文化建设》，来源于网络，有删节

二、思考练习

1. 了解所在学校的办学历史和发展目标，为学校设计一个特色鲜明、具有一定文化内涵的校徽标志。

2. 组织学生去公园、学校、美术馆、大型广场参观雕塑作品，制作一件主题校园雕塑作品。可集体制作，也可单独完成。作品完成后举办一个校内观摩展。

3. 利用"植树节"、"儿童节"、"教师节"、"元旦节"等节日组织学生对校园一角实施"视觉改造方案"，用美术造型的方式进行装饰。

三、学习研究

以"环境与育人"为题，分析学校文化环境的优势与不足，并给出具体的意见和建议。

四、相关知识

教学案例：艺术节会场布置（初中）

教学目标：
1. 引导学生通过欣赏奥斯卡颁奖晚会和校园艺术活动的图片、资料，结合课本剧表演活动的内容要求，用经济、环保的材料，分两小组设计制作班级会场。

2. 在活动中培养学生对三维空间的造型能力、综合表现能力。

3. 在活动中学生能逐渐理解舞台美术是一种综合的艺术，感受美术的创造在学习生活中的意义。

教学重点：
运用自己已学过的各种美术字、色彩、版面和这节课学习的舞台美术知识，来完成班级会场的布置。

教学难点：
如何利用经济环保的材料，以及各小组的协同设计制作。

教学准备：
教师：欣赏资料（奥斯卡颁奖礼、校园艺术节图片、会场布置图片资料），布置材料（泡沫塑料、卡纸、水粉颜料、即时贴、布料、KT板等）

学生：文艺活动的图片，布置会场的材料（泡沫塑料、卡纸、水粉颜料、即时贴、布料、现成材料等），工具（铅笔、画笔、剪刀、双面胶带等）

教学过程:

(课前准备: 提前一节课布置学生回家寻找可以用来布置舞台的材料, 鼓励使用废旧材料。分两小组找课本剧的文字资料。)

1. 组织教学和引入

(师) 不知大家回家搜集了哪些漂亮的布置舞台的材料, 请两小组同学举起来让大家看一下。(生) 略。

(师) 展示自己准备的材料, 现在请大家用这些既漂亮又便宜的材料把我们的教室布置成亮丽的舞台。

2. 欣赏与讨论

(1) (PPT课件) 欣赏77届奥斯卡颁奖礼会场设计、舞台表演片段、校园艺术节会场布置。

(2) (师生讨论) 引导学生认识舞台美术和绘画的区别:

    ① 舞台美术是时间与空间的结合体 (不同场景和灯光的变换)。

    ② 舞台美术是各种艺术、材料、方法的综合体 (涉及绘画、雕塑、建筑等)。

    ③ 舞台美术应与表演内容相结合。

3. 设计与制作

(1) 组长带两小组同学讨论舞台布置的构思, 解决如下问题:

    ① 选定课本剧, 构思与内容相关的情境。

    ② 把所带材料放在一起, 讨论如何利用这些材料。

    ③ 讨论如何用现有材料设计可以局部快速变换的场景。

    ④ 用剪贴和绘画结合的方式设计一张稿子。

    ⑤ 小组内分好工 (例如写美术字、绘画、立体制作、其他布置)。

(2) 学生分组进行讨论与设计; 屏幕播放一些舞台设计; 教师参与小组的讨论。

(3) 制作开始, 两组围绕前后黑板进行布置。可以交换材料或使用老师带的材料。

(4) 鼓励学生创作出有创意的作品, 提醒学生注意整体的色调, 注意材料或部件下次正式表演时应还可使用等。

4. 评价与延伸

(1) 组长讲述构思, 大家评点两组布置。

(2) 教师点评与建议。

(3) 平时大家也可以使用我们今天学到的方法布置我们的教室一角或文娱晚会的会场, 用我们灵巧的手把学校生活装点得更加缤纷多姿。

          ——参见http://www.shmsjy.com/Article/jiaoan/200606/15165.html

第二讲　走入日常生活

走入日常生活——我们生活中常见的物品包括生活日用品、生活破旧物品和废弃物品。把这些物品引入到美术课堂中进行合理利用，有如下几方面的好处：首先，这些材料比较常见，有利于各地各校对照实施，为培养学生的美感，擦亮他们"审美的眼睛"和激发创新精神提供便利；其次，这些材料都凝结了人类的劳动和智慧，随意扔弃很可惜；再次，其中有些材料如废旧电池，不加处理地丢弃还会污染环境。用审美的眼光打量它们，用造型的手段改造它们，可以变废为宝化腐朽为神奇，能充分体验到创造的乐趣。

一、生活日用品的利用

我们司空见惯的生活日用品，稍加改造，就能变成一件件艺术品。我们以蔬菜瓜果的创意造型为例，进行说明。首先，要注意观察生活中那些平常瓜果的不平常

图4-11_白菜_鱼

图4-12_香蕉_狗

图4-13_花菜_绵羊

图4-14_茄子_企鹅

图4-15_橘子_脸

图4-16_草莓_头像

图4-17_白菜_鸭

图4-18_葡萄_笑脸

如图4-11~图4-18所示，一些美妙的创意在不经意间就闪现出来。

二、生活废弃物的利用

生活废弃物是我们经常见到和接触的东西，比如废弃的纸张、塑料、玻璃、一次性餐盒、易拉罐、瓜果皮核、菜叶等等。作为人类活动的产物，它的存在具有悠久的历史，但进入工业社会之后，随着生活水平的日益提高，我们生活中产生的废弃物越来越多，对环境造成了空前的压力，成为城市最为头痛的问题之一。

《中华人民共和国固体废物污染环境防治法附则》明确规定："固体废物，是指在生产建设、日常生活和其他活动中产生的污染环境的固态、半固态废弃物质。"具体而言，固体废物有可以分为三类，即工业固体废弃物、城市生活垃圾、危险废物。城市生活废弃物和人们密切相关，也许我们不是每天都买东西回家，但肯定每天都要从家里往外扔垃圾。有人做过研究，人们家里的垃圾正在悄悄地发生一些变化。过去家里的垃圾

之处，如它的外形、色泽等。其次，利用实物之间的相似性，展开想象，使用添加、切除、雕刻、镂空等方法，对蔬菜瓜果进行加工。最后，在加工完成的作品之后加上一个与主体物相对应的背景色调，主题会更加突出。如海豚对应大海，所以用深蓝背景；绵羊对应草地，所以用嫩绿背景。当然，也可以根据色彩学的互补色等知识，对主体物与背景色彩进行合理的搭配。

主要是炉煤渣、菜叶、剩饭、骨头等，现在则是各种塑料包装、饮料瓶罐、纸张、油漆、颜料、废电池、家用各类化学品包装物等。还有一类废物也开始进入城市垃圾的行列，他们是报废计算机、复印机、移动电话、电视机和其他电子设备。这些废物中含有很多有毒物质，处理不当会对人们生产生活带来危害，甚至对人体和环境造成恶劣的影响。

如何使这些废弃物变废为宝呢？首先，需要对生活废弃物进行搜集和分类，把其中一些可能用得上的集中起来。其次，发挥个人或团队的想象力和创造力，采用粘、贴、撕、裁、减等方法，对生活废弃物进行简单的加工、组合，形成新的东西。再次，把组装成的新东西展示出来。如此一来，物品的艺术价值和事件本身的社会传播效应将会让环保理念得到更大程度的呈现。在这方面，国外的艺术家们作出了很好的尝试。

在伦敦举办的一次变废为宝动物模型展览上，英国艺术家们用一种奇特方式倡导环保理念。他们以废弃物为原材料，制成生动逼真的动物模型：有用塑料袋制成的北极熊，车零部件做成的昆虫，用铜渣制成的企鹅等等。这些吸引游客驻足，人们在观赏艺术品的同时也吸取着展品传达的环保理念。现年60岁的简·伊顿是其中一名杰出艺术家，她经常在工作室举办小型展览，邀请同行艺术家展示各自的创意作品。此外，伊顿还利用被丢弃的珠子、饮料罐制作项链等饰品。伊顿说，被丢弃的物品因含有一段历史而更有价值，艺术家的创意作品

则会使人们认识到这些废弃物仍有利用价值。"从家里的纽扣盒到储藏室堆放的每一件废弃物，任何一件物品都可以变废为宝，人们的创造力无穷无尽。"她说。

在匈牙利，有一位退休幼儿园女教师乌利奇尼·阿尔帕德妮擅长用玉米皮制作玩偶，以反映匈牙利农民的生活。她制作的玩偶不染色，都是利用玉米皮的天然色彩（图4-19）。

詹森·迈尔西埃是来自美国旧金山的艺术家。这位极富想象力的前卫艺术家曾用豆子、面条制作镶嵌画；选用口香糖、巧克力豆之类的零食进行创作。现在，他用废弃的电池、手表、胶卷等制成明星肖像（图4-20）。

在我国南方某高校，同学们把光盘、塑料袋、行李袋、废报纸、碎布条等生活废弃物运用到服装立体裁剪当中去，既把它们纳入到合理利用的渠道，又创造了别具一格的艺术展演效果（图4-21～图4-26）。

对一些生活旧物品也可以再利用，比如尝试把一些原来无用的东西改成一些家居小摆设和日用品。用白色塑料制成相框；用布头或过时的衣服制作拖把；用塑料果汁瓶做成各种装饰品；用废纸制作明信片、贺年卡等。你只要稍动动脑筋就可以将很多无用之物变成自己的作品，既能消遣，又利于环保，一举两得。

对生活用品和废旧物品的开发与利用，是美术教育应积极面对和大力倡导的一项课题。目前国际国内的一些艺术家作了一些有益的尝试，效果良好。让审美的意

图4-19 _ 废弃物做成的人偶

图4-20 _ 废弃物做成的人物肖像画

识和创造美的能力成为普通公民素质的一部分，让更多的普通公民参与进来，"了解基本美术语言的表达方式和方法，表达自己的情感和思想，美化环境与生活"①，是每一位美术教师的愿望，也是社会文明进步的标志与体现！

图4-21_用废弃物做衣服1

图4-22_用废弃物做衣服2

图4-23_用废弃物做衣服3

图4-24_用废弃物做衣服4

图4-25_用废弃物做衣服5

图4-26_用废弃物做衣服6

---

① 中华人民共和国教育部制订.全日制义务教育美术课程标准（实验稿）.北京：北京师范大学出版社，2001.7：7.

●延伸与拓展

一、知识点击

1. 印度昌迪加尔"垃圾公园"

岩石花园(The Rock Garden)又称"垃圾公园",是昌迪加尔的奇迹。这里没有奇花异草更没有飞禽走兽,却吸引着无数的旅游爱好者前往一睹。在这座10公顷大小的公园内,城市废料变成创世佳作,无生命力的岩石变成了艺术珍宝。公园内,既有用电插头做成的大块墙壁和拱门,也有用煤渣堆积的假山。令人叫绝的是,公园里还安放有5000多件用瓷砖片、酒瓶盖堆砌成的小塑像,这个由武士、舞女以及动物组成的方阵,浩浩荡荡俨然"印度兵马俑",煞是壮观。

2. 2008个废弃瓶盖做成"中国生态地图"

浙江某高校装饰设计班的29名同学花了近一周时间,制作完成一幅"中国生态地图",这幅地图共耗用2008个废弃饮料瓶盖,不同的颜色分别代表不同地区的生态绿化情况。他们希望用这件作品向大家宣传绿色奥运,表达大学生对北京奥运的支持和祝福。

二、思考练习

我们每个人都是垃圾的制造者,也应该成为垃圾的治理者。对垃圾分类回收不但可以节约土地资源,减少空气污染,更重要的是它可以使地球资源得到最充分最有效的利用。结合周围的实际情况,看看我们能做些什么?

三、学习研究

收集生活中的废旧物品,思考一下它们能有什么妙用? 在美术教师的协助下,可以把美好的想法实施。

四、相关知识

教学案例: 绿色时装秀 (幼儿)

活动目标:
1. 树立初步的环保意识和废物利用的意识
2. 学习用一些废旧材料来设计和装饰一件服装
3. 激发创造力,发展审美能力

重点难点:
1. 重点: 学习用废旧材料来设计和装饰服装; 树立废物利用的意识

2. 难点: 装饰服装设计与众不同

活动准备:

1. 经验准备: 请家长带幼儿去服装商店欣赏时装; 五名幼儿学会时装表演

2. 物质准备: 款式不同的衣服数件, 范例一件; 剪刀、双面胶、旧挂历、装饰用的废旧材料若干

活动过程:

1. 时装表演引出课题

请五名幼儿穿上款式不同的衣服, 伴随音乐进行时装表演, 让全体幼儿欣赏。

2. 观察范例并讲解示范

(1) 看了刚才的时装表演, 你喜欢哪一款式样的服装?为什么? 　(幼儿自由讨论)

(2) 出示范例, 问: 这件衣服是用什么做的?上面有什么?用了哪些材料?

小结: 服装是用挂历纸制作的, 上面的装饰品有许多, 这些亮片是旧包装纸剪贴的, 下面的小挂饰是用果冻壳串成的, 英文字母是 "娃哈哈" 瓶的外包装纸。

我们来当服装设计师, 设计最新、最美、最环保的服装, 今天举行一个 "绿色时装秀"。

教师示范最基本的背心的做法: 先裁剪, 将挂历纸对折, 并画上衣服的半边轮廓, 剪下成衣服的前半片, 同样的方法制作后半片, 用双面胶粘合肩缝和侧缝, 这样就做成衣服的基本样子。再装饰, 衣服上的花纹用适当的材料进行设计、装饰, 注意颜色的协调搭配。

3. 幼儿制作, 教师巡回指导

(1) 指导幼儿选择合适的材料, 避免太复杂。

(2) 提醒幼儿将剪下的废纸放入废纸篓中, 回收一些废旧材料, 尽量避免垃圾的产生。

(3) 帮助一些能力较差的幼儿设计及制作。

展示作品, 互相欣赏:

让幼儿将衣服套在自己的身上, 随着音乐表演, 自由发挥, 展示自己设计的服装, 互相欣赏, 最后选出五件最漂亮的作品, 放到美术作品展示区。

延伸活动:

"绿色时装秀" 在幼儿园各班巡回演出, 还可以向社区开放, 表演给居民看。

—— 参见http://www.chinajiaoan.cn/you3/onews7.asp?id=4155, 有删节

第三讲 走入美术殿堂

走入美术殿堂——博物馆、美术馆，它们是地方美术教育资源开发的宝贵资源。其建立之初是收藏和保护文化遗产，供人参观的，近些年国内外的博物馆、美术馆都专门设立了公共教育部，专门把博物馆作为一个有意识的教育场所项目服务。为解决怎样科学地开发利用博物馆、美术馆，怎样让其更好地成为教育场所越来越受重视的问题，博物馆教育也成了大学中的一个专业。博物馆中的美术教育，弥补校内美术课程资源的不足，开阔了学生眼界，增长了他们知识，此外还对地方优秀美术文化的传承和弘扬也起到了积极的作用。

一、博物馆、美术馆的作用

博物馆是文物和标本的主要收藏机构、宣传教育机构和科学研究机构，是我国社会主义科学文化事业的重要组成部分。博物馆通过征集收藏文物、标本，进行科学研究，举办陈列展览，传播历史和科学文化知识，对人民群众进行爱国主义教育和社会主义教育。从大的方面说，博物馆可以分为艺术类博物馆、地方史志类博物馆、科技类博物馆和其他特殊类别的博物馆。

美术馆，是指收集、保存、展览和研究美术作品的机构，属于博物馆的一种。美术馆的英文Gallery，此词源于希腊文 ，原为祭祀文艺科学女神缪斯的神庙。19世纪以前，已有专门或主要收藏美术品的博物馆。现在，全世界的各种美术馆约有7000个。 中国自西周以来，宫廷中就一直收藏美术品，但近代意义的美术馆还是诞生于辛亥革命后。1925年在北京故宫古物陈列所的基础上建立以美术为主的博物馆——故宫博物院。1959年建成的中国美术馆（图4-27），是20世纪以后中国美术作品的收藏、展览中心。中国美术馆是以收藏、研究、展示中国近现代艺术家作品为重点的国家造型艺术

图4-27 中国美术馆

博物馆。美术馆的馆藏艺术品非常重要。几乎每个知名的美术馆，都有一批珍贵的"镇馆之宝"。这些被历史证明的优秀的美术作品，不但具有极高的艺术价值，而且有很大的历史研究价值。以中国美术馆为例，目前共收藏各类美术作品近10万余件，主要为近现代美术精品，包括大批中国著名美术家的代表作品和重大美术展览中的获奖作品，以及丰富多彩的民间美术作品。收藏有绘画、雕塑、陶艺民间美术等数十个品类。其中包括年画、剪纸、玩具、皮影、彩塑、刺绣等民间美术品。此外还有非洲木雕及其他国外艺术作品数百件。

那么博物馆（美术馆）主要作用和功能是什么呢？首先，它以"物"的存在展现人类历史。博物馆内的藏品以其独有的方式展现人类的历史，成为可跨越时空传递信息的有力物证。正是这些极富展现力的藏品，给生活在现代的人们打开了人类文明的历史画卷。其次，它是文化与知识的普及传承的有效载体。毫无疑问，博物馆承载着人类的文明，是人类文化的集合体，它作为法定的人类文化和自然遗产的托管者，包含了一切我们已知并认为值得永世存留的文化和自然

现象物。再次，它能提高国民素质、展现国家精神和品位。公共博物馆一开始就承担着对民众进行教育，提升国民素质的重任。正如伦敦艺术工会主席乔治·高德（George Brown Goode）所说的，"让一个工人了解艺术作品，可以使他变得举止高贵，富有自尊心，这对于维护社会的稳定，具有非同小可的作用。此外，还可以使他成为一个更好的工人，充满愉悦，超脱于自身的地位，达到灵魂净化和升华"。参观大型艺术博物馆，会有"放眼五千年，欣赏全人类"之感，无限遥远的历史，高不可攀的艺术，它们本是人类所创造，当它们作为历史的遗产再次展示在人们面前的时候，无疑会带给人们心灵的震撼。

具体而言，博物馆（美术馆）学习的目的有哪些？留德博士黄梅在《德国美术教育》作了如下归结：

1. 审美敏感程度的提高，如通过集中注意力观看原作发展感受能力；对本职和非本质东西的感觉；色彩、形式和符号等对感观的影响；对不同风格进行了解和比较的能力。

2. 对作品产生的背景和条件的了解，如对基本概念及其发展的了解，尤其是与某幅作品直接相关的一些概念。对作品产生的政治背景进行了解，对艺术家的出生环境和发展进行了解，作品对订制人的依赖等等。

3. 评价的能力，如对艺术作品评判性地进行评价；了解传统和当代作品的区别等等。

4. 谅解，如消除对不习惯的东西的先入之见；对其他种类艺术、其他文化遗迹、当代艺术的谅解。

5. 享受能力，如通过视觉的敏感能对美进行细微的区分而从中得到享受；评价的尺度精细了；审美的趣味提高了。

6. 创造性，如通过对原作的欣赏而产生了自己创造的愿望。

7. 业余爱好，如在参观博物馆之后自己在业余时间想做些相关的东西。

二、家庭、学校与博物馆教育的结合

一个国家也好，一个地区也好，一个城市也好，博物馆实际上就是这个国家、这个地区、这个城市的眼睛，它可以点亮人们的心灵之灯。博物馆，当下在西方已成为一个很有吸引力的招牌，它代表着优雅的品位和高贵的档次。高德（G. B. Goode）曾有句名言："博物馆不在于它拥有什么，而在于它以其有用的资源做了什么。"博物馆作为传播知识、传承文化的重要支撑已渐渐深入到人们的观念之中，并且随着时代的发展和社会的进步，博物馆教育也被赋予了更多的责任。作为公共文化设施并拥有大量教育资源的博物馆成了全面提高公众科学文化素质的重要场所，博物馆教育作为学校教育的延伸成为历史的必然。

博物馆教育还可以丰富学校教育的内容，给学生提供直观、具体的实物。随着新技术在展览中心的运用，博物馆还可为学生提供可见、可听、可触摸的展品，具有生动性和活泼性的特点。博物馆与学校的交流沟通是必要而必需的，"走进去"是家庭、学校与博物馆教育结合的形式之一，要求博物馆方面做好接待服务工作，根据孩子们不同年龄阶段的特点和兴奋点做出不同的策划，为不同年级的孩子提供不同的教育内容和教育形式，以迎合他们不同的口味，真正做到有的放矢。相对来说，西方的博物馆（美术馆）与公共美术教育的理论和实践产生远远早于我国，其健全完善的体制模式和先进的管理经验，尤其是在展览策划、儿童美术教育等方面的试验对我们有一定的启发、借鉴作用。

美国大都会博物馆拥有超过300万件藏品，不设门票业务，采取"建议捐赠"制度，组织并接待学生、教师和一般公众参与的有关活动。为了满足不同观众的需求，博物馆不断发展带有创新性的教育手段，以扩大接纳量，同时对博物馆中所拥有的各种资源作合理的调配与建设，配合各种项目，加强教育的力度和广度。通常为团体观众而组织的游览和讲座活动还可以事先预约不同语言的服务。他们的日常项目目的在于吸引大批观众的兴趣，加深人们对视觉艺术的理解，使观众能够频繁光顾。

　　"家庭和学生项目"是考虑到学生在礼拜天和节假日与其家人的活动而设置。大都会博物馆每年通过为学生专设的项目计划向几千个家庭发放招待票，让学生在节假期间与家人一起免费参观博物馆。在这一颇受欢迎的家庭项目中，博物馆根据不同对象提供多种语言服务，帮助孩子和家长探索和理解艺术。除了参观展品以外，这个项目还包含着小类别，如游览、画廊猎奇、家庭电影、艺术写作、绘画和艺术企划，还有一些为年轻人的特别需要而设计的活动。博物馆还提供了许多制作艺术作品的材料，以帮助家庭通过自己的创造性参与活动去发现艺术。此外还提供大量形式独特、内容有趣的艺术学习的讲座。

　　"学校项目"是大都会博物馆针对小观众的一项计划。据统计，每年约有20万从幼儿园到十二年级的儿童和青少年以班级为单位参观大都会博物馆。为此，博物馆教育部专门设立了教师培训工作室、博物馆信息网页等，供学生和教师使用。除了大量地组织参观游览活动，他们还负责编印出版有关的资讯材料，以便教师将艺术纳入平时的日常课程中。他们在这个项目中的目标是使大都会博物馆的藏品成为学校课堂的实质性延伸。还值得一提的是"见习、实习职位和研究员职位"的设置。作为世界上最大的艺术研究机构之一，大都会博物馆认为自己负有培养未来学者和博物馆专家的部分职责。为此，博物馆根据在校大学生和研究生的不同程度，为他们提供九周至一学年的实习、见习或研究员的职位，并有一定的奖励或报酬。见习和实习职位有全职的、有兼职的，艺术史和文物保护专业方向的留居研究员职位也可以为合乎资格的研究生和资深博物馆馆长提供。这是对相关专业的学生和研究者、对博物馆、对社会三方面都极有意义的事情。

　　我国学校与博物馆美术馆教育也在利用各种契机积极创造环境，探讨新的有益于青少年审美观念的发展和情感价值观构建的方式。如2001年10月，广东美术馆、广州市少儿美术教育委员会等单位联合利用"巨匠心影·毕加索版画展"的时机举办"大师画，我也画"

少儿临摹创作大赛活动。一代大师毕加索不仅吸引了广州本市市民，不少深圳、珠海、佛山、中山、东莞、顺德等地的孩子们也来加入了比赛。这次活动影响深远，评委会共收到15000多件参赛作品，画面呈现出孩子们对毕加索艺术惊人的理解力，毕加索的大师风范在孩子们的眼中得到独特的解读。又如，2007年，中国美术馆牵头主办的"放眼美国艺术三百年·邀请大学生共享文化盛宴"大学生艺术专场研讨会系列活动，中央美术学院、中国传媒大学、北京大学、北京理工大学、北京师范大学、中国人民大学等学校的大学生代表被邀请到中国美术馆观展，并就美国艺术的发展特点及其对中国艺术的发展、启示进行座谈和研讨，让大学生们对艺术有了更深的理解。

　　除了博物馆方面提供良好的策划和服务外，学校方面也要做一些工作，包括跟博物馆美术馆教育部门的协调、安全有序地组织学生进行参观。如果能在参观博物馆美术馆之前让学生对该展览的时代背景、作品风貌、代表艺术家等方面有大致的了解，教育效果将会更加理想。从鉴赏的角度来看，如果观者对某一件艺术品产生了兴趣，就会产生想接触这位艺术家的其他作品的欲求。如果对某一位艺术家有了深刻地理解之后，就会产生鉴赏其他艺术家的作品的欲望。采用这样一步一步地深入引导的方法，就能为观者提供与更多艺术品接触的机会。

　　此外，还可以请博物馆美术馆的资深研究人员到学校开设美术人文知识、专题研究讲座。这种形式在我国高校"艺术人文讲坛"中越来越多地被采用，在中小学尚未普及。在大洋彼岸的美国大都会博物馆有个"社区项目"，体现了博物馆竭力通过与中等学校和其他机构的合作使其教育计划越过高墙触及周围社区的努力。最受欢迎的项目之一"The Met Goes to school"（"大都会"进学校），以幻灯片讲座和由博物馆的教学人员带领活动的方式，将艺术直接输入课堂。

　　今后的美术馆与公共美术教育的发展之路将朝向什么方向呢？对此问题，各国的博物馆学专家和教育专家众说纷纭，提出了许多具体问题和种种解决方案。例如，就"在美术馆教育中到底应以鉴赏为主，还是以表现（创作）为主"的问题，日本的美术教育学家指出：目前在日本的美术馆教育中，充满了活力的创作活动已经取得了不少成果。以此为基础，就有可能进一步积极地探求在美术馆教育中如何使"鉴赏"与"表现"的教育有机地结合的问题，即不仅仅是对优秀的艺术品进行鉴赏，还让观者参加实际的创作活动来亲身体会艺术家创作作品的经验。具有这种"追体验"的观者，不仅仅能更容易地理解艺术品，而且也能获得创作的喜悦。这样，在美术馆中，观看作品的行为和通过创作来表现的行为之间就产生了一种有机的关联性。

无论对学校教育、家庭教育、社会教育，博物馆都可以提供丰富的学习和教育资源，都可以开展形式多样的知识传播活动，成为公民终身学习的课堂。它们作为提高公众文化艺术修养，协助艺术教育，为艺术家创作活动提供交流、借鉴的机会和资料信息的有效手段。美术馆通过展览向公众传达一种艺术标准和价值取向，发挥着潜移默化的、公开的、直接的导向作用。正如美国教育家马其逊曾说："美术馆是展示人类文明轨迹的地方，是全民素质提高和实现自我教育的大课堂。"

●延伸与拓展

一、知识点击

1. 世界知名博物馆、美术馆

中 国	外 国
故宫博物院 http://www.dpm.org.cn/	卢浮宫美术馆 http://www.louvre.fr/
中国美术馆 http://www.namoc.org/	纽约大都会博物馆 http://www.metmuseum.org/
首都博物馆 http://www.capitalmuseum.org.cn/	美国芝加哥当代美术馆 http://www.mcachicago.org/
中华世纪坛艺术馆 http://www.bj2000.org.cn/	纽约现代美术馆 http://www.moma.org/
何香凝美术馆 http://www.hxnart.com/	法国蓬皮杜文化艺术中心 http://www.centrepompidou.fr/Pompidou/
上海美术馆 http://www.sh-artmuseum.org.cn/	德国柏林,古根海姆美术馆 http://www.deutsche-guggenheim-berlin.de/
今日美术馆 http://www.todayartmuseum.com/	伦敦大英博物馆 http://www.britishmuseum.org/
上海多伦现代美术馆 http://www.duolunmoma.org/	瑞典,斯德哥尔摩美术馆 http://www.modernamuseet.se/
广东美术馆 http://www.gdmoa.org/	普拉多美术馆 http://www.museoprado.mcu.es/

辽宁博物馆 http://www.lnmuseum.org/	维也纳艺术史博物馆 http://www.khm.at/

2. 综合历史类博物馆

故宫博物院	中国国家博物馆	南京博物院
内蒙古自治区博物馆	辽宁省博物馆	吉林省博物馆
河南博物院	黑龙江省博物馆	上海博物馆
江西省博物馆	首都博物馆	开封市博物馆
湖南省博物馆	西安博物馆	青海省博物馆
天津市历史博物馆	河北省博物馆	浙江省博物馆
洛阳博物馆	湖北省博物馆	广东省博物馆
云南省博物馆	甘肃省博物馆	新疆维吾尔自治区博物馆

3. 如何参观博物馆——专家的建议

博物馆藏品无奇不有，博物馆像它的名字一样琳琅满目，千奇百怪，天底下什么样的博物馆都有。因此，参观博物馆也就没有什么定式。但是，一些经常参观博物馆的人或者博物馆专家的提示，不仅可以帮助您更好地利用博物馆及其展览，并可以从中获得更多的享受和更大的收获。

首先，在出发之前不妨先考量一下自己参观一座博物馆的目的：是走马观花地简单了解一下博物馆及其展览，还是要进去休闲娱乐，获得一种其他情况下难得的文化体验，或者您已经知道该博物馆和展览，这次要好好利用一下展览这个难得机会，进一步面对面地观赏和研究一下珍贵的展品。

充分的准备是获得最大收获的重要保证。行前不妨打个电话问一问开馆的时间，以及近期还有些什么展览——参观博物馆一般都是为了看展览，除了基本的陈列，展览是经常变换的，免得浪费时间白跑一趟。当然，如果可能，可以事先收集一些与展览有关的资料（比如上网查找、下载；跑图书馆借阅），这样可以更好地理解展览的内容，欣赏展示的文物与标本。

出发的时候别忘了穿一双舒适的鞋子，要知道，参观博物馆就是不停地走路，大型博物馆和展览可能要花费好几个小时才能比较细致地观看一遍。当然现在的博物馆很多都为观众提供休息打尖的地方，但是只有自己的脚可以带着自己的眼睛去接触文物和展品。

看的时候可以跟着导游一起走，听他（她）的讲解，也可以一个人安静地浏览，遇到重点的地方随意看个够。更惬意的是和好朋友或者老师一起看，遇到问题可以随时求教和讨论。无论如何，看博物馆一定要保持一个好心情，心情越是轻松，观赏越是投入，收获越是丰富，从头到脚，在参观中得到一种彻底的身心的锻炼。

参观时带着相机、笔记本等可能更好，可以将自己感兴趣的东西记录下来。开放水平很高、服务更人性化的博物馆现在一般不仅允许携带各种各样的辅助参观用品进去，而且往往可以照相，只要不用闪光灯，不对文物造成危害即可。

如果博物馆的条件足够好，在博物馆的餐厅吃一顿简洁、实惠而又气氛高雅的中间饭或者喝一杯饮料——比如咖啡什么的，作为中间的休息，同时变换环境回顾思考一下参观的收获，简直是一种精神的升华。然后再站起来，回过头来选取展览的重点重新浏览一下，整体的印象一定会更加深刻。

如果有可能，参加一项与展览相关的活动——比如动手制作古代工艺的艺术品、听专家的讲座、观看录像，临走时再买一点与该博物馆及其展览有关的纪念品（通常是相关图书、光盘或工艺品），往后有空了，向朋友们显耀一番，或者选择一个夜深人静的夜晚，独自拿出来回味一番，获得的则是一种超时空的享受。

当然，如果一个博物馆或者一个展览让您确有所感所得，不妨记录下来投书报纸，和天底下更多的同好共享，这样的参观就超越了个人的行为，真正变成一次文化行动了。

——摘自《记忆现场与文化殿堂》，曹兵武著，学院出版社

二、思考练习

在博物馆美术馆资源的开发与利用过程中，还有哪些新的形式？

三、学习研究

设计一个调查问卷，了解一下周围同学及其家长去当地博物馆美术馆的情况，并对调查结果进行分析。

四、相关知识

教学案例：走进美术馆（初中）

教学目标：
1. 引导学生认识美术馆的功能特征和世界著名美术馆及馆藏品的艺术价值。
2. 引导学生理解美术活动、美术作品与社会生活的关系，并积极参与各种美术欣赏活动。
3. 培养美术活动的策划意识与团队协作的人际交往能力。

课业类别：
欣赏课

课时安排：
一课时

教学方法：
发现法、参观法、讨论法、欣赏法。

教学重点：
了解美术馆的功能和世界著名的美术馆的特色。

教学难点:

从尊重人类文化遗产的角度,认识与评述美术馆的社会价值。

教具准备:

1.介绍世界著名美术馆的图片或光盘。

2.馆藏品的复制品或图片。

教学活动过程:

教学环节	教师活动	学生活动	设计意图
课前准备	1.世界著名美术馆的图片光盘。 2.馆藏品的复制品或图片。	小组通过上网或报刊查阅资料,收集世界美术馆的资料。	让学生积极主动地进行资料的收集活动。
课堂引入	1.放一段美术馆的影像。 导入课题。 2.以设问的方式导入学习内容:你知道当地哪些美术馆?你知道美术馆的功能吗?美术馆有哪些展览的方式呢?你知道世界著名的美术馆吗?谁能举例说明美术和美术作品与画家?	各小组把收集到的有代表性的资料挂起来或放在实物投影仪上与大家分享(请各小组派代表作简要介绍)。	提供动感与静感的视觉信息,创设问题情境,激发学生学习的兴趣。明确课题研究的任务,尊重人类文化遗产,培养简短评述的鉴赏能力。
教学环节	教师活动	学生活动	设计意图
课堂发展	1.分析讨论:引导学生分组选题讨论研究五个问题。 2.引导阅读课本:各组长收集本组感兴趣的内容,并提出本组学习的疑难问题,记录下来,答疑备用。	1.学生可采用竞答的方式进行教学活动。 2.小组长向老师与同学介绍小组研究的结果及发表的不同看法。	1.培养学生自主探究、比较研究及分析问题的能力和团结协作意识。 2.培养学生学会有目的地通过各种途径检索、搜集资料的习惯。
课后延伸	1.访问当地美术家和民间艺人的工作室或艺术作坊,了解艺术作品的制作过程与展览方式。 2.调查当地的文化设施和居民参观美术活动的情况,以小组为单位写简短的观察、研究报告。		

教学评价:

1.评价内容: A.是否积极主动地收集和分析资料,能够用较简练的语言向老师与同学介绍熟悉或著名的美术馆。B.小组成员是否积极参与讨论、大胆地发表自己的看法,成员之间是否团结协作等。

2.评价方式:采取老师点评、总评,学生自评,同学互评等方式。

——参见http://www.szglzz.cn/Article_Show.asp?ArticleID=581

第四讲　走入创作现场

艺术家工作室是艺术家进行创作的现场，它包括民间艺术家作坊、书画名家的工作室，还包括所谓的画家村、"绘画生产基地"等。近年来艺术市场的红火，把人们的目光引向对艺术作品的创作者及其生活状态的关注。将当地艺术家工作室作为美术课堂之外的教育资源，了解艺术家的创作构思、创作历程、创作态度以及在艺术道路的执著追求，对美术教育的开展具有积极的意义。

一、走进艺术家创作现场

1. 北京798画家村

798画家村位于北京市朝阳区酒仙桥，大批艺术家聚集在这里，其中有因循守旧或恪守传统的画家、雕塑家，也有放荡不羁、愤世嫉俗的当代艺术青年。风格迥异的中青年艺术家在这里聚集互鉴，百花齐放、异常活跃，《纽约时报》曾将798画家村与几十年前的曼哈顿SOHO相提并论；台湾作家龙应台、西班牙国王等名流也纷纷慕名来到这里。2003年，北京首度入选美国《新闻周刊》年度十二大世界城市，原因之一就是798艺术区的存在和发展，证明了北京作为世界之都的能力和未来潜力。而今，任何一个人只要对这里好奇，甚至不用一张门票，就可以自由地穿梭在798形形色色的展览厅、文化机构和个人工作室之间。798的残碎墙壁旁，20世纪50年代的痕迹依稀可辨，"毛主席万岁"、"把工厂建设成毛泽东思想大学校"和整段的毛主席语录都在老旧斑驳的朱红里诉说往昔。（图4-28）

2. 中国油画第一村——深圳大芬村

位于深圳布吉的大芬村，是一个并不起眼的客家人聚居村落。然而一走进这座占地仅4平方公里的小村落，我们深深感受到了一种独特的艺术氛围。在这

图4-28　北京798画家村中的雕塑

里，你不但可以见到国际上著名油画家的作品，而且可以了解国际油画市场的走势。因为这里现在不但云集了全国各地2000多名画家和画师，而且200多家画廊复制的油画作品都是当今市场最流行的名画。据统计，大芬村每年生产和销售的油画达到了100多万张，年出口创汇3000多万元，被国内外的艺术同行誉为"中国油画第一村"。深圳大芬村在短短的十年时间里，创造了占领全世界60%的油画市场的奇迹。在这里，无论其流派、其作品，都正面地面对市场的检验和竞争。

3. 中国剪纸第一村——河北蔚县

河北蔚县剪纸采用阴刻和阳刻结合的手法加以点彩染色而成，具有独特的艺术风格，在中国剪纸界独树一帜。2003年8月，蔚县被中国民间文艺家协会授予"中国剪纸艺术之乡"称号。2006年5月，国务院批准了我国首批国家级非物质文化遗产名录，蔚县剪纸名列其中。

蔚县剪纸相传草创于清代道光年间，有近200年的发展历史。蔚县剪纸是在窗户上发展起来的艺术，是蔚县剪纸艺术家们在追求新奇亮丽的窗饰剪纸文化过程中，借鉴武强木版水印窗花和本地流行的彩绘窗花"天

图4-29_泥人张彩塑作品1

图4-30_泥人张彩塑作品2

皮亮"的艺术内容，采用本地刀刻刺绣花样剪纸的艺术形式，融会贯通创造出来的一种新型剪纸艺术。蔚县剪纸从它出世之日起，即具有商品的天性。早期的蔚县剪纸艺人亦农亦艺，即农忙时务农，农闲时制作剪纸。当时的产品不仅畅销本地，还销往北京、天津、山西、河南、内蒙古，而且远销东南亚地区，其中的戏曲人物剪纸被称为"蔚州戏人儿"。20世纪80年代改革开放之后，随着农村生活的变化，传统的农家小格窗户逐渐减少，代之以大格窗户或玻璃窗，蔚县剪纸的内容和形式也随之发生嬗变，开始了由"走上窗户"到"走下窗户"的演进。逐渐走下窗户后的蔚县剪纸又走上厅堂、走上挂历、走上画轴、走上礼品册、走上台历、走上信封、走上书签……从而拓展了表现生活和美化生活的空间。在继承和发扬传统的基础上，扩大了题材范围，增多了涉足领域，凡是中国其他民间剪纸所能到之处，蔚县剪纸差不多也能达到，此外，蔚县剪纸艺术的技法还被用来尝试表现外国题材。

蔚县境内出现了很多剪纸专业村，其中有代表性的"南有南张庄，北有北水头"。蔚州镇南张庄村是王老赏的故乡，被誉为"中国剪纸第一村"，剪纸厂家有七八家之多，而焦氏剪纸厂就是其中的佼佼者之一；陈家洼乡北水头村则是远近闻名的"中国剪纸加工第一村"。蔚县剪纸的妙处在于不仅使用单色单纯的阴阳对比关系，而且运用彩色复合阴阳对比关系，并且把这两种对比关系巧妙地融合起来反映物象。同时，蔚县剪纸艺人手中还有一把神

奇的刻刀，这种刻刀是选用特种钢材采用独特工艺自制而成，在剪纸工具领域有独占鳌头之誉。独特的工艺和独特的工具相结合，遂使蔚县剪纸比传统剪纸更具有艺术魅力。蔚县也成为广大剪纸艺术研究者和剪纸产品经营者纷纷前来淘金寻宝的"圣地"。

二、走近艺术家

1. 天津泥人张

天津泥人张彩塑是一种深得百姓喜爱的民间美术品，它创始于清代道光年间，流传、发展至今已有180年的历史。（图4-29、图4-30）期间，经过创始、发展、繁荣、濒危、再发展等几个时期，几经波折，泥人张彩塑艺术逐步走向成熟，被民间、宫廷、乃至世界认可。张明山是泥人张的创始人，他自幼随父亲从事泥塑制作，练就一手绝技。18岁即得艺名"泥人张"，以家族形式经营泥塑作坊。他只需和人对面坐谈，抟土于手，不动声色，瞬息而成。面目径寸，不仅形神毕肖，且栩栩如生须眉俗动。1915年，张明山创作的《编织女工》彩塑作品获得巴拿马万国博览会一等奖。后经张玉亭、张景福、张景禧、张景祜、张铭等四代人的传承，"泥人张"成为中国北方泥塑艺术的代表。

泥人张彩塑属于室内陈列性雕塑，一般尺寸不大，高约40厘米左右，可放在案头或架上，故又称为架上雕塑、彩塑艺术，是一个涉及面极广，运用于各种

图4-31 库淑兰剪纸艺术作品1

图4-32 库淑兰剪纸艺术作品2

环境装饰的艺术形式，有着服务社会、美化环境的重要作用。泥人张彩塑创作题材广泛，或反映民间习俗，或取材于民间故事、舞台戏剧，或直接取材于《水浒传》、《红楼梦》、《三国演义》等古典文学名著。所塑作品不仅形似，而且以形写神，达到神形兼具的境界。泥人张彩塑用色简雅明快，用料讲究，所捏的泥人历经久远，不燥不裂，栩栩如生。

它不单形象地表现人物，而且是"随类赋色"地刻画了人物的丰采，使默不作声的塑像成为"凝眸欲语"的有生命力的生动造像。在绘色时又须运用绘画的技巧，如勾描、渲染、烘托，以达到苍劲、秀丽、典雅、素质、艳美的目的，表达出雅而不俗、丽而不华、素而不旧的效果。

泥人张的彩塑，把传统的捏泥人提高到圆塑艺术的高度，又装饰以色彩、道具，形成了独特的风格。它是继元代刘元之后，我国又一个泥塑艺术的高峰，其作品精美，影响远及世界各地，在我国民间美术史上占有重要的地位。

2. 剪花娘子库淑兰

库淑兰是陕西旬邑县赤道乡富村人，中国民间剪纸艺术杰出的代表人物之一，中国民间工艺美术大师，被联合国科教文组织授予"杰出中国民间艺术大师"称号。库淑兰的剪纸作品曾获中国民间艺术展大奖、金奖，在台湾举办过艺术研讨会，代表作品被法国、美国、德国、东南亚等国家及地区收藏。（图4-31、图4-32）

库淑兰的作品，仍然保持了民间美术不追随模拟自然形象，而以观念造型的方式，形象稚拙而又鲜明，构图繁实而又单纯明快，色彩对比强烈而又协调适度。她善于用各种形象拼贴组合起来烘托主要人物形象，整体感、节律感很强，使人透过这些浪漫、乐观、虚构的画面，看到作者纯真善良的心灵和惊人的艺术感悟。

库淑兰早期的作品（1980—1989年）简洁明朗、色彩绚丽，描绘着一幅幅生活百态图，牛羊猪狗、花草树木、房舍农具无一不活灵活现，生动自然。她的每一幅作品都配有或欢快酣畅、或辛酸讥讽、或风趣诙谐的歌谣。这些歌谣有的颂扬人生善恶，有的表现生活哲理，有的述说文化感悟。晚年（1989—2000年）80多岁的她重复地表现着一个神秘主题"剪花娘子"的创作。这个女神雍容华贵，仪态万方。她既是库淑兰的心理偶像又是一个完美的艺术构图。这个艺术构图充分的标志着当地人朴素的审美观，也即"大脸盘，高鼻梁，肤色白皙，眼睛大，眼黑多，口型小"为美人的标准。

三、邀请艺术家驻校

参观艺术家工作室、拜访艺术家可以让学生和艺术家近距离接触。此外，还可以邀请优秀艺术家、民间手工艺者来到学校课堂进行详细讲解和演示。1997年起，香港教育署开展了为期3年的 "艺术家驻校计划"，邀请中小学校参加。艺术家们每周到参与此项计划的中小学去一至两次，担任美术课的教学工作。艺术家们设计的课题深受学生的欢迎，他们的教学激发了学生的创意，增加了学生对美术学习的兴趣。英华女校是参与这一计划的一所中学。在艺术家的指导下，女校学生们集体完成了大幅绘画创作，同时创作的环境艺术作品陈列在校园各处，美化了校园，更重要的是，学生们获得了以往所没有过的创作体验，用美术语言表达了自己的心声、显示了自己的才能与力量，由此也获得了自信。

●延伸与拓展

一、知识点击

艺术家作坊的由来

追溯西方美术教育的历史，从古希腊到文艺复兴这段时间里，是没有美术学校的。到了中世纪至文艺复兴时期，欧洲出现了行会作坊的教育制度，学艺的青年才有了学习的场所。在美术学院未出现以前，作坊一直承担着艺术教育和培养年轻艺徒的任务，并培养了一大批优秀的艺术家，为学院的产生和发展奠定了基础。"作坊"美术教育是封建的自给自足的农业经济的产物。早在古罗马它就存在了，但是由于古罗马帝国的崩溃，经济一片混乱，工匠作坊便逐渐消失。直到中世纪，随着封建经济的产生，欧洲进入了土地分封时期，大小封建主们各自拥有自给自足的经济实体，每个庄园均有制造日用具的作坊。到了中世纪盛期，西欧各国的城镇和都市如雨后春笋开始涌现兴起，城市的建立和经济重心的转移，使以往的建筑家、雕塑家、画家、金银匠已不再是寺院里的修道士了，而成了城市里的手工业者。文艺复兴早期，意大利出现了资本主义的萌芽，但占主导地位的经济形态还是封建的农业经济。这一时期，城市手工劳动中技术的改进提高了生产效率，于是，出现了越来越多的手工作坊，手工艺生产一片兴盛。新的职业阶层也随之出现了，同一职业的手工艺人组织起了职业行会。而"作坊"的开设者必须是行会中的成员。于是，在这些行会的作坊中所进行的美术教育就成了中世纪美术教育的重要组成部分。"作坊"就成了一个从事手工艺劳动和绘画相结合以及艺徒们接受技艺训练的主要机构和场所，它一直存在并被沿用到了文艺复兴中后期。"作坊"中培养出的很多艺术家都是多才多艺的，如达·芬奇、米开朗琪罗、阿尔贝蒂等，他们不但是出色的素描家、金银工艺家、雕塑家、金银镂刻家、浇铸家,同时还是工程师、建筑师。

——参见http://www.studa.net/meishu/090110/16024691.html,有删节

二、思考练习

"作坊式"美术教育在中外美术发展史占有一席之地,它最终被"学院式"美术教育所取代。查阅相关资料,对其优点与不足进行概括、总结。

三、学习研究

拟一个采访提纲,采访当地一位有名望的艺术家,将采访记录整理成一篇艺术感悟的文章。

四、相关知识

教学案例: 艺术家的故事: 梦想飞翔的大画家(初中)

教材分析:
达·芬奇是意大利文艺复兴时期的著名画家,他与拉斐尔、米开朗琪罗并称文艺复兴三杰。达·芬奇不仅是伟大的画家也是一位出色的、富有想象力的科学家。在这个课题里我们将要和学生一起走近达·芬奇,欣赏画家不朽的画作,探讨艺术与科学的相通性。

教学目标:
1.了解达·芬奇的艺术足迹,探讨艺术和科学的相通性,对欧洲文艺复兴时期的背景和艺术成就有初步了解,培养学生的科学精神。
2.欣赏达·芬奇的《蒙娜丽莎》、《最后的晚餐》等油画作品,使学生体会到达·芬奇在肖像画创作中的突出成就是将情感描绘和心里揭示完美地结合在一起。

课前准备:
教师准备:多媒体课件
学生准备:收集达·芬奇的相关资料

教学活动过程:
1.故事导入,引发学生的学习兴趣
(1)课件展示《达·芬奇画鸡蛋》的故事

（2）讲述达·芬奇学习绘画的趣事，初步了解大师艺术学习历程。

2. 了解艺术大师

（1）课前，老师让大家收集了达·芬奇的资料，谁来给我们介绍一下你知道的达·芬奇？（学生介绍收集的资料）

（2）介绍达·芬奇生平：列奥纳多·达·芬奇（1452—1519），意大利文艺复兴时期画家、科学家，人类智慧的象征。生于佛罗伦萨郊区的芬奇小镇，因此取名叫芬奇，5岁时能凭记忆在沙滩上画出母亲的肖像。达·芬奇15岁开始在画家韦罗基奥的作坊学艺。1472年入画家行会。15世纪70年代中期个人绘画风格逐渐成熟。达·芬奇独特的艺术语言是运用明暗法创造平面形象的立体感。他曾说过："绘画的最大奇迹，就是使平的画面呈现出凹凸感。"

（3）认识大师艺术成就

① 达·芬奇作为画家来说他的作品并不是很多，他每创作一幅作品往往需要花费大量的时间。他的时间常常耽搁在实验不同的颜料、技法，比较不同的效果上。但是他还是给我们留下了许多的不朽的作品。例如他的《蒙娜丽莎》、《最后的晚餐》、《岩间圣母》等。

② 课件展示作品《蒙娜丽莎》，引导学生欣赏作品在构图、色彩、人物动态及面部表情丰富传神的美感、绘画技法上的特点。"蒙娜丽莎"那神奇而专注的目光，那柔润而微红的面颊，那由内心牵动着的双唇，那含蓄、模棱两可的微笑，总让人琢磨不透……

③ 展示作品《最后的晚餐》，高4.6米，宽8.8米，是所有以这个题材创作的作品中最著名的一幅巨作，绘于圣玛丽亚寺院食堂的墙上。这幅作品表现了沿着餐桌坐着十二个门徒，形成四组，耶稣坐在餐桌的中央。他以一种悲伤的姿势摊开了双手，示意门徒中有人出卖了他。其他的门徒各具姿态，表情不一，但是我们每次看到这幅作品的时候，都好像可以从人物的表情里看到他们的内心。

④ 达·芬奇除了是伟大的画家外，还是一个伟大的科学家。他为了画好人物，进行许多的解剖实验。在当时这是被教会所禁止的行为。在进行实验的同时他还画了许多的解剖图。通过这些实验他有许多重要的发现，例如他发现人的身高等于人的手展长，人的心脏中有四个腔等。另外达·芬奇还一直梦想着可以像鸟儿一样飞翔，所以他也为此做了大量的研究，设计了许多飞行器的草图。

3. 拓展延伸

（1）如果你想了解更多的关于达·芬奇的故事，你可以在课后继续来查阅相关的资料。

（2）回家后，请你尝试着用你喜欢的绘画工具来给你的朋友或家人画一张半身像。注意画好人物的表情，用表情来反映人物的内心世界。

4. 课堂小结

课件展示达·芬奇更多作品，在欣赏中结束新课。

——参见http://xxteacher.cn/Article/HTML/2885.htm

第五讲 走入名胜古迹

名胜古迹是指风景优美或有历史遗迹的地方。名胜作为自然资源是生产资料和生活资料的天然来源，是大自然对人类的恩赐；而古迹则是人类祖先劳动创造的物质和精神的珍贵产品，是人类历史发展的结晶。它们代表着人类文明不同时期不同的文化取向，是人类发展的记录，既有较高的历史研究价值也有很高的艺术审美价值。探寻名胜古迹之美，目的在于从名胜古迹的遗存中发掘具有美感的外在形式和具有精神传承性质的内在价值，以涵养美感，提升人的道德情操和精神境界。

1985年由中国旅游报社发起并组织全国人民评选出中国10处最佳风景名胜区，它们是：万里长城（图4-33）、桂林山水、杭州西湖、北京故宫（图4-34）、苏州园林、安徽黄山、长江三峡、台湾日月潭、承德避暑山庄、秦陵兵马俑（图4-35）。现从中择其一二，简单介绍。

一、万里长城

万里长城是我国古代各族劳动人民创造的世界上最伟大的建筑奇观，是在历史长河中突破了时空局限而遗留下来的宝贵财富。它的雄奇之美让人叹为观止。历史的跨度是长城具有永恒魅力的一个重要方面。它的兴衰是对我国古代封建社会各个朝代历史演变的记录，它的最终退役也是时代进步的反映。就长城的防御功能而言，从长城出现之日起，他就不单是一堵孤立的城墙，而是由城墙、墩台、关隘、边堡、烽燧等建筑设施有机组合在一起的严密、完整的防御体系。它首先起着阻挡敌人的作用，其次与周围的防御工事以及政权密切相连，最终还与统治中心——王朝的首都相联系。长城复杂的形制和完善的防御功能使之在冷兵器时代起到了卓有成效的防御作用。

自长城出现的2000多年来，以长城为中心的南北文化交流始终没有停止过。长城作为精神产物和物质产物的复合体，是"有形的文化界线，乃自然和人文的混合产物"。在这条文化线的周围，即长城分布的主要地区，形成了一种有别于其他地区的文化地带。在这一特殊文化带上，边疆民族文化逐渐被先进的汉文化所融合，呈现出鲜明的特色。围绕着长城，历代产生了大量的诗歌、散文和一些或动人或哀婉的传

图4-33_万里长城

图4-34_北京故宫

图4-35_秦陵兵马俑

说，驻足于此令人产生丰富的遐想。

二、北京故宫

　　北京故宫又称紫禁城，是明、清两代的皇宫，我国现存最大最完整的古建筑群。故宫始建于明永乐四年（1406年），永乐十八年基本建成，迄今560多年历经24个皇帝，虽经明、清两代多次重修和扩建仍然保持原来的布局。故宫占地72万多平方米，楼宇9000余间，建筑面积15万平方米。周围宫墙长约三公里，四面矗立着风格绚丽的角楼，墙外有宽52米的护城河环绕，形成一个森严壁垒的城堡。故宫宫殿的建筑布局有外朝、内廷之分。外朝以太和、中和、保和三大殿为中心，文华、武英两殿为两翼，是皇帝举行大典和召见群臣、行使权利的主要场所。内廷有乾清宫、交泰殿、坤宁宫及东西六宫，是皇帝处理日常政务和后妃、皇子们居住、游玩和奉神的地方。东南面为南北狭长的前庭，有天安门和瑞门，形成宫门前面一系列建筑的前奏。正门即午门，北门为神武门，东为东华门，西为西华门。午门后有一方形广场有弯曲的金水河横贯，河上跨五座汉白玉单孔石桥，桥北是九间重檐庑殿顶的太和门，其两侧并列昭德、贞度二门。广场东西有通往文华殿和武英殿的协和、颐和二门。三大殿是外朝的主体建筑，入太和门迎面是面阔11间重檐庑殿顶的太和殿，中间是方

形单檐攒尖顶的中和殿，最后为九间重檐歇山顶的保和殿，三座殿建在一个工字形三层汉白玉的台基上，四周廊庑环绕，气势磅礴，为故宫中最壮丽的建筑群。在保和殿后的台阶上有一块紫禁城内最大的石雕丹陛。丹陛为艾叶青石，上雕九龙，云纹回护，海水江牙，雕工精美。丹陛石长16.57米，宽3.07米，厚1.7米，总重200余吨。它是在明代，由一块完整的石头雕刻而成。这块石料开采就动用了一万多名民工和六千多名士兵，而运往京城则更为艰巨。数万名民工，在运送石料的道路两旁，修路填坑。每隔一里左右掘一口井，在隆冬严寒滴水成冰的日子，从井里汲水泼成冰道。两万民工一千多头骡子，用了整整28天的时间，才运到京城。内廷从乾清门开始，在中轴线上的建筑物有乾清宫、交泰殿、坤宁宫及周围的十二座院落。乾清宫东西各有六组自成体系的院落，即东六宫和西六宫。东六宫南面有奉先殿、斋宫，西六宫前面是养心殿。内廷中轴线之东有宁寿宫一组建筑，俗称外东路，西有慈宁宫、寿康宫、英华殿等。内廷另有花园三座，御花园在故宫中轴线的煞尾处。宁寿宫花园在宁寿宫养心殿之西，慈宁宫花园在慈宁宫之前。内廷与外朝的建筑气氛迥然不同。

　　在雄伟的天安门城楼前矗立着用汉白玉雕刻的凌云华表。华表，又称擎天柱，由栏杆、须弥座、地衬石及蟠龙盘绕的柱身、云板、承露盘、望天犼七部分组成。从座外栏杆、栏板、望柱到承露盘共雕刻各种形态的行龙、蟠龙97条。在华表的云板、承露盘上，蹲踞着的望天犼面向不同，作用也不同。背向北而面向南的望天犼叫"望帝归"，它的作用是告诫皇帝出游时不要贪游忘返，要及时返驾回宫，料理好国家大事；背向南而面向北的望天犼叫"望帝出"，其作用是召唤皇帝不要迷恋后宫，每天要临朝务政，不要忘了有很多国家大事等待着他去处理。陵墓前的华表，面背帝陵的望天犼叫"望君来"。它的作用是提醒前来祭拜的皇帝，要继承先帝的大业。面朝帝陵的望天犼叫"望君归"，它的作用是提醒前来祭拜的君臣不要过于悲哀，要化悲愤为力量，赶快回朝料理国家大事。故宫建筑气势雄伟、豪华壮丽，无论从整体布局还是细节雕饰，都体现了我国古

图4-36 秦陵兵马俑出土的战车

图4-37 桂林山水

代建筑的高超水平，是我国古代建筑艺术的精华。

三、秦陵兵马俑

1974年在陕西省临潼县西杨村发现的秦始皇兵马俑陪葬坑，是世界最大的地下军事博物馆，被称为"世界第八大奇迹"。秦陵兵马俑共有三个兵马俑坑，呈品字形排列。一号坑为步兵部队，东西长230米，南北宽62米，深约5米，面积为14220平方米。二号坑呈曲尺形，面积为5000平方米，它是由骑兵、战车和步兵（包括弩兵）组成的多兵种特殊部队。三号坑呈凹字形，面积为520平方米，似为统帅一、二号坑的指挥机关。三个坑共有7000余件陶俑、100余乘战车、400余匹陶马和数十万件兵器。

秦陵兵马俑场面宏大，威风凛凛，队列整齐，展现了秦军的编制、武器的装备和古代战争的阵法。秦陵兵马俑皆仿真人、真马制成。陶俑身高1.75米～1.95米，多按秦军将士的形象塑造，体格魁伟，体态匀称。陶俑又按兵种的不同分为步兵俑、骑兵俑、车兵俑、弓弩手、将军俑等。步兵俑身着战袍，背挎弓箭；骑兵俑大多一手执缰绳，一手持弓箭，身着短甲、紧口裤，足蹬长筒马靴，准备随时上马拼杀；车兵俑有驭手和军士两种，驭手居中，驾驭着战车，军士分列战车两列，保护驭手；弓弩手张弓搭箭，凝视前方，或在立姿，或在跪姿；将军俑神态自若，表现出临阵不惊的大将风度。陶

马高1.5米，长2米，体形健硕，肌肉丰满，昂首伫立，鬃毛分飞，表情机警敏捷，匹匹都像是奔驰战场的骏马。这些都显示了秦始皇威震四海、统一六国的雄伟军容，表现了极高的造型艺术，是世界上独一无二的文化艺术宝库。（图4-36）

四、桂林山水

广西壮族自治区的桂林市是世界著名的风景游览城市和历史文化名城，享有山水甲天下之美誉。桂林市地处南岭山系的西南部，平均海拔150米，属典型的"喀斯特"岩溶地貌，遍布全市的石灰岩经亿万年的风化侵蚀，形成了千峰环立、一水抱城、洞奇石美的独特景观，被世人美誉为"桂林山水甲天下"。（图4-37）其中最具有代表性的景点有：象鼻山、伏波山、南溪山、尧山、独秀峰、七星岩、芦笛岩、甑皮岩、冠岩、明代王城、榕湖、杉湖等。

桂林是一座文化古城。两千多年的历史，使它具有丰厚的文化底蕴。秦始皇统一六国后，设置桂林郡，开凿灵渠，沟通湘江和漓江。桂林从此便成为南通海域，北达中原的重镇。宋代以后，它一直是广西政治、经济、文化的中心，号称"西南会府"，直到新中国建立。在漫长的岁月里，桂林的奇山秀水吸引着无数的文人墨客，使他们写下了许多脍炙人口的诗篇和文章，刻下了两千余件石刻和壁书，另外，历史还在这里

留下了许多古迹遗址。这些独特的人文景观，使桂林得到了"游山如读史，看山如观画"的赞美。抗日战争时期，桂林成为中国著名的文化城，众多的爱国作家、艺术家会集在这里，谱写出抗日文化的新篇章。悠久的历史，使这块古老而美丽的土地孕育出如此富饶的文化。

千百年来，桂林一直是人们旅游观光的宝地。现在，一个以桂林市为中心，包含周围12个县的风景区已经形成。这里有浩瀚苍翠的原始森林，雄奇险峻的峰峦幽谷，激流奔腾的溪泉瀑布，天下奇绝的高山梯田……在这一片神奇的土地上，生活着壮、瑶、苗、侗、仫佬、毛南等十多个少数民族。大桂林的自然风光、民族风情、历史文化、深深地吸引着中外游客以及国家元首纷至沓来，流连忘返。（图4-37）

我国是世界上最古老的文明国家之一，名胜古迹众多。长城的雄奇、故宫的壮丽、秦始皇陵兵马俑的威仪、桂林山水的美妙神奇等等，让人神往。漫步在这些人文古迹、名山胜水之中，一方面可以感悟祖国博大精深的历史文化，另一方面可以领略祖国的大好河山，激起爱国、爱家的美好情感。结合本地的自然和人文资源，教师可以组织学生对名胜古迹进行考察、写生、摄影等美术活动。

●延伸与拓展

一、知识点击：

历代古都

1. 殷墟

殷墟，位于河南省安阳市郊区小屯村，横跨洹河南北两岸，是我国商代最后一个都城的废墟，中华民族的文字的故乡，也是中国历史上第一个有文献可考、并为甲骨文和考古发掘所证实的古代都城遗址，距今已有3300年的历史。自公元前1300年盘庚迁殷，到公元前1046年帝辛亡国的255年间，这里一直是中国商代晚期的政治、经济、军事、文化中心。商灭亡后这里沦为废墟。现存有宫殿宗庙区、王陵区、后冈遗址和众多聚落遗址（族邑）、家族墓地群、甲骨窖穴、铸铜遗址、制玉作坊等众多遗迹。宏伟壮观的宫殿宗庙建筑基址、等级森严的王陵大墓、星罗棋布的居住遗址、家族墓地，密布其间的手工作坊和以甲骨文、青铜器为代表的丰富文化遗存，构成了殷墟独特的文化内涵，展现出这座殷商王都的宏大规模和王者气派。

2. 商丘

商丘是中华民族的发祥地之一，1986年被确定为全国历史文化名城。商丘是至圣先师孔子的祖籍，古代文哲大师庄周和巾帼英雄花木兰的故里。这里是商文化的发源地。上古时期，燧人氏、高辛氏、"五帝"中的颛顼都在这里生息。自商汤代桀在此定都建立商朝起，春秋宋国、汉代梁国都在此定都。南朝元颢和宋朝赵构曾在此登基。北宋定为陪都名南京。此外，历代设郡、州、府，曾名为宋州、睢阳、应天、归德。悠久的历史，灿烂的文化，给商丘留下了星罗棋布的历史人文景观。

3. 邯郸

邯郸是春秋战国时期赵国的都城，历史遗存非常丰厚。先有赵王城遗址、武陵丛台、黄梁梦吕仙祠和学步桥等，市外有我国四大石窟之一的响堂山石窟、三国时期曹魏邺都、宋代磁州遗址以及北齐时代的皇宫等。娲皇宫为祭祀神话传说中造人和补天的祖神女娲而建，其中的娲皇阁建筑艺术巧夺天工。它通高23米，宽16.8米，进深13.6米，呈四层檐楼阁式，修于悬崖峭壁之间。由于悬空而建造，每当阵风吹过或者游人多时，楼就摆动，聪明的建筑者用8根铁索串遍全阁，从背后固于石崖，故有"活楼吊庙"之称。邯郸还是著名的成语典故之城。黄梁一梦、邯郸学步、胡服骑射、将相和等数百条成语典故均源于此地。

4. 临淄

临淄是我国历史上周代齐国的国都，以后长期为"海内名都"。临淄故城，历尽沧桑延续时间为1300多年，故城内外地上地下、文物浩繁，历史陈迹遍布，被誉为宏大的"地下博物馆"。

临淄齐国故城，位于今淄博市临淄区齐都镇，故城包括大城和小城两个部分，小城在大城的西南方，两城相连接。大城南北4.5公里，东西3.5公里，是国君居住的宫城。两城面积15.5平方公里。故城的城墙的残垣尚存，夯筑痕迹依稀可辨，城门13座。城内道路纵，多与城门相通。现已探明主要交通干道十条，小城内三条，大城内七条。道旁居住、作坊遗址遍布。东周墓殉马坑、齐国城排水道口、孔子闻韶处、桓公台等十几处文物景点已向游人开放，被山东省列为"齐文化旅游区"，并被列入全国旅游专线，为国务院1961年公布的第一批全国重点文物保护单位。

5. 洛阳

洛阳是我国七大古都之一，驰名中外历史文化名城。第一个奴隶制国家夏朝，就在洛阳一带立国。之后，商朝、东周、东汉、曹魏、西晋、北魏、隋、唐、后梁、后唐、后晋等13个王朝在此建都。建都历史长达1529年。考古工作者在洛阳发掘出十余座古城遗址，其中的二里头夏朝都城、偃师商城、东周王城、汉魏洛阳城、隋唐东都城，集历代都城建设之精华，代表营国制度的进程，被誉为"洛阳五大古城遗址"。洛阳是我国"七大古都"中建都最早、建都朝代最多、建都时间最长的历史文化名城。

6. 开封

开封是中国七大古都和著名的历史文化名城之一，距今已有2700多年的历史。战国时期的魏、五代时期的后梁、后晋、后汉、后周以及北宋和金均建都于此，固有"七朝古都"之称。开封历史悠久，传统民族文化光辉灿烂，文物古迹驰名中外。开封有着与国外友好交往的历史，特别是北宋时期的东京。开封城郭宏伟，"人口逾百万，货物集南北"，经济繁荣，风光旖旎，物华天宝，不但是全国政治、经济、文化中心，也是世界上最繁华的都市之一，有"汴京富丽天下无"的"国际都会"之称。

7. 南京

南京是中国七大古都之一，有"江南佳地，金陵帝王都"的美誉。自公元前229年东吴建都南京始，南京十次成为京都，是中国著名的历史文化名城。南京是中国著名古都，也是世界历史文化名城。考古发现表明，大约30万年前南京就有了古人类的活动，6000年前南京就出现了原始村落，聚居着本地原始居民，时至今日，已经历了无数世代的生息繁衍。

公元前472年，越王勾践在雨花台下筑城，史称"越城"，这是南京建有城堡的最早记录，至今已有2482年历史。公元229年，三国东吴迁都于此，始创建业成，而后，东晋、宋、齐、梁、陈、五代南唐、明、太平天国、"中华民国"先后在此定都。1700年来，南京曾是十朝都会，六朝金粉之地。吴宫花草、晋代衣冠、明祖殿堂、天国烽火留下了历朝历代的众多遗迹，记载着多少惊心动魄的史话，传颂着多少可歌可泣的伟绩。

——摘自《中国历史文化寻踪游》，成有子，许志宇编著

二、思考练习

调查一下本地的人文古迹和自然景观，汇总制成表格。选取其中有代表性的一项，为其旅游文化发展设计个性标志。

三、学习研究

名胜古迹、自然风光所造就的美，历来吸引很多文人雅士们来凭吊、观瞻，并留下大量诗篇。选择其中一个为代表，搜集文人们留下的相关诗词歌赋和书法碑刻作品。

四、相关知识

教学案例：瑰丽的名胜古迹(小学)

活动目标：

1. 了解我国不同地区的风景名胜，使学生发自内心去赞叹祖国山河的美丽，感受大自然的无穷魅力。

2. 培养学生收集信息能力，提高学生从多方面欣赏名胜古迹、名山大川的能力。

3. 了解主要的名山和古迹，知道一些脍炙人口的传说，知道保护名山和古迹的重要性，并学会一些简单的保护办法。

活动准备：

扑克牌大小的小卡片若干。

活动过程：

1. 谈话导入

同学们玩过扑克牌吗？今天老师想和大家玩一种特别的牌，但是这种牌得自己做，玩法也由自己来规定。这个牌的名字就叫"中国名胜古迹牌"。

2. 做一做"名胜古迹牌"

(1)上节课我们了解了我国美丽的自然风光，还搜集了许多资料。现在我们就来做一套"名胜古迹牌"吧。

(2)教师指导学生根据自己掌握的资料确定牌的内容。下面的内容可供学生参考。

　　①中国东部的名胜古迹：如泉城济南，东岳泰山等；

　　②中国西部的名胜古迹：如秦始皇兵马俑、华山等；

　　③中国北部的名胜古迹：如敦煌莫高窟、恒山等；

　　④中国南部的名胜古迹：如古镇探密、衡山等。

(3)以小组为单位，学生根据自己搜集的资料，每人制作一张"名胜古迹牌"。教师鼓励学生创造性地制作有特色的"名胜古迹牌"。

3. 玩一玩"名胜古迹牌"

(1)学生自拟游戏规则并开展游戏活动。下面的游戏活动可供学生参考。

① 猜一猜：本组"名胜古迹牌"上是什么地方的名胜，它有什么意义。

② 分一分：按方位分一分"名胜古迹牌"。

③ 小导游介绍：在牌中任意抽一张对班级学生进行介绍。

（2）在分组玩的基础上，可以全班再一起玩。由于全班同学的牌放在一起，数量大、内容多，玩的方法也就多了。学生可以根据情况制订新的游戏规则和方法，开展活动。

（3）说说自己的收获。游戏后，学生说说自己通过玩牌，学到了哪些知识、懂得了哪些道理。有的学生可能有更深的感悟，如对历史发展的感悟、对人生的感悟等，教师要鼓励学生畅所欲言。

4. 总结

我们是一个有着几千年历史的文明古国，有着丰富的旅游资源，了解中国的名胜古迹，了解它的历史及人物从而感悟作为炎黄子孙的骄傲与自豪。

——参见http://hhrhthq.blog.163.com/blog/static/2391442920090505416166/

第六讲 走入园林景观

我国造园具有悠久的历史，在世界园林中树立着独特的风格。我国的古典园林源于自然，高于自然，以表现大自然的天然山水景色为主旨，布局自由，所造假山池沼，浑然一体，宛如天成，充分反映了"天人合一"的民族文化特色，表现了一种人与自然和谐统一的宇宙观。

"园林"一词，最早见于西晋时张翰《杂诗》中的"暮春和气应，白日照园林"句。公元 5世纪以后的南北朝时期开始出现自然式的山水园，同时寺庙园林也有发展，在唐宋时期达到了成熟阶段，官僚及文人墨客自建园林或参与造园工作，将诗与画的意境融入园林的布局和造景中。中国古典园林的构造，主要是在自然山水基础上，辅以人工的宫、廊、楼、阁等建筑，以人工手段效仿自然，其中透视着不同历史时期的人文思想，特别是诗、词、绘画的思想境界。总的说来，中国古典园林共由六大要素构成：筑山、理池、植物、动物、建筑、匾额、楹联与刻石。为表现自然，筑山是造园的最重要的因素之一。秦汉的上林苑，用太液池所挖之土堆成岛，象征东海神山，开创了人为造山的先例。现存的古代园林和园林遗迹足以说明，自13世纪以来的800多年间，宫苑、宅园、寺庙园林和风景名胜区在全国各地曾得到高度发展。中国古代园林艺术对日本、朝鲜、越南等国园林的发展有重要影响。（图4-38）

一、古典园林的分类及本质特征

中国古代园林的分类，从不同角度看，可以有不同的分类方法。按占有者身份，可分为皇家园林和私家园林。皇家园林是专供帝王休息享乐的园林，其特点是规

图4-38 北京颐和园

模宏大、面积广阔、建设恢宏、金碧辉煌，尽显帝王气派。现存著名皇家园林有：北京的颐和园、北京的北海公园、河北承德的避暑山庄。私家园林是供皇家的宗室外戚、王公官吏、富商大贾等休闲的园林，其特点是规模较小，常用假山假水，建筑小巧玲珑，表现其淡雅素净的色彩。现存的私家园林，有北京的恭王府，苏州的拙政园、留园、沧浪亭、网师园，上海的豫园等。

按园林所处地理位置，可分为北方类型、江南类型和岭南类型。北方园林风格粗犷，雄浑大气，大多集中于北京、西安、洛阳、开封等地。江南类型园林景致细腻精美，淡雅朴素、曲折幽深。南方园林的代表大多集中于南京、上海、无锡、苏州、杭州、扬州等地，其中尤以苏州为代表。岭南地区因为其地处亚热带，终年常绿，又多河川，所以造园条件比北方、南方都好，其明显的特点是具有热带风光，建筑物都较高而宽敞。现存岭南类型园林，有著名的广东顺德的清晖园、东荣的可园、番禺的余荫山房等。

中国古典园林的本质特征体现在如下几个方面：

1. 模山范水的景观类型

地形地貌、水文地质、乡土植物等自然资源构成的乡土景观类型，是中国古典园林的空间主体的构成要素。乡土材料的精工细做，园林景观的意境表现，是中国传统园林的主要特色之一。中国古典园林强调"虽由人做，宛自天开"，强调"源于自然而高于自然"，强调人对自然的认识和感受。

2. 适宜人居的理想环境

追求理想的人居环境，营造舒适宜人的小气候条件。由于中国古代生活环境相对恶劣，中国古典园林造景都非常注重小气候条件的改善，营造更加舒适宜人的环境，如山水的布局、植物的种植、亭廊的构建等，无不以光影、气流、温度等人体舒适性的影响因素为依据，形成舒适宜人的理想居住环境。

3. 巧于因借的视域边界

不拘泥于庭院范围，通过借景扩大空间视觉边界，使园林景观与外面的自然景观等相联系、相呼应，营造整体性园林景观。无论动观或者静观都能看到美丽的景致，追求无限外延的空间视觉效果。

4. 循序渐进的空间组织

动静结合、虚实对比、承上启下、循序渐进、引人入胜、渐入佳境的空间组织手法和空间的曲折变化，园中园式的空间布局原则常常将园林整体分隔成许多不同形状、不同尺度和不同个性的空间，并将形成空间的诸要素糅合在一起，参差交错、互相掩映，将自然、山水、人文景观等分割成若干片段，分别表现，使人看到空间局部交错，以形成丰富得似乎没有尽头的景观。

5. 小中见大的空间效果

古代造园艺术家们抓住大自然中的各种美景的典型特征提炼剪裁，把峰峦沟壑一一再现在小小的庭院中，在二维的园址上突出三维的空间效果，"以有限面积，造无限空间"。"大"和"小"是相对的，关键是"假自然之景，创山水真趣，得园林意境"。

6. 耐人寻味的园林文化

人们常常用山水诗、山水画寄情山水，表达追求超脱与自然协调共生的思想和意境。古典园林中常常通过楹联匾额、刻石、书法、艺术、文学、哲学、音乐等形式表达景观的意境，从而使园林的构成要素富于人文内涵和景观厚度。

二、皇家园林——颐和园

颐和园始建于1750年，1764年建成，是清朝帝王的行宫和花园，其前身为清漪园。颐和园集传统造园艺术之大成，万寿山、昆明湖构成其基本框架，借景周围的山水环境，饱含中国皇家园林的恢弘富丽气势，又充满自然之趣，高度体现了"虽由人作，宛自天开"的造园准则。颐和园亭台、长廊、殿堂、庙宇和小桥等人工景观与自然山峦和开阔的湖面相互和谐、艺术地融为一体，整个园林艺术构思巧妙，是集中国园林建筑艺术之大成的杰作，在中外园林艺术史上地位显著，有声有色。

颐和园景区规模宏大，占地面积2.97平方公里（300.59公顷），主要由万寿山和昆明湖两部分组成，其中水面占四分之三（约225公顷）。园

图4-39_北京颐和园佛香阁　　　　　　　　　图4-40_北京颐和园昆明湖十七孔桥

内建筑以佛香阁为中心，园中有景点建筑物百余座、大小院落20余处，面积70000多平方米，共有亭、台、楼、阁、廊、榭等不同形式的建筑3000多间。古树名木1600余株。其中佛香阁（图4-39）、长廊、石舫、苏州街、十七孔桥、谐趣园、大戏台等都已成为家喻户晓的代表性建筑。园中主要景点大致分为三个区域：以庄重威严的仁寿殿为代表的政治活动区，是清朝末期慈禧与光绪从事内政、外交政治活动的主要场所。以乐寿堂、玉澜堂、宜芸馆等庭院为代表的生活区，是慈禧、光绪及后妃居住的地方。以万寿山和昆明湖等组成的风景游览区，分为万寿前山、昆明湖、后山后湖三部分。以长廊沿线、后山、西区组成的广大区域，是供帝后们澄怀散志、休闲娱乐的苑园游览区。前山以佛香阁为中心，组成巨大的主体建筑群。万寿山南麓的中轴线上，金碧辉煌的佛香阁、排云殿建筑群起自湖岸边的云辉玉宇牌楼，经排云门、二宫门、排云殿、德辉殿、佛香阁，终至山巅的智慧海，重廊复殿，层叠上升，贯穿青琐，气势磅礴。巍峨高耸的佛香阁八面三层，踞山面湖，统领全园。碧波荡漾的昆明湖平铺在万寿山南麓，约占全园面积的四分之三。

昆明湖中，宏大的十七孔桥（图4-40）如长虹偃月倒映水面，湖中有一座南湖岛，十七孔桥和岸上相连。蜿蜒曲折的西堤犹如一条翠绿的飘带，萦带南北，横绝天汉，堤上六桥，婀娜多姿，形态互异。涵虚

堂、藻鉴堂、治镜阁三座岛屿鼎足而立，寓意着神话传说中的"海上仙山"。阅看耕织图画柔桑拂面，幽风如画。乾隆皇帝曾在此阅看耕织活画，极具水乡村野情趣。与前湖一水相通的苏州街，酒幌临风，店肆熙攘，仿佛置身于两百多年前的皇家买卖街，谐趣园则曲水复廊，足谐其趣。在昆明湖湖畔岸边，还有著名的石舫，惟妙惟肖的铜牛，赏春观景的知春亭等景点建筑。后山后湖碧水潆回、古松参天，环境清幽。以颐和园为代表的北京皇家园林是中国古典园林的一个重要类型，是世界园林皇冠上一颗闪亮的宝石。

三、私家园林——苏州园林拙政园

拙政园位于苏州市娄门内，是江南园林的代表也是苏州园林中面积最大的古典山水园林。（图4-41）拙政园这一大观园式的古典豪华园林，以其布局的山岛、竹坞、松岗、曲水之趣，被胜誉为"天下园林之母"，它与承德避暑山庄、留园、北京颐和园齐名。

拙政园的布局疏密自然，其特点是以水为主，水面广阔，景色平淡天真、疏朗自然。它以池水为中心，楼阁轩榭建在池的周围，其间有漏窗、回廊相连，园内的山石、古木、绿竹、花卉，构成了一幅幽远宁静的画面，代表了明代园林建筑风格。拙政园形成的湖、池、涧等不同的景区，把风景诗、山水画的意境和

图4-41_苏州园林拙政园

图4-42_岳麓书院1

自然环境的实境再现于园中，富有诗情画意。池水以闲适、旷远、雅逸、平静氛围见长，来去无尽的流水，蜿蜒曲折深容藏幽而引人入胜。平桥小径为其脉络，长廊逶迤填其虚空，岛屿山石映其左右，使貌若松散的园林建筑各具神韵。整个园林建筑仿佛浮于水面，加上木映花承，在不同季节中产生不同的艺术情趣，创造出处处有情，面面生诗，含蓄曲折，余味无尽的艺术效果。

拙政园中现有的建筑，大多是清咸丰十年（公元1860年）拙政园成为太平天国忠王府花园时重建，至清末形成东、中、西三个相对独立的小园。中部是拙政园的主景区，面积约18.5亩。其总体布局以水池为中心，亭台楼榭皆临水而建，有的亭榭则直出水中，具有江南水乡的特色。"远香堂"为中部拙政园主景区的主体建筑，位于水池南岸，隔池与东西两山岛相望，池水清澈广阔，遍植荷花，山岛上林荫匝地，水岸藤萝粉披，两山溪谷间架有小桥，山岛上各建一亭，西为"雪香云蔚亭"，东为"待霜亭"，四季景色因时而异。西部原为"补园"，面积约12.5亩，其水面迂回，布局紧凑，依山傍水建以亭阁。西部主要建筑为靠近住宅一侧的三十六鸳鸯馆，是当时园主人宴请宾客和听曲的场所，厅内陈设考究。西部另一主要建筑"与谁同坐轩"。"与谁同坐"取自苏东坡的词句"与谁同坐，明月，清风，我"。东部原称"归田园居"，约31亩，因归园早已

荒芜，全部为新建，布局以平冈远山、松林草坪、竹坞曲水为主。配以山池亭榭，仍保持疏朗明快的风格，主要建筑有兰雪堂、芙蓉榭、天泉亭、缀云峰等。

四、书院园林——岳麓书院

岳麓书院（图4-42、图4-43）坐落于湖南省长沙市岳麓山东面的山脚，湖南大学校园内。书院依山傍水，四周林木荫翳，环境幽静雅致，自然景观与人文景观融为一体。岳麓书院是宋代著名的四大书院之一，始建于北宋开宝九年（公元976年），由潭州太守朱洞创建，北宋天禧二年（公元1018年），宋真宗赐以"岳麓书院"的门额。南宋孝宗乾道年间（公元1165—1173年），南宋著名的理学家张栻到书院主持讲事，朱熹闻名也从福建赶来书院讲学，并手书"忠、孝、廉、节"四个大字，刻石嵌于讲堂的两壁，所刻四个字笔力遒劲，是岳麓书院道统源流的象征。绍熙五年（公元1194年），朱熹任湖南安抚使，书院规制一新，当时有"道林三百众，书院一千徒"的说法。历代的文献史籍上还把岳麓书院和孔子讲学处并提，誉为"潇湘洙泗"。清光绪二十九年（公元1903年）改为高等学堂。1926年，工专、商专与法政专校合并，改称为湖南大学。岳麓书院占地面积21000平方

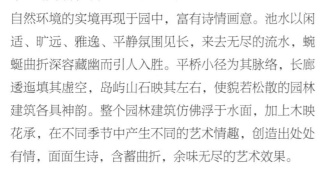

图4-43＿岳麓书院2

米，现存建筑大部分为明清遗物，主体建筑有头门、二门、讲堂、半学斋、教学斋、百泉轩、御书楼、湘水校经堂、文庙等，分为讲学、藏书、供祀三大部分，各部分互相连接，合为整体，完整地展现了中国古代建筑气势恢宏的壮阔景象。书院正中的讲堂又称为"忠孝廉节堂"，是书院的核心建筑。书院的主要建筑还有文昌阁、六君子堂、十彝器堂、半学斋、赫曦台等。

岳麓书院还以保存大量的碑匾文物闻名于世，如唐刻"麓山寺碑"，是唐开元十八年（公元730年），由著名的书法家李邕撰文并书写的，江夏黄仙鹤勒石刻篆，因为文、书、刻石都十分精美，所以向有"三绝"之称。碑高4米，宽1.35米，碑文共1400余字，此碑以其书法闻名于世，最为艺林所看重，传拓碑文曾风靡一时，笔法刚劲有力，是最为著名的唐碑之一。除此之外，还有明刻宋真宗手书"岳麓书院"石碑坊、"程子四箴碑"、清代御匾"学达性天"、"道南正脉"、清刻朱熹"忠孝廉节"碑、欧阳正焕"整齐严肃"碑、王文清《岳麓书院学规碑》等等。岳麓书院园林建筑，具有深刻的湖湘文化内涵，它既不同于官府园林的隆重华丽的表现，也不同于私家园林喧闹花哨的追求，而是反映出一种士文化的精神，具有典雅朴实的风格。

●延伸与拓展

一、知识点击

1. 知名园林集萃

皇家园林		
北京颐和园	北京北海	北京静宜园
北京恭王府花园	北京故宫御花园	北京故宫建福宫西花园
北京中南海	北京故宫宁寿宫花园	北京故宫慈宁宫南花园
北京圆明园	北京景山	河北承德避暑山庄
江苏南京煦园	西安华清池	江苏南京瞻园
名胜园林		
杭州西湖	扬州瘦西湖	南京莫愁湖
济南大明湖	绍兴兰亭	嘉兴烟雨楼

宁波普陀山	滁州琅琊山	泰安泰山
九江庐山		
书院园林		
长沙岳麓书院	登封嵩阳书院	九江白鹿洞书院
铅山鹅湖书院	北京国子监辟雍	北京文渊阁
沈阳文溯阁	宁波天一阁	杭州西泠印社
承德文津阁	杭州文澜阁	

2.《园冶》

明代的一部造园专著。作者计成，字无否，江苏吴江人。成书于明崇祯四年（1631年）。全书三卷，论述兴造论、园说、相地、立基、屋宇、装折、栏杆、门窗、墙垣、铺地、选石、借景等13部分，是中国古代有关造园著作中，最完整、最具学科深度的一部。其一突出中国造园设计中构思创意的重要性，指出一般宅屋的营造是"三分匠，七分主人"，"主人"指设计主持人。二是突出崇尚自然、顺乎自然的造林目标，对此做出"虽由人作，宛自天开"的高度概括。三是提出"得体合用"的造园原则，造园既要遵循一定的章法、体式，又要灵活地因地制宜。四是建立一整套"巧于因借"的造园借景方法。"夫借景，林园之最要者也"，把借景提到极重要的地位。

3. 园林小知识

（1）楼阁：

楼阁在中国古代属高层建筑，也是古村落中常有的建筑类型。楼阁除实用以外还有观景和景观两个方面的作用。登上楼阁，可以凭高四望周围的景色，而楼阁本身也是画面的主题或构图的中心。在古代，楼与阁还是有一些差别：从功能看，有所谓"楼以住人，阁以贮物"之说，一般阁以藏书为多；从造型看，矩形平面的高层建筑既可称楼也可称阁，但多边形平面的一般只能称阁。楼的屋顶大多为硬山或歇山，而阁经常使用歇山或攒尖形式，因此阁的造型较楼更为华丽。

（2）亭：

亭为园林中使用最多的建筑，历史上有无园无亭的说法，可见亭在中国园林中的重要性。亭的用途主要是供游人做短暂的逗留，便于在此一边休息，一边赏景。同时，亭在园林中有着重要的点景作用，山巅水边，幽林竹丛，若置一小亭，画面既美。其平面为几何形态，有方形、圆形、长方形、六角形、八角形、三角形、梅花形、海棠形、扇面形、圭角形、方胜形、套方形、十字形等式；其屋顶有单檐、重檐、攒尖、歇山、十字脊诸式。其布置时，有孤立一亭，也有三五成组，也有与廊相连，也有靠墙而成半亭。

（3）桥：

桥除了有着联系两岸交通的功能以外，它和亭一样，在园林中有着重要的点景作用。桥的形式非常丰富，制作也非常讲究。如拱桥、平板桥、亭桥、曲桥等等。如颐和园的桥有玉带桥、十七孔桥、知鱼桥，造型都非常优美。还有亭桥，如西堤上的练桥、幽风桥。小花园中桥不宜过大，通常采用平桥甚至仅为一条石梁。大的花园并且水面宽的，可以建曲桥，这样不仅增加了游人在桥上逗留的时间，以观赏水景，而且还能移步换景，取得更多的观景角度。

（4）山水地：

就选址来说，山水地是造园的最佳地点。有山水风景的地方，能使人直接与自然对话，能把人工环境与自然环境融为一体。明代著名的造园家文震亭在《长物志》中说："据山水之间为上，村居次之，郊区又次之。"明代的计成在《园冶》中说："园地唯山林最胜，有高有凹，有曲有深，有平而坦，自成天然之趣，不烦人事之工。"园林要是伴湖水就是极好的借景,如无锡的太湖一带,扬州的瘦西湖一带,历来就是造园的上佳之地。园林要是依山而筑,其景色就更富于山林野趣,这同样是园林的最高境界,如常熟的虞山,"十里青山半入城",自然是极好的造园之地。

(5)土假山:

指纯用土堆筑的假山,是园林史上最早出现的假山。土假山必须占用较大的地盘才能堆高,且山坡较缓,山形浑朴自然,能够表现山林野趣。但是由于占地过大,一般中小园林很少采用,较多的是用土来塑造带有缓坡的地形,使园林景色出现自然的起伏。古园经常有梅岭、桃花坞,也就是这种缓坡的地形。北京的景山就是最大的土假山,全山完全用土堆筑,成为一字形横卧若屏。山上林木茂盛,古柏参天,与自然的山岭已经没有什么区别。

(6)品石标准:

品石标准,历代造园家其说不一,但基本上还是有一些公认的标准。如用具体的形象特征来鉴别,可以用透、瘦、皱、漏四个字来概括。透就是玲珑多孔穴,前后能透出光线;瘦是指石峰整体形象较苗条,忌肿肥,能露出石骨棱角;皱是指石上下起伏不平,能看出有节奏的明暗变化;漏是指石身里边有孔穴上下相通,好像有路可通似的。如果从峰石整体气势上来鉴别,可以用清、丑、顽、拙四个字来概括。清者,具有阴柔的秀丽之美;丑者,给人以奇特、滑稽、不加掩饰的感觉;顽者,给人以坚实的阳刚之美;拙者,给人以浑朴、憨厚之美感。

二、思考练习

在教师、家长的带领下,利用节假日参观当地的公园、园林等人文景观,并举办"我眼中的XX园林"主题摄影作品比赛。

三、学习研究

园林中的建筑、雕塑、园艺、书法碑刻等艺术形式中,你更喜欢哪一种?查找相关资料,向大家介绍你感兴趣的这部分艺术形式。

四、相关知识

教学案例:中国古代园林赏析(初中)

教学目的:

1. 使学生对中国园林艺术有基本的了解;

2. 通过对园林与民居形式上的分析研究,总结出其精神内涵,提高欣赏的能力;

3. 通过了解中国传统园林艺术的设计思想对现代环保意识的影响,提高民族自豪感,进行爱国主义教育。

教学重点:

1. 了解园林建筑艺术的思想内涵及实质;

2. 初步掌握欣赏园林的方法,通过直观的建筑实体,分析出象征的意义;

3. 中国园林艺术对现代环保思想的影响。

教学方法：

讲解、讨论、提问、欣赏

教学工具：

多媒体课件

教学过程：

1. 导入：

让学生欣赏一组本地园林的图片，吸引注意力。常熟是唯一一座县级市园林城市。让学生观看短片（苏州园林），针对短片，提问：

我国园林的主要特色是什么？ 自然山水风景园。

我国园林有哪些主要类型？ 皇家园林、私家园林、风景园林。

我国的四大名园是什么？ 拙政园、留园、颐和园、避暑山庄。

2. 对南方园林的代表——苏州园林拙政园的图片，以及北方园林的代表——北京颐和园的图片欣赏，在欣赏过程中穿插讲解。

（教师讲解）中国园林最早见于史籍记载的是公元前11世纪西周的灵圃（"圃"是中国古代供帝王贵族进行狩猎、游乐的一种园林形式。）至今已有三千年的历史。随着社会的进步，中国园林逐渐形成独特的民族形式，自成体系。它的主要特点是崇尚自然而又妙造自然，把人工美与自然美巧妙地结合起来，创造了独树一帜的自然山水式园林。由于文人参与园林的建设，中国古代的园林充满了文人气息和诗情画意。"诗情画意"是中国园林的精髓，也是造园艺术所追求的最高境界。为达到这一目的，造园艺术家常利用古人诗文与造景相结合。（显示与谁同坐轩图片）苏州拙政园"与谁同坐轩"：取苏轼词"与谁同座，明月，清风，我"之句为名。苏轼词的原意是标榜清高不群，这里只借以写景，使意境更为丰富。"沧浪之水浊兮，可以濯我足"，以示其志之清高。

中国园林艺术的最高境界是讲究自然天成，不露人工斧凿的痕迹。它的最大特点是一切要按自然美的规律来安排（尊重自然规律，屋内的柱子的朝向按照树木在自然界的状态）受道家思想的影响，如"人法地，地法天，天法道，道法自然"，要求人们要尊重自然规律的法则，不要横加干涉自然法则。园林主要是模仿自然，即用人工的力量来建造自然的景色，中国古代园林，是把自然的和人造的山水、花木以及建筑等融为一体的游赏环境。以自然与人工的关系来划分可分为风景园林和城市园林。风景园林是在较广阔的自然环境中点缀少量人工建筑，如颐和园；而城市园林则是在人工建筑的环境中布置山池、花木等自然景观，如苏州园林。分得细一点则，它主要有三种类型：一种是面积较大、气派宏伟的皇家园林，如清代的圆明园、现存的北京颐和园等；另一种是规模较小的私家园林，园林风格因园主的情趣而异，如苏州的拙政园、网师园等。还有一种是城郊风景区和山林名胜，如杭州西湖、昆明西山滇池等。这种园林规模也较大，多是把自然的和人造的景物融为一体。这三种类型的园林中以前一、二种艺术成就最高，集中体现了中国古代园林艺术的特点和精华。但万变不离其宗，都是模仿自然，建筑隐于自然山水环境中。

3. 小组讨论：

我国的园林建筑有哪些特征？南北方园林建筑有哪些区别？（提示：都由哪些要素构成？建造的目的是什么？规模怎样？）

（1）我国园林的特征：

　　① 取法自然，高于自然，融自然美与建筑美为一体，以诗情画意的传统作为创作方法。② 为了满足封建统治阶级和文人士大夫游憩的生活需要而兴起和发展的，渗透着封建文人的艺术情趣。③ 都凝聚着劳动人民的智慧和创造力。④ 划分景区和空间，善于"借景"。⑤ 追求寓情于景、触景生情的艺术境界。

　　（2）要素：（教师讲解）园林少不了建筑，建筑在东西方园林中扮演的角色不同，西方古典园林的布局中，建筑占主导，园林是延伸部分，服从于建筑，使园林"建筑化"，建筑是孤立的，无须同园林互相渗透。中国园林的布局中，园林统帅建筑，巧妙地使山石流水、花草树木渗透到建筑中去，迫使建筑园林化，要求建筑随高就低，因山就势，自然敞开，使建筑本身与自然融为一体。

　　中国古代向来把园林看成是一首诗或一幅画，而不是单纯的土木工程，它巧妙地将诗画艺术与园林熔于一炉，如建筑上的匾额、雕塑等。诗画与园林作品不仅赞赏自然本身的形态美，而且更注重自然的内在美，将自然"人格"化，认为松柏延年、荷花廉洁、翠竹虚心、岩石坚贞，都和人的情感相联系。竹影花影、风声雨声、阳光月光、茶香花香都能激起人们的情感和丰富的联想。

　　中国园林三大要素：

　　① 山水地形：山是永恒稳定的象征，大园山大，主山多是土山，山石用在重点部位称"山骨"，小园山小，可全用山石堆叠；水是智慧和廉洁的象征，水从山泉流出，通过曲折的溪涧最后汇成大池，成为园林的主体水面。

　　② 花草树木：富有生机，象征着欣欣向荣。花草树木是自然式的，讲究意境，花木种类的选择都要顺应地形、朝向等自然气候条件与植物的生长习惯，同时特别注意保留原有的古树和植被，使之成为全园植物的骨干。

　　③ 园林建筑："曲径通幽"，建筑分散在自然要素之中，与自然的景物交织在一起。园中的主要建筑往往和主山池相对，自然景色最集中的地方通常有点景和观景建筑。建筑和园路还起着分隔空间和组织游览路线的作用。

　　（3）园林中的对景和借景：

　　① 对景：中国园林讲究的是"步移景异"，随着人的走动，景物就不断地变换。在中国园林中，最好的景点往往置于最有利的地势上，而且有最好的自然环境作衬托，在游览路线最适于停留的地方便是赏景的最佳位置，在景点多的园林中，各个景点常互为对景。有时为了强调对景中最精彩的部分，还利用门洞、窗洞或建筑的间隙把对景框起来。

　　② 借景：把园外的佳境，通过精心选择和剪裁，收纳到园林中来，扩大空间感。借景有多种形式：远借，如拙政园"倚虹亭"、"荷风四面亭"借园外北寺塔。邻借，如颐和园漏窗，信步间透过一个个窗洞，就能"步移景异"地欣赏到一幅不同的画面。仰借、俯借则是观赏的角度不同。

　　（4）园林的景的欣赏：

　　① 静观（类似欣赏一幅幅图片）

　　所谓"静观"是庭院中人能够驻足的观赏点，在可停息的小亭里、坐椅上留住人，使人能对四周的景观仔细观赏。因其视点与景物的位置不变，眼前犹如出现一幅立体的风景画，整个画面就像一幅静态图画，造景就是有意识地安排视线范围内的主景、配景、前景、中景和远景，尽可能使画面向纵横发展。

　　在中国古典园林中还常常通过各式洞门或通过各式窗户及各种漏窗，透过门框或窗框，透过门，空间相互联系、渗透，使空间感觉更为深远，使的境界更生动、更深邃、耐看、耐寻思，令人回味。

　　② 动观（类似欣赏短片）

　　所谓动观，是通过一定的行走的路线，把不同的景组成连续的景观序列，随着人的移步，景色不断地发生变化，因其视点与景物相对位移，犹如观看一幅长卷图画，一景一景不断闯入眼帘，成为一种动态的连续构图，获得良好的动观效果。西方"流动空间"的理论和东方"空间分隔"的理论都异曲同工地创造出庭园步移景异的景色。尤其在中国的古典园林中，苏州一批面积狭小的私家庭园采用了曲径通幽的表现手法，将动观的景色表现得淋漓尽致。庭园造景有如撰文画画，有法而无定式。同一景色画家可用不同笔法表现之，摄影师可从不同角度拍摄之，同一园林也可用不同构思设计之。几百座江南庭园千变万化，各有所妙。故园林造景能有独特的立意，做到虽由人作，宛自天开的意境就可称为佳作。

——参见 http://jiaoan.cnkjz.com/jiaoan/11/103/158984.html

第七讲　走入传统节庆

我国有很多传统节日，其形式多样，内容丰富，是我们中华民族悠久历史文化的一个组成部分。传统节日的形成过程，是一个民族或国家的历史文化长期积淀凝聚的过程。中国的节日有很强的内聚力和广泛的包容性，一到过节，举国同庆，这与我们民族源远流长的悠久历史一脉相承，是一份宝贵的精神文化遗产。在营造节日喜庆热闹的气氛中，节庆装饰起了极为重要的作用。

一、中国结

中国结（图4-44）是我国特有的一种古老手工艺术，是以柔软五彩丝绳为材料，通过灵巧双手把各种蕴涵吉祥的图案编成美丽的结饰。"结"与"吉"谐音，因此，结饰象征吉祥美好，成为人们装饰环境、美化服饰、追求中国古老文化的一种"情结"，人们托结寓意，赋予其各种情感愿望。"同心结"也是男女表达山盟海誓的爱情信物。"结"给人以团圆、亲密、温馨的美感，远远超过其原有的实用功能，渗透着中华民族特有的文化精髓。

在五千年历史长河中，它不仅扮演过文字的角色，更在艺术与审美的领域中，占据着举足轻重的地位。中国结有着悠久的历史渊源。据推测，打结始于新石器时代末期。远古没有文字的年代，人们用"结绳"来记事，大事系大结，小事系小结。明清时代，人们常把绳结作为辟邪饰物，式样繁复，花样精巧，俨然被视为一门艺术。中国结具有自身的艺术特点：每个结从头到尾使用一根丝线，通过编、抽等多种工艺技巧，严格按章法循环有致编结而成。每个结根据其形、意而命名。中国结的基本结共有13个：平结、十字结、万字结、团锦结、吉祥结等等。运用这些基本结进行任意变化组合，就能创造出无数精美绝伦的绳结工艺品。中国结以其优美的造型、巧妙的结构、深刻的寓意，体现出中国人民的情致与智慧。

二、春联

春联（图4-45）是中国人独有的文化表情。过年贴春联是中国最传统的民间习俗，随着声声爆竹，家家户户门上都会贴上一副喜庆春联，辞旧迎新，抒发人们对新春的祝福、对未来美好生活的向往。除了寄托人们对新年的美好愿景外，春联还能带来的吉祥年味，也成为人们装扮新居的最佳饰品。

春联最早叫"桃符"，我国民间过年有在大门左

图4-44_中国结

图4-45_春联

图4-46＿传统年画

图4-47＿剪纸

右悬挂桃符的习俗，在两块木板上书写文字来驱鬼压邪。到了明代，桃符逐渐转变成纸张，才称春联。春联以工整、对偶、简洁、精巧的文字描绘时代背景，抒发人们的美好愿望，是体现人民生活情趣的一种独特的文学艺术形式。春联的悬挂形式看似简单，其实很有渊源。它是自春秋时代在门侧悬挂桃符的演化，具有一定的神秘性与深邃的象征性，具有祈福辟邪的意义。从书法艺术角度看，其笔墨灵动极具美感；从装饰效果看，它讲究悬贴相对，红纸黑字相互映衬，富有强烈视觉和工艺装饰之美。春联的内容以欢庆为主，讲究祥和温馨、红火喜庆。每逢过年，家家户户依据各自的爱好、愿望，用春联把所思所想表现出来，千人千面，千户千声。一副好的春联配上气韵生动的书法，不但增添节日喜庆气氛，更是一件令人赏心悦目的艺术品。

三、年画、剪纸和窗花

年画、剪纸和窗花都是古老而独特的民间艺术。年画以木雕制版，然后印刷完成，色彩鲜明，画面气氛热烈，内容有门神、灶神、财神、五谷丰登、年年有余等。剪纸和窗花可以贴在门上、家具上、镜子上，还能贴在礼品上，为亲朋好友送去一份祝福。花形多样，有鲤鱼跃龙门、福娃拜年等。春节前在住宅的大门上贴春联、贴福字，屋里张贴色彩鲜艳寓意吉祥的年画，心灵手巧的姑娘们剪出美丽的窗花贴在窗户上，门前挂大红灯笼或贴福字及财神、门神像等，所有这些活动都是要

为节日增添足够的喜庆气氛。（图4-46、图4-47）

四、鲜花

春节逛花市是很多地方过年的一个风俗，代表着"吉祥"符号的鲜花，除了装点新春的居室外，也给人们带去一年的福瑞吉祥。如"花"本身就带有"花开富贵"的意思，"年橘"则代表"年年吉祥如意"；"百合"则代表百年好合；"牡丹"是花中之王，代表富贵和吉祥等等。每种鲜花都代表着人们对新年的美好祝愿，而在新年，用这些鲜花来装点居室，家里也显得格外地生机盎然。（图4-48）

五、灯彩艺术

灯彩艺术是元宵节不可缺少的节日装点。它体现了中华民族的才智巧思，它融抽象构成、拟形雕塑、平面书画、复合装饰和光动机制于一体，是一种具有浓郁民族特色的综合空间艺术。花灯，又称"灯彩"，始于汉代，盛行于唐、宋时期。花灯在人们心目中是太平盛世、喜庆吉祥和节日欢乐的象征。在锣鼓和爆竹声中，花灯把人带入了一个普天同庆的欢乐世界。它既增添节日喜庆的气氛，又作为建筑装饰使人在欢乐的气氛中交流感情，抒发美好愿望。元宵佳节，扎灯、观灯更成为民间千百年来的一种传统习俗。千百年来，花灯历久不衰，时至今日，民生富裕，科技进步，花灯的表现

图4-48_年橘

图4-49_花灯1

图4-50_龙形花灯

图4-51_花灯2

更加丰富多彩，千变万化。中国花灯是多种技法、多种工艺、多种装饰技巧、多种材料制作的综合艺术，其种类繁多，有镜灯、凤灯、琉璃灯等等。（图4-49～图4-51）

传统的手工制作的花灯一般以竹木作为骨架，制作成各种不同造型，外面糊上各种颜色的彩纸，中间点灯。传统的手工制作方法，一般有以下主要步骤：

1. 材料的准备：先将制作花灯的工具和材料准备好，放在一旁备用。纸、竹、绸缎、木是常见的传统素材，塑胶、玻璃纸等则是现代的材料。其实只要能透光，花灯的制作材料并没有限定，连水果、废弃纸盒、铝罐都可以做材料，花灯的变化有无限的想象空间。

2. 糊制：在往小方块架上糊纸前要先将小方块架的四根小木条表面的涂料用小刀轻刮，有利于上胶。刮完后将木条上的杂物去除，在木条上分别均匀地涂上糨糊。用同样的方法将其他几个灯面糊好。

3. 往灯面纸上粘贴剪纸：根据花灯的尺寸大小选择大小合适的剪纸，将剪纸粘贴于每个灯面的中央。用同样的方法在其他几个灯面上粘贴适当的装饰剪纸。

4. 骨架的组装：在四个小方块木架都粘贴好了剪纸之后就可以将它们组装在一起，成为一个花灯的框架了。将四个侧面捆绑在一起，成为花灯的骨架。

5. 提线的安装：将组装好的骨架正立放置在桌面上，将两根提线两端分别系在橡胶圆圈下方，打结系牢，再将橡胶圆圈向下推动，将提线紧紧压住，然后根据长度需要在提线上端打上一个结，这样提起提线时，花灯就可以保持正立的姿态。

6. 放置蜡烛：将花灯倒立，取一个铁夹子从花灯的内部从下往上将夹子夹在花灯底部圆木棍中间位置，然后将一根长短粗细合适的蜡烛固定在夹子上，最后将花灯倒过来，这样花灯里放置蜡烛的工作就完成了。另外，如果花灯需要一根手持的木棍，可以取一根小木棍将提线的上端固定在木棍的一端。这样一个简易的花灯就制作完成了。

花灯作为一种中国民间艺术具有独特的魅力。随着时代的变迁，民间花灯制作技术也在不断地发展，融合了一些科技元素，造型更加丰富多变，技艺更加精湛。从最传统的手工制作发展到利用一些现代技术，创造出各种形态、适合各种场合的花灯，充分体现出我国劳动人民的聪明才智。

我国的传统节日是人类文明的积淀，具有深厚的人文精神内涵，承载着中华文明几千年的文化传统，是美术教育教学的宝贵资源。把节日丰富的内涵与学生的生活经验和周围的生活环境结合起来，开发美术课校本课程，具有积极的意义。在开发节日美术教育资源时，要注意几个方面：一是选择的节日应该贴近学生的生活；二是应考虑到学生的接受能力和学习兴趣，遵循身心发展规律，考虑到不同年龄阶段孩子的需求。比如有的学校春节前组织学生走进社区为人们写春联，既让学生们学有所用，又锻炼了参与社会实践的能力，受到普遍欢迎。

●延伸与拓展

一、知识点击

我国传统节日：

腊八节（腊月初八）	除夕（腊月的最后一天）	春节（正月初一）
元宵节（正月十五）	寒食节（清明的前一天）	清明节（春分后十五日）
端午节（五月初五）	七夕节（七月初七）	中元节（七月十五）
中秋节（八月十五）	重阳节（九月初九）	下元节（十月十五）

二、思考练习

调查一下，同学们最喜欢过的节日是哪个？这个节日的环境装饰有什么特点？都用到了哪些材料以及如何进行装饰的？

三、学习研究

课后搜集一下古今中外关于描写节日的诗歌，利用第二讲堂的活动时间举办诗歌朗诵会。

四、相关知识

教学案例：节日的装饰 （初中）

教学目标:

1. 认知目标: 通过学习, 了解运用美术方法可以将我们的生活装饰得更美。

2. 能力目标: 学习描述节日不同的装饰, 谈自己的感受。学习发现身边的装饰, 并能从色彩、线条运用等方面有目的地学习。

3. 情感目标: 了解不同地区的文化传统, 包容多元文化, 欣赏现代、传统的装饰, 体验人们热爱生活的情感, 激发学生对美好生活的热爱之情。

教学重点:

认识各地区不同的节日装饰, 以及各种类型、形式的装饰方法。描述自己对各种装饰的印象, 体验其美感。初步了解节日装饰的色彩、造型特点。

教学难点:

学习描绘节日装饰的造型、色彩。

教学过程:

1. 导言:

(播放国庆节欢庆节日的场景录像) 这段录像是什么节日的场景? 看了这段录像你有什么感受 (或心情)? 为什么?

2. 讲授: 让学生将课下收集的过节时的图片或照片展示给大家, 并说一说:

(1) 是在什么时候拍的? 在哪拍的? 为什么在那拍?

(2) 描述一下自己或别人的服装、头饰、面具等。

(3) 你的感受?

3. 将收集到的节日的照片或图片贴在教室的展板上, 学生自由参观。刚才同学们谈到了一些节日, 那么你还知道我们有哪些传统的节日吗? 离我们最近的节日是什么节呢?

(1) 我们这里怎么过春节的? 不同地方过春节的方式也是不一样的。看录像看看他们是怎样过春节的?

(2) 春节时你准备怎么打扮自己?

(3) 根据学生自己的喜好分组。如环境装饰组、食物造型组、服饰文化组等。

4. 学生制作分工合作, 进行想象创作。

教学评价:

1. 学生是否能有意识地认识到节日的多彩装饰?

2. 学生能否描述出节日装饰的造型、色彩及自己的感受?

3. 学生对自己家乡 (身边) 节日装饰有无发现或新的想法。

——参见http://www.5ykj.com/Health/meisu/25718. htm, 有删节

第八讲　走入城镇民居

中国民居具有古老而独特的魅力，是中华文明的宝贵遗产，体现了民族的智慧和深厚的文化底蕴。中国疆域辽阔，民族众多，各地环境资源、气候条件和生活方式的差异，导致各地民居样式和风格也不相同。在中国的民居中，最有代表性的是北京四合院、徽派民居、福建的客家土楼和傣族竹楼等。这些民居样式是本族人深厚的文化传统在生活起居、行为方式上的集中体现。发现、走近并理解这些民居之美，实质是对隐藏在民居实体下文化的深层解读。

一、北京四合院

四合院，是一种四四方方或者是长方形的院落，是华北地区民用住宅中的一种组合建筑形式。通常一家一户住在一个封闭式的院子里，自然有一种令人悠然自得的气氛。在北京城大大小小的胡同中，坐落着许多四合院。四合院的大门一般开在东南角或西北角，院中的北房是正房，正房建在砖石砌成的台基上，比其他房屋的规模大，是院主人的住室。院子的两边建有东西厢

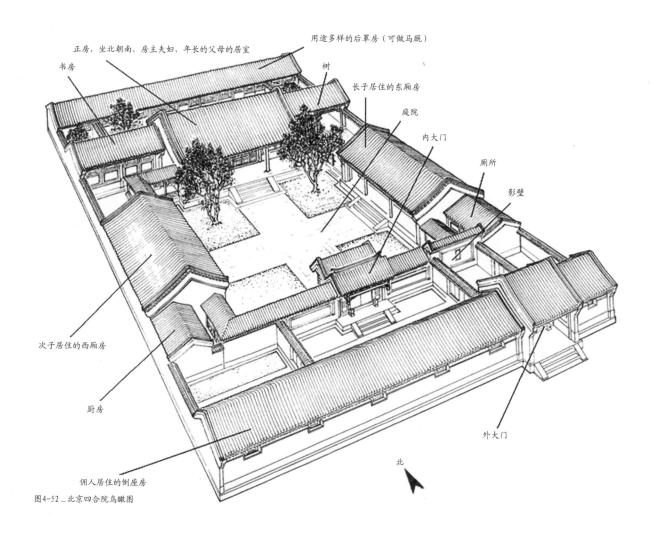

图4-52 _北京四合院鸟瞰图

图4-53_北京四合院影壁

图4-55_徽派民居远景2

图4-54_徽派民居远景1

房，是晚辈们居住的地方。在正房和厢房之间建有走廊，可供人行走和休息。四合院的围墙和临街的房屋一般不对外开窗，院中的环境封闭而幽静。

　　最简单的四合院只有一个院子，但富贵人家居住的深宅大院，通常是由好几座四合院并列组成的，中间有一道隔墙。通常，在院落进门处的正对面，修建一个影壁。影壁，也称照壁，壁身都为正方形，四周用砖雕装饰，中间的方块为书法或者绘画。上书"福"、"禄"、"寿"等象征吉祥的字样或是绘上吉祥的图案，如"松鹤延年"、"喜鹊登梅"、"麒麟送子"等等。照壁分为基座和壁身两个部分，除去给庭院制造了一种书香翰墨的气氛、为家族祈祷吉祥之外，照壁也起到一种使外界难以窥视院内活动的隔离作用。院内有用石板、砖或鹅卵石铺地的，有的是院内地面全部

铺设的，也有把主要通道铺设的，无论是怎样铺，院内总要留出几块地方种树，栽花，作为庭院的点缀。（图4-52、图4-53）

二、徽派民居

　　徽派建筑是中国古建筑最重要的流派之一，它的工艺特征和造型风格主要体现在民居、祠庙、牌坊和园林等建筑实物中。它集徽州山川风景之灵气，融风俗文化之精华，风格独特，结构严谨，雕镂精湛，不论是村镇规划构思，还是平面及空间处理、建筑雕刻艺术的综合运用都充分体现了鲜明的地方特色。尤以民居、祠堂和牌坊最为典型，被誉为"徽州古建三绝"，为中外建筑界所重视和叹服。（图4-54～图4-57）

　　青瓦、白墙是徽派建筑给人的突出印象。错落有致的马头墙不仅有造型之美，更重要的是它有防火、阻断火灾蔓延的实用功能。徽派民居的特点之一是高墙深院，一方面是防御盗贼，另一方面是饱受颠沛流离之苦的迁徙家族获得心理安全的需要。徽派民居的另一特点是以高深的天井为中心形成的内向合院，四周高墙围护，外面几乎看不到瓦，唯以狭长的天井采光、通风与外界沟通。这种以天井为中心，高墙封闭的基本形制是人们关注的焦点。雨天落下的雨水从四面屋顶流入天井，俗称"四水归堂"，也形象地反映了徽商"肥水不

图4-56_徽派民居外墙

图4-57_徽派民居雕刻

流外田"的心态,这与山西民居有异曲同工之妙。

徽派传统民居集中反映了徽州的山地特征、风水意愿和地域美饰倾向。徽式宅居结体多为多进院落式集居形式(小型者以三合院式为多),一般坐北朝南,倚山面水,讲求风水价值。布局以中轴线对称分列,面阔三间,中为厅堂,两侧为室,厅堂前方称天井,采光通风,院落相套,造就出纵深自足型家族生存空间。民居外观整体性和美感很强,高墙封闭,马头翘角,墙线错落有致,黑瓦白墙,色彩典雅大方。在装饰方面,徽州宅居的"三雕"之美令人叹为观止,青砖门罩,石雕漏窗,木雕楹柱与建筑物融为一体,使建筑精美如诗,堪称徽式宅居的一大特色。皖南民居以黟县西递、宏村最具代表性,2000年被列入"世界遗产名录"。宏村现保存完好的明清古民居140余幢。村内鳞次栉比的层楼

叠院与旖旎的湖光山色交辉相映,动静相宜,处处是景,步步入画。

作为一个传统建筑流派,融古雅、简洁与富丽于一身的徽式建筑仍然保持着独有的艺术风采。徽派民居大致还有以下几个特点:

1. 尊重自然山水大环境。古徽州对村落选址的地形、地貌、水流风向等因素都有周到的考虑,往往都是依山傍水,环境优美,布局合理,交通顺畅,建筑融汇于山水之间。

2. 富于美感的外观整体性。群房一体,独具一格的马头墙,采用高墙封闭,马头翘角,墙面和马头高低进退错落有致,青山、绿水、白墙、黛瓦是徽派建筑的主要特征之一,在质朴中透着清秀。

3. 较灵活的多进院落式布局。建筑平面布局的单元是以天井为中心围合的院落,按功能、规模、地形灵活布置,富有韵律感。

4. 精美的细部装饰。徽文化中"三雕"(砖雕、石雕、木雕)艺术令人叹为观止,砖雕门罩、石雕漏窗、木雕楹柱与建筑物融为一体,是徽派建筑一大特色。

徽州古民居建筑之所以享誉海内外,成为徽派,一方面是它保留的完整性,风格的统一性,造型的多样性,形式的艺术性;另一方面在于他有着十分丰富的历史文化内涵。徽州人崇尚自然美,追求人与自然高度的和谐和统一。徽州民居建筑注重实用性与艺术性的完美

统一。它在总体布局上，依山就势，构思精巧，自然得体；在平面布局上规模灵活，变幻无穷；在空间结构和利用上，造型丰富，讲究韵律美，以马头墙、小青瓦最有特色；在建筑雕刻艺术的综合运用上，融石雕、木雕、砖雕为一体，显得富丽堂皇。

三、福建客家土楼

在我国的传统住宅中，永定的客家土楼独具特色，有方形、圆形、八角形和椭圆形等形状的土楼共8000余座，规模之大，造型之美，令世人称奇。土楼民居以种姓聚族群居特点和它的建造特色都与客家人的历史有密切相关。客家人原是中原一带汉民，因战乱、饥荒等各种原因被迫南迁，辗转万里，在闽粤赣三省边区形成客家民系。由于客家人居住的大多是偏僻的山区或深山密林之中，当时不但建筑材料匮乏，还要提防豺狼虎豹、盗贼及当地人的袭扰，客家人便营造"抵御性"的城堡式建筑住宅——土楼。

建造土楼就地取材，用当地的黏沙土混合夯筑，墙中布满竹板、木条作墙盘，起到相互拿力的作用，施工方便，造价便宜。土楼最早时是方形，有宫殿式、府第式，体态不一，不但奇特，而且富于神秘感，坚实牢固。楼中堆积粮食、饲养牲畜，有水井，若需御敌，只需将大门一关，几名青壮年守护大门，土楼则像坚强的大堡垒。由于方形土楼具有方向性、四角较阴暗，所以客家人又设计出通风采光良好的，既无开头又无结尾的圆楼土楼。高顶村的"承启楼"，始建于公元1790年，历世3代，规模巨大，造型奇特。它直径73米，走廊周长229.34米，全楼为三圈一中心。外圈4层，高16.4米，每层设72个房间；第二圈二层，每层设40个房间；第三圈为单层，设32个房间。中心为祖堂，全楼共有400个房间，3个大门，2口水井，整个建筑占地面积5376.17平方米。"高四层，楼四圈，上上下下四百间；圆中圆，圈套圈，历经沧桑三百年"，是该楼的生动写照。承启楼以它高大、厚重、粗犷、雄伟的建筑风格和庭园院落端庄的造型艺术，融于如诗的山乡神

韵让无数参观者叹为观止。1981年它被收入中国名胜辞典，号称"土楼王"，与北京天坛、敦煌莫高窟等中国名胜一起竞放异彩。

从土楼建筑本身来看，永定客家土楼的布局绝大多数具备以下3个特点：

1. 中轴线鲜明，殿堂式围屋、五凤楼、府第式方楼、方形楼等尤为突出。厅堂、主楼、大门都建在中轴线上，横屋和附属建筑分布在左右两侧，整体两边对称极为严格。圆楼亦相同，大门、中心大厅、后厅都置于中轴线上。

2. 以厅堂为核心。楼楼有厅堂，且有主厅。以厅堂为中心组织院落，以院落为中心进行群体组合。即使是圆楼，主厅的位置亦十分突出。

3. 廊道贯通全楼，可谓四通八达。但类似集庆楼这样的小单元式、各户自成一体、互不相通的土楼在永定乃至客家地区为数极少。

土楼群的奇迹，充分体现了客家人的集体力量与高超智慧，同时也闪耀着中华民族优秀文化的光彩。自改革开放发来，永定土楼越来越为世人所瞩目，被称为人类文明史上的一颗明珠。（图4-58、图4-59）

四、傣家竹楼

竹楼是傣族人民因地制宜创造的一种特殊形式的民居，具有建材经济、冬暖夏凉、防潮防水防震的优点。

傣家竹楼的造型属干栏式建筑，它的房顶呈"人"字形，易于排水。一般傣家竹楼为上下两层的高脚楼房，底层一般不住人，用于饲养家禽。上层为人们居住的地方，一般分为堂屋和卧室两部分。堂屋设在木梯进门的地方，比较开阔，正中央铺着大的竹席，用来招待来客、商谈事宜。堂屋内一般设有火塘，在火塘上架一个三角支架，用来放置锅、壶等炊具，是烧饭做菜的地方；堂屋的外部设有阳台和走廊。从堂屋向里走便是用竹围子或木板隔出来的卧室，卧室地上也铺上竹席，是一家大小休息的地方。整个竹楼非常宽敞，空间很大，通风条件极好，非常适宜于西双版纳潮湿多雨的

图4-58_福建客家土楼远景

图4-59_福建客家土楼

图4-60_傣家竹楼

图4-61_傣家竹楼远景

气候条件。 竹楼所有梁、柱、墙及附件都是用竹子制成的，竹楼上的每一个部分都有不同的含义，走进竹楼就好像走进傣家的历史和文化。竹楼的顶梁大柱被称为"坠落之柱"，这是竹楼里最神圣的柱子，不能随意倚靠和堆放东西，它是保佑竹楼免于灾祸的象征。此外，竹楼内中间较粗大的柱子是代表男性的，而侧面的矮柱子则代表着女性，屋脊象征凤凰尾，屋角象征鹭鸶翅膀。过去傣家人的等级、辈分是非常严格的，体现在竹楼的建造上也很明显。比如凡是长辈居住的楼室的柱子不能低于2米，室内无人字架，显得异常宽敞明亮。竹楼的木梯也有规定，一般要在9级以上。晚辈的竹楼一般较差一些，木梯也只能在7级以下，室内的结构也简单许多。

傣家人的竹楼是坝区类型，由于天气湿热，竹楼大都依山傍水，村外榕树蔽天，气根低垂；村内竹楼鳞次栉比，竹篱环绕，隐蔽在绿荫丛中。傣家竹楼是傣族人民面对自然，主动适应自然选择的结果，体现了他们的

勤劳和智慧，是民族文化中的一笔宝贵的财富。（图4-60、图4-61）

五、岳阳张谷英村

张谷英村位于湖南岳阳市外100公里的笔架山下，是我国目前保存最完整的体现聚族而居的明清时期的古建筑群。它始建于明朝万历年间，素有"民间故宫"之称。其规模宏大、布局巧妙、设计巧夺天工，集建筑艺术、民俗文化、宗亲文化、耕读文化、明清风貌之大成。2001年，张谷英古建筑群被国务院确定为全国重点文物保护单位。2003年，张谷英村被中华人民共和国建设部、国家文物局授予首批全国"历史文化名村"称号。（图4-62~图4-65）

张谷英村为汉族聚居群落。整个建筑群由当大门、王家塅、上新屋三大群体组合而成。三栋主体建筑的门庭各自分东、西、南方向设置，主庭高壁厚檐，围

图4-62_岳阳张谷英村1

图4-63_岳阳张谷英村2

图4-64_岳阳张谷英村3

图4-65_岳阳张谷英村木雕

屋层层相围，分则自成系统，合则浑然一体。古建筑群始建于明嘉靖四十一年，清代两次续建。现有巷道62条，天井206个，总建筑面积达5万多平方米，共有大小房屋1732间。总体布局依地形呈"干技式"结构，主堂与横堂皆以天井为中心组成单元，各个单元自成庭院，各个庭院贯为一体，其最大特点是排水设施完整，采光、通风、防火设施完备。顺着屋脊望去，张谷英村整个建筑就变成了无数个"井"字。厅堂里廊栉

比、天井棋布、工整严谨，格局对称，形式、尺度和粉饰色调都趋于和谐统一，体现出高超的建筑技艺。建筑材料以木为主，青砖花岗石为辅。

张谷英村呈半月形分布在山脚下，以主屋为大门，背靠青山，门前的渭溪河成了天然的护庄河。大门门楣上有一幅太极图，为全族人保平安、佑富贵之意。大门里的坪上有两口大塘，分列左右。它们寓意龙的两只眼睛，既用来防火，又壮观瞻。屋场内渭溪

河图迂回曲折，穿村而过，河上大小石桥47座。屋宇墙檐相接，参差在溪流之上，形成"溪自解下淌，门朝水中开"的格局。傍溪而铺的是一条长廊，廊里铺有一条青石板路，沿途通达各门各户，连接每一条巷口，巷道纵横交错，通达每个厅堂共有60条，最长的巷道有153米，居民们在此起居可以"天晴不曝晒，雨雪不湿鞋"。檐内，浑圆的梁柱上刻有太极图，屋下镂雕的是精巧的小鹿。窗棂、间壁以及隔屏大多以雕花板相嵌，图案有喜鹊、梅花、猛兽之类，栩栩如生。

据记载，张谷英村发展至今已经过了600多年的历史，上海同济大学王绍周教授说：张谷英村可以作为汉民族聚族而居的代表，它集中国传统文化、平民意识、建筑艺术、审美情趣之精华于一体，在中国乃至世界建筑史上都有重大价值。考古专家认为，张谷英村建筑规模之大，建筑风格之奇，建筑艺术之美，堪称"天下第一村"。

由于中国各地区的自然环境和人文情况不同，各地民居也显现出多样化的面貌，这种多样性在世界建筑史也较为鲜见。多样化的民居建筑形式为美术教育资源的开发与利用提供了便利条件。针对当地民居建筑，可以开展写生、摄影等形式的美术活动，也可以在教师的指导下开展以民居为主题的文化艺术研究活动。

●延伸与拓展

一、知识点击

1. 江南水乡民宅

江南水乡的古村与民宅盛于明清时期，当地有利的地质和气候条件，提供了众多可供选择的建筑材质。表现为借景为虚、造景为实的建筑风格，强调空间的开敞明晰，又要求充实的文化氛围。建筑上着意于修饰乡村外景。修建道路、桥梁、书院、牌坊、祠堂、风水楼阁等。力图使环境达到完善、优美的境界，虽然规模较小，内容稍简，但是具体入微。在艺术风格上别具一番淳朴、敦厚的乡土气息。

浙江乌镇	浙江绍兴三味书屋
江苏周庄	浙江南浔百间楼

2. 北方大院

北方的大院建筑气势威严、高大华贵、粗犷中不失细腻，平面而又立体的表现形式，彰显出四平八稳的姿态，处处是以礼为本的建筑特色。

北京四合院	山西平遥古城
天津石家大院	蒙古包
陕北窑洞	

3. 徽系民宅

徽派古代民居风格自然古朴,隐僻典雅。不矫饰,不做作,自然大方,顺乎形势,与大自然保持和谐,以大自然为依归。它不趋时势,不赶时髦,不务时兴。笃守古制,信守传统,推崇儒教。

安徽宏村古民居	安徽屯溪老街
安徽三河古镇	江西理坑民居
婺源紫阳民居	

4. 川渝古村民宅

巴蜀文化博大精深,川渝古村民宅既有浪漫奔放的艺术风格,又蕴藏着丰富的想象力。依山傍水的建筑与当地的少数民族风俗紧密联系在一起,有着十分独特的文化气息,既有豪迈大气的一面,又有轻巧雅致的一面。

四川民居	四川磨西古镇
四川桃坪羌寨	四川肖溪古镇
四川洪雅高庙古镇	康巴藏族民居

二、思考练习

1. 对文中提到的几种建筑样式的基本特征进行归纳、比较。

2. 有条件的学校可以组织学生到附近有特色的民居建筑进行速写或摄影,整理后举办小范围的作品展览。

三、学习研究

考查当地有特色的民居建筑,从民居样式、建筑布局、建筑装饰等角度进行深入的分析,撰写成一篇小论文。

四、相关知识

教学案例: 北京胡同 (初中)

教学分析:

北京的胡同是北京人祖祖辈辈生存的地方,他是北京地方文化重要内容,每一条胡同里都蕴藏着丰富的美术和人文的教育资源。通过组织和指导学生对"胡同文化"的综合探索,可以让学生拓展美术的视野,以美术的角度观察北京的民居建筑特色,发现其中的美,体会美术与生活的关系。此外,通过综合性探索活动的锻炼,也可以发展学生自主、合作、探究性学习的能力,培养他们创造性地综合运用各门学科知识解决问题的能力,还可以让学生通过北京胡同的历史、民俗、名人典故等受到人文教育,丰富学生热爱家乡的情感,体验美术学习活动的价值,发展学生热爱美术学习的持久兴趣和爱好。

本课重点是认识北京胡同文化和民居建筑艺术的特征,扩大学生的艺术视野和提高学生审美情趣。因此本节课采用了大量的图片和录像片段,通过多媒体来拓展课堂的时空,观看北京胡同的景观,了解北京胡同历史的变迁、趣闻轶事、名人典故、邻里社情等文化的内容。

教学目标:

显性目标:通过对北京胡同的观察、了解,初步认识北京民居建筑的艺术特征,培养学生发现、表现美好事物的能力。

隐性目标:通过欣赏北京的胡同,感受北京胡同的独特风貌,激发学生对北京文化的热爱,增强学生对故乡的情感。

教学重点与难点:

教学重点:初步了解北京胡同历史、文化特征。

教学难点:发现并表现胡同的特点。

教学准备:

教师准备:课件(录像、照片、动画、音乐、歌曲)环境布置。

学生准备:北京胡同的图片资料、表现工具和材料。

教学过程:

1. 辨认胡同,拉近距离。

出示照片:打磨厂胡同照片

教师:你认识这条胡同吗?对,这就是我们前门小学所在的打磨厂胡同,这条胡同里有著名的老字号同仁堂、有地下城、有我们美丽的校园,可你知道这里早先是什么地方么?为什么又叫打磨厂胡同呢?

2. 动画激趣,了解历史。

(1)播放动画:大刀说话,配清朝人打铁的背景。

大刀:让我来告诉你们吧!这里原先是清朝官家的兵工厂,像我这样的大刀就是在这里打磨出来的,胡同也因此得名打磨厂。

教师:原来小小的胡同里还有这么多值得我们去了解、发现的地方。今天王老师想请同学们和我一起走进北京的胡同,用心去感受她、发现她。

(2)出示课题:北京的胡同

3. 欣赏胡同,感受意境。

(1)播放录像:胡同环境及解说。

教师:同学们,王老师就是在北京的胡同里长大的,胡同里的一草一木,一砖一瓦,都令我留恋。

(2)演示课件:胡同照片(配乐)

教师介绍:夏季里,蝉会在院门口的大树上叫个不停。

婆娑的树影里,露出青砖灰瓦。

幽静的小巷深处,有一位会讲故事的老奶奶。

残破的院墙,显示着北京胡同的古老与沧桑。

教师:同学们,其实胡同中的每一个角落里都有值得我们去欣赏和发现的地方。你能在书中的照片中找一找吗?

4. 分组讨论,发现细节。

(1)学生打开书,看书中胡同的照片。

(2)分组讨论后汇报:精美的石刻、门墩、门环、门簪、护门铁。

(3)教师归纳:细节成就美丽,在北京城的每一条胡同中我们都可以感受到这种美。

5. 听、看、学、演,呈现老北京。

(1)播放录像:这钟声唤起人们对老北京的回忆。

(2)出示课件:图片配吆喝声。

(3)教师:早年间,老北京的胡同里可热闹了。

(4)学生看、听:磨剪子磨刀的、卖豆汁的、送财神的、卖蝈蝈的。

(5)学生尝试叫卖并表演:卖蝈蝈的。

(6)教师:老北京的胡同里一年四季从早到晚,都会有抑扬顿挫、清悠委婉的叫卖声,就像一首独特的交响曲,反映出胡同里老百姓的生活。看过了老北京人的生活情景,让我们再来看看现如今居住在胡同里的北京人是怎样生活的。

6. 情景再现,体验人情。

(1)播放录像:北京人生活的片断(贴窗花,放风筝,遛鸟)(配乐和歌)。

(2)学生欣赏,发表看法。

(3)教师:胡同里的北京人生活得很悠闲、很惬意,他们邻里和睦,亲如一家。

7. 解说胡同,提供网址。

(1)播放录像:胡同及解说。

(2)教师:北京的胡同是我们生活的地方,每条胡同都有说不完的故事,如果你想了解更多的内容,可以登录这些网站,你会有更多的收获。

(3)课件:提供网址并进入网站。

(4)教师:今天我们走进了北京的胡同,谁能谈谈你们的感想?

8. 作品欣赏,构思创作。

(1)出示课件:展示表现北京胡同的绘画作品。

(2)教师:你们还想用什么形式来表现北京的胡同?

(3)学生谈自己的想法。

(4)教师:想法很好,胡同不仅可以从历史、景观方面来表现,还可以表现胡同里的人和事。

(5)出示课件:两幅表现胡同里人和事的绘画作品。

9. 多种形式,表现胡同。

(1)学生以绘画、泥塑、剪贴、出小报等不同形式表现北京的胡同。

(2)学生展示作品,贴在老师创设的胡同情景上。

(3)评价:你能介绍一下你的作品吗?

通过今天的学习你有什么收获?

10. 胡同变迁,展望未来。

(1)教师:北京的胡同在不断地发展变化着,有些胡同被维修、保护起来,如鼓楼大街,有些胡同被改造为四合院式的住宅楼，如菊儿胡同。还有些胡同被变成了漂亮的小区，不存在了。北京的胡同将来会变成什么样呢？

（2）课件展示：鼓楼大街、菊儿胡同、新建小区。

（3）学生谈感受。

（4）教师：通过胡同的变迁发展，可以看到北京城日新月异的变化，相信我们的首都北京会变得更加美丽、繁荣！

（5）音乐歌曲：《我爱北京》。

——参见http://010.58.com/info/beijinghutongdejiaoan.html

第九讲　走入生态空间

本课对城市的地方美术教育资源开发作一个总结，同时提出走出闭合的、人为的小空间，走入广阔的、天然的自然生态，利用其丰富的物产资源进行美术教学。生态环境是指由生物群落及非生物自然因素组成的各种生态系统所构成的整体，主要或完全由自然因素形成，并间接地、潜在地、长远地对人类的生存和发展产生影响。地方美术教育资源开发介入生态空间，是对人类与大自然和谐发展理念最好的诠释，不掠夺、不破坏，应物随形，物尽其用，是为大美。

一、冰灯、雪雕

春节前后冰天雪地气温极低，这为制作冰灯提供了天然条件。哈尔滨冰灯驰名中外，饮誉华夏。它融合了华夏民族悠久的历史、中外建筑和民俗风情等广阔领域里的文化，是世界民间艺术宝库中一朵绚丽的奇葩。

冰灯是以冰为载体，集园林、建筑、雕刻、绘画、舞美、文学乃至音乐等多学科为一体的独特的冰雪造园艺术，同时应用声、色、光、形、电、动等现代科技，创造出玲珑剔透五彩缤纷的艺术世界。原始的制作冰灯的方法很简单：人们将口大底小的容器盛满清水，放置在室外冻结，待四周和下底、上的冰结为1~2厘米厚时，将盛器搬到屋内使四周的冰融化，然后将冰中间未冻的水凿洞倒出，将冰灯也从容器中倒在室外的固定地方，这冰灯就做成了。从腊月三十到正月十八，乡村农家的院子里都有几盏冰灯，白天日莹映日，供人观赏；夜晚灯火辉煌有一种祥和的气氛。现在乡民制作冰灯时，除了在家用灌水冰制外，还去冰河里凿出厚厚的冰块抬回家中，然后精雕细刻使其成为艺术性很强的冰灯，像大鹏展翅、丹顶鹤、老寿星等，造型生动，很有情趣。

大型冰灯的制作是一项系统的工程，它的工艺流程

图4-66_冰灯1

大致分以下几个阶段：冬季在零下20多度的严寒里，先从松花江里造出可塑性强，抗压强度与一般材料相差无几的坚冰，根据设计图纸的要求用电据破成不同规格的冰料，再用木工使用的刨子、扁铲等工具加工成冰砖或冰配件，以水为黏合剂，制造出巍峨的冰建筑和精巧的工艺品造型，晶莹的冰雕就这样诞生了。（图4-66、图4-67）

雪雕又称雪塑，是把用雪制成的雪坯经过雕刻，塑造出的立体造型艺术，与冰灯、冰雕并称冰雪雕塑艺术。压缩的雪坯有硬度，可以雕刻，加上雪有黏度，又

图4-67_冰灯2

图4-69_雪雕2

图4-68_雪雕1

图4-70_雪雕3

可堆塑，使雪塑既有石雕的粗犷敦厚风格，又有牙雕的细腻圆润的特点，形式厚重，空间感强，银白圣洁，雅俗共赏。尽管雪雕的寿命和其他雕塑作品相比十分短暂，但雪雕作品要比石雕，泥雕更有灵气。

那么，如何制作雪雕呢？

1. 构建框架。在制作一个大型雪雕之前，首先要有一个精确的设计图，依照图纸建成一个木制结构的框架，然后再以紧压的雪填充其中。这个木架也可以作为整个雪雕的框架来用。

2. 拆除框架。当压紧的雪变得坚固成形的时候，木制框架就可以拆掉了，然后对雪的精雕细琢就可以开始了。

3. 切割雕刻。斧子和铲子是为雪雕打轮廓的必备工具，在此基础上才可以进行进一步的细节上的琢磨。同时手边应当有一个小型模型做样本之用。白天相对温暖的天气会让雪雕融化易碎，因此很多雕刻者选在夜间进行工作。

4. 最后修整。当整个雕刻工作完成，雪雕上堆积的余雪和冰屑要及时处理处理掉，所有的木制框架也可以一并拆掉了。

把冰雪这种自然现象变成了资源进行开发、艺术美化，给冰城之冬增添了盎然的春意。哈尔滨冰雪艺术日趋成熟，它的影响和辐射早已使其驰名世界，风靡海内外。（图6-68～图6-70）

二、沙石画

美是无处不在的，谁能想到我们周遭随处可见的沙、石、植物等纯自然界的材料，通过神奇的手法可以创造出具有视觉震撼力和艺术的感召力沙石画？沙石画有着国画的神韵，水彩画的清新，油画的凝重，工艺

图4-71＿沙石画1

图4-72＿沙石画2

图4-73＿沙石画3

图4-74＿沙石画4

美术的精巧，又有半浮雕的立体感，可谓融汇众家之美，形成了自己独特的风格。（图4-71～图4-74）

　　一件好的沙石画艺术品，让人有一种回归自然、亲近自然的感觉和远离喧嚣的宁静！在张家界有一道与自然山水风光交相辉映的人文景观，这就是李军声和

他的沙石画。他从张家界的美丽和神奇中吸取艺术营养，从自然环境五彩缤纷的沙石中得到启发，以沉寂大自然千万年的沙石为原料，创作出独树一帜的沙石画艺术，具有极强的艺术感染力。如画家精心构筑的土家吊脚楼，那朴拙里显出精巧的建筑是一个民族聪明和智慧

图4-75_"奥运"沙石画1

图4-76_"奥运"沙石画2

图4-77_芦苇画1

图4-78_芦苇画2

图4-79_芦苇画3

的象征。画面中古老的吊脚楼宁静地矗立着，高高的悬柱作为撑持，充满着一种神奇而有力量的美。近处是清澈的河水，常年不歇地流向远方。水面上停了几艘小木船，也许渔人刚刚归去？一条石阶路，通向各户人家。多么温暖而亲切的乡野韵致——这就是有着古老的传说，且带着艺术韵味的神奇湘西！

美轮美奂的沙石画艺术，不受材料和技术的束缚，而来源于作者对生活的"感悟"。沙石画并非是艺术家的专属，小朋友们也可以创造出"伟大"的作品。据报载，有数百名少年儿童在青岛第一海水浴场用沙石做颜料，绘制出一百多幅风格独特的沙石画，表达自己对2008年奥运会的美好祝愿。（图4-75、图4-76）

三、芦苇画

芦苇生长于池沼、河岸、河溪边等多水地区，常形成苇塘。世界各地均有生长，在我国则广布，其中东北的辽河三角洲、松嫩平原、三江平原，内蒙古的呼伦贝尔和锡林郭勒草原，新疆的博斯腾湖、伊犁河谷及塔城额敏河谷，华北平原的白洋淀等苇区，是大面积芦苇集中的分布地区。在湖南的洞庭湖区域也生长着大片的芦苇。

芦苇为保土固堤植物。苇秆可作造纸和人造丝、人造棉的原料，也可供编织席、帘等用；嫩时含大量蛋白质和糖分，为优良饲料；嫩芽也可食用；芦花可以扎扫帚、做芦花靴；花絮可填枕头；根状茎叫做芦根，中医学上可入药。芦苇的另一妙用是可以制作成绘画作品，称为芦苇画。芦苇画是中国民间艺术精品的一朵奇葩，系纯天然、纯绿色、纯手工制品。它以芦苇的叶、秆、花穗为原料，经艺人剪、烫、帖、润等十几道工序精心创作而成，由于采用了特殊处理工艺，故可长期保存。它的画面本色天然，色泽淡雅朴素，具有浓厚的水乡特色。芦苇画构图简洁，意蕴无穷，驻足观赏，乡土气息扑面而来，给浮躁疲惫的身心以轻柔的抚慰。

制作步骤：1. 设计画稿，按画稿结构和颜色将其分解成多个局部图样，画在纸上，编号；2. 取新鲜、洁净、干燥的芦苇，去皮，芦苇秆剪断，去节，剖开，切片，芦苇秆皮长25~35厘米，宽2~4.5厘米，用20~30℃洁净温水浸泡15~30分钟；3. 将上述浸泡的芦苇秆皮置于工作台上，用200~300瓦电烙笔烙烫平整，并将其表面烙绘成深浅各种颜色；4. 将所需规格和颜色的芦苇秆皮按分解图样剪制并粘贴在画有分解图样的纸上；5. 将上述粘贴芦苇秆皮的分解图样按编号，再按设计画稿的要求拼接，组合粘贴在薄硬纸板上，表面涂清漆两道，干燥后，配以底衬，镶上镜框就成了工艺画制品。

芦苇画具有较高的欣赏价值和艺术价值。其画面题材广泛，有水乡风情、花鸟虫鱼、梅兰竹菊、人物、动物、世界名胜等，表现力很强，受到广大人民的喜爱。（图4-77~图4-79）

●延伸与拓展

一、知识点击

载入吉尼斯之最的冰雕龙

哈尔滨市第二十五届冰灯艺术博览会造的巨龙飞舞长达48.62米，被上海大世界吉尼斯总部确认为当今世界上最长的冰雕，并记录在册。冰雕龙是情系中华景区的一景，在西山的西坡，头南尾北，由哈尔滨市冰灯办公室设计室副主任、工艺美术师柳春祥设计，市江堤处施工制作。此龙的头长3米，高高扬起，悬于空中，下颚距地面4米高，它挺利角，竖鬃鬣，瞪二目，张巨口，露獠牙，威猛之势，活灵活现。龙身在三处呈拱形线，离地面高度低者1米，高者4.5米。龙尾伸到河床，甩了一个小弯又微微翘起。整个龙的造型呈游走飞腾状。设计制造者在龙的身边造了三个冰亭，龙头部的亭为双层，高6米；龙身后部造的是4.5米高的单层亭，它将龙身一分为二，使龙的身形似非断，造成了蛟龙穿亭而过的艺术效果。亭的高低错落衬托着龙的升降起伏,整个构图新颖活泼,富有变化。

——参见http://bingdeng.harbin.gov.cn/index_z01.htm

二、思考练习

在地方美术教育资源开发过程中,走近生态空间,利用生态环境资源应注意些什么?

三、学习研究

结合当地实际情况,说说哪些生态环境资源可以引入美术教育中来?详细说明之。

四、相关知识

1. 教学案例:幼师沙画的制作(中专)

为丰富幼师学生美术课堂的学习内容,按《三年制中师美术教学大纲》的规定和要求,在幼师美术教材规定内容之外,应充分发掘利用适合本地区特点的便利材料,以丰富美术教学内容,激发学生的创作兴趣和灵感。在经过卵石画、枯树枝造型、桦树皮装饰画制作教学外,我又选用了随处可见的河沙为材料,创作河沙装饰画并尝试运用于教学之中。经过摸索实践,使原本没有生命的沙石,通过启发、引导、示范讲解,学生们精心制作出一幅幅融情感、生活、艺术表现手法于一体的装饰作品——沙画。

沙画的特点是取材方便,经济实用,造型有趣,装饰性强,视觉效果好,既淡雅又环保,且画面保持时间长,不怕虫蛀霉变,易学易教。既可锻炼学生动手动脑能力,提高艺术修养和审美能力,激发创作欲望,又能创造社会经济价值。不但适合幼师美术教学,还非常适合城乡中小学美术教学。

① 工具和材料:

A. 沙画的材料主要是选取沙滩、江岸、沙丘以及建筑工地上的黄沙、白沙、沙状细石屑(工程沙)等。如黄沙中掺有黄土面或其他土尘,使用前一定要用细筛过筛。采用无土无尘的干净沙料为好。

B. 沙画所用的底板可用三合板或五合板,视画幅大小及条件而定。如条件不允许,纤维板、密度板、硬纸板也可。可直接在三合板或纤维板上作画,保持底板原色,也可在底板上根据需要刷上与主题相应的色调,以达到丰富画面的效果。另外,还可在普通白瓷盘、瓷砖上作沙料画,会另有一番装饰情趣。

C. 采用乳胶、清漆、水粉颜色或其他水质颜料均可。铅笔、橡皮、板刷、小塑料盒、喷笔或喷壶、普通硬纸板、小刀等工具。

② 创作的方法步骤:

A. 材料的加工处理

在创作之前要事先将收集来的河沙做两种处理。一种是将筛选后的干净河沙利用水粉颜料或其他染料将其分别洗染出画面需要的各色沙料,晒干后分别盛在不同的容器(小塑料盆)里,以备创作之用。一种是将河沙冲洗后不染色,保持原沙色,直接用于创作。也可在单色沙画创作完成后再根据需要进行喷描颜色,以突出主题。

B. 构思立意，设计草图

构思立意是创作成败的关键。在进行具体创作之前，要引导和激发学生的创作兴趣和欲望。对学生所要表现的题材内容、形象特征、造型特点以及表现形式等要逐一启发指导，便于学生构思设计和安排画面，尽可能地挖掘出作品的趣味性、艺术性和技巧性。努力提高作品艺术品位和高雅的情趣。每一幅作品的创作从构思立意到草图轮廓定稿，从色彩和色调的配置到制作先后的程序，直到最后边框的配置装潢等都要有一个完整的构思方案，做到心中有数。

C. 具体制作方法

将已完成的构图认真画到准备好的底板上。画面需要用调节稀释好的乳胶涂画在轮廓里，注意乳胶不能太稀以免流淌。然后将事先备好的河沙均匀地撒在乳胶上。这样，有乳胶的地方便粘上了河沙，造型随之突现出来，待完整体铺撒完成后再做局部调整。再根据画面需要喷施或勾画颜色，一幅生动的沙画便会呈现在面前。如果采用事先处理好的染有颜色的河沙进行创作，应根据画面每一处色彩的需要按步骤逐块涂胶施沙。例如，一束花卉的制作步骤是：先用乳胶刷涂花瓣，再撒上染有亮红色的河沙，再在撒满的花瓣中心处用乳胶勾勒花蕊，再撒上染有黄色的河沙，这样花蕊便突现在花朵中心。花枝花叶处再刷涂乳胶，之后施撒染相应绿色的河沙。这样创作出来的沙花画质感别致，色彩鲜明。其他如人物、动物、风景建筑等造型按同样的步骤，有条不紊地进行。只有这样画面才能整洁美观，艺术效果才能得以渲染。无论画面是喷色、染色还是利用河沙的原色，都要协调统一，给人一种完美的协调感，这一点非常重要。

D. 整理

在整幅沙画基本完成后，一定要进行局部的细心整理。如有的地方河沙施撒得不均匀，再刷些乳胶继续施撒河沙，直至达到理想的艺术效果。有的结构或边线不准确可用小刀刻画修整，再施颜色或染色的沙，以突出强化主题。在确认画面已达到自己的要求，达到了一定的艺术效果后可用透明清漆在整幅画面上轻轻的罩刷一遍。一是起到了画面的保护作用，使河沙图形粘得更牢不至于脱落，二是增强了画面的鲜亮度。当然也可不刷，以保持原色的自然、古朴、淡雅的艺术效果，这方面要因人因画面而异。

E. 装饰边框

边框的装饰对于任何一幅画都会直到很大的增色作用。一幅沙画创作完成后还要做适当的边框装饰。这一点我们不能忽略。当然，在装框过程中也要因人因画而定。有些画需要装饰一些较宽的边框，而有些画面需要装饰一些窄一点的边框。边框的颜色也要根据画面的色调进行搭配，合理协调。条件好的还可配置一些较好的边框，如合金铝或压制成型的边框，还可采用带树皮的木棱做画框等。瓷盘、瓷砖沙画可采用五合板或其他木板做托架。总之一幅完整美观的画面再配以漂亮适合的画框、托架就一定会给画面增色，给观读者感观上带来更大的愉悦。

③ 沙画的表现形式：

沙画的表现形式多种多样。从题材上可分为植物花卉、人物、动物、风景、建筑等。在构思创作的时候，一定要注重从与自己生活相联系的事物中去发现美、表现美。艺术家只有在源于生活的基础上才能创作出高于生活、富有情趣、感人的作品来。在具体的表现形式上要注意构图的合理，轻重大小，均衡统一，点线面的组合对比，色彩的冷暖，明度变化，以及色调的变化统一等关系。既有节奏韵律，又要突出主题。调动一切表现形式，运用好美的形式法则是艺术品成败的关键。教师应引导学生掌握形式美的规律，才能提高学生的审美能力，才能提高学生良好的创作素质。无论怎样，沙画创作要尽力体现独有的生动性、趣味性、装饰性和艺术思想性。使作品健康向上，形式感人，从中得到美的享受与陶冶。

——参见http://www.zltyouershifan.com/zltshifan/jiaoyanshi/jiaoyanshi/2006jiaoyanlunwen/69.htm

2. 推荐学习书目:

① 李利亚. 废物的报复[M].天津: 天津教育出版社, 2004.

② 黎先耀, 张秋英. 世界博物馆大观[M].北京: 旅游教育出版社, 2008.

③ 王宏均. 中国博物馆学基础[M].上海: 上海古籍出版社, 2002.

④ 杨玲, 潘守永. 当代西方博物馆[M].北京: 学苑出版社, 2005.

⑤ 董耀会. 长城[M].北京: 中国水利水电出版社, 2004.

⑥ 陈湘源. 漫话岳阳名胜[M].深圳: 华夏出版社, 2004.

⑦ 朱耀廷. 中华文物古迹旅游[M].北京: 北京大学出版社, 2004.

⑧ 阮仪三. 城市遗产保护论[M].上海: 上海科学技术出版社, 2005.

●单元小结

　　城市的人文资源为美术教育资源的开发与利用提供了较为厚实的基础和广阔的前景。这些资源的被利用程度,一方面取决于社会公共机构服务质量的优劣,另一方面取决于教学的主导者——美术教师课程开发意识的强弱和积极参与的程度。从某种意义而言,后者更为重要。如果我们把美术教育资源开发这回事比喻为做一顿文化大餐,那么美术馆、博物馆、城市园林景观等这些人文资源就是基本原料,美术教师就是掌锅的厨师。厨师的个人品位、加工水平以及对顾客口味偏好的准确认识,在一定程度上决定饭菜的最后质量。当然,现代教学理念把能否调动学生的积极参与纳入到教学的评价体系之中,这要求掌厨的教师们不能把学生看成是陌生的顾客,而要给他们挑选的余地,让他们参与到这个过程中来,一起做就色香味俱佳的美术教育饕餮大餐。

第五单元
乡土美术教育资源的开发

单元提示

　　民间美术存在于人民的日常生活、节日活动、祭祀活动之中。它自然地反映劳动人民的思想、情感和美的观念，强烈地体现着民族性和地方性。它的创作和流传方式是集体的，既有传统性又有变异性，它与宗教、风俗有着密切的联系，但它不是迷信品。民间美术就地取材，因材施艺，在艺术创作上集壮美和朴素美于一体，常为专业美术家们所吸取。随着现在社会的发展，艺术形式趋于多元化、多样化，民间美术的生存空间受到挤压。在呼吁保护和抢救这些非物质文化遗产的同时，充分发挥学校教育的作用，是民间美术可持续发展的最佳途径之一。

　　利用乡土美术资源进行教学，一方面可以继承和发扬地方的民间艺术，培养学生热爱家乡的感情；另一方面也可以弥补工业美术资源的不足，节省教育费用，增加美术教学的可能性。中小学民间美术课程开发既需把握民间美术资源的"民间"特性又需注重与儿童身心发展认识规律相结合，注重对原有美术课程所培养的技能与理解力的增加，让儿童体验学习乐趣的同时体认民族艺术的价值，积极主动地参与到传承、保护和发展民间艺术的活动中去。在这一单元里，通过介绍民间编织、民间剪纸、民间印染、民间服饰、民间雕刻、民间玩具、民间年画、民俗活动中的造型、地域特产等各地特有的文化资源，为结合当地实际情况创造性地开展美术教学提供一些思路和参考。

第一讲　走近民间编织

编织是指把细长的东西互相交错或钩连进行组织的过程，它是人类最古老的手工艺之一。据《易经·系辞》记载，旧石器时代，人类即以植物韧皮编织成网罟（网状兜物），内盛石球，抛出以击伤动物。在西安半坡、庙底沟、三里桥等新石器时代遗址出土的陶器上，印有"十"字纹、"人"字纹，清楚地显示出是由篾席印模上去的，有的还发现陶钵的底部粘附有篾席的残竹片。考古研究发现，周代已经使用蒲草编织莞席。汉代以蔺草编织为席，唐代草席生产已很普遍，福建、广东的藤编、河北沧州的柳编、山西蒲州（今永济、河津等地）的麦秆编等都是著名的手工艺品。

编织工艺品按原料划分，主要有竹编、藤编、草编、棕编、柳编、麻编等几大类。品种主要有日用品、欣赏品、家具、玩具、鞋帽等五类。其中日用品有席子（地席、卧席）、坐垫、靠垫、各式提篮（花篮、菜篮、水果篮）、盆套（花盆套）、箱、旅游吊床、盘（水果盘、面包盘）、门帘、筐、灯罩等；欣赏品有挂屏、屏风及人物、动物造型的编织工艺品。编织工艺品中丰富多彩的图案大多是在编织过程中形成的，有的编织技法本身就形成

图案花纹。编织工艺品在原料、色彩、工艺等方面形成了天然、清新、简练的艺术特色，给人以自然的美和淳朴的艺术享受，深受广大人民的喜爱。

一、常见的编织种类

1. 竹编：制作时先将竹子剖削成粗细匀净的篾丝，经过丝、刮纹、打光和劈细等工序，运用各种编织方法编成。竹编名产有"蕲簟"、"舒席"、"瓷胎竹编"等，其中流传最广、最具有民间特色的要数明清时期产于浙江的"提篮"。它因层层相套形如宝塔，又称"塔篮"。外形有长方形、椭圆形、八角形等，一般以二至三层为多。制作时编织精细、耗工较大。加上篮柄装饰异常工整别致，多刻有龙凤、花鸟纹样，镶有黄铜饰件，盖面绘有山水、人物、花鸟等吉祥图案，使整个"提篮"既高贵豪华，又古朴典雅。常用来装食品、放花果、存放衣物书籍。（图5-1）

2. 草编：草编是民间常见的工艺美术，它们通常带有浓厚的生产生活气息，如草席、草鞋（图5-2）、草

图5-1　竹编——簸箕

图5-2　草编——草鞋

图5-3_藤编——提篮

图5-4_棕编——蛇

图5-5_棕编——公鸡

图5-6_树叶编织——青蛙

帽、草虾篓、鱼篓等，都是劳动生活的必需品。草编分为草制与条制两类。草制多用麦秸草、玉米皮、琅琊草、蒲草等各种柔质材料，采用结、辫、捻、搓、拧、串、盘等各种技法编织而成，它做工精细，朴素雅致。历史上曾有不少享誉中外的草制品，如始于唐代的浙江鄞县草席，清代贡品湖南临武贡席。现在国内外草编市场占主流的是用玉米和麦秸草辫编织的帽、篮、包、地毯等日用品。条制主要以柳条、芦苇、高粱篾、槐条、腊条等较硬质的材料编织，造型简朴，粗犷大方。条子分两种，不去皮的称为黑条，去皮的称为白条。黑条多用来编生产工具，如抬粪、抬土的"抬筐"，放在驴、骡背上运东西的"驮篓"。白条多用于编制生活用品，如用作炊具的"爪

篱"，装针线的"针线筐箩"，装衣物的柳条箱等。

3. 藤编：藤编是将藤料清洗、去结、剥皮、打磨后制成洁净的藤芯和藤皮，然后运用各种编织方法编制成手工艺品，有藤编动物、提篮（图5-3）等。用藤编织的家具，凉爽舒适、朴实美观。其中广东藤编始于清代，最具代表性的是藤编"壶囤子"，用精选的藤芯手工编织而成，盖上镶有铜提把，有的还镶有铜锁，里面保温用的棉衬留出茶壶形状，内置一把绘制精美的瓷茶壶，寒冬之日，一壶热茶可持续保温。

4. 棕编：棕编采用棕树嫩叶破成细丝，经硫黄熏、浸泡、染色后编织而成。棕编细致精巧、朴实大方，色彩谐调明快，具有浓郁的民间特色，在国际市场

被誉为"四川草"。长沙的棕编玩具别具一格。民间艺人们给一片片随手可摘的棕叶赋予了鲜活的生命力，三下两下，编出个蚱蜢、螳螂、蜻蜓、青蛙等，深受儿童的喜爱。民间艺人易正文独创了"肚皮"编织法，编出的昆虫惟妙惟肖，他还用铁丝做骨架，增加了清漆涂刷工艺，使作品能长期保存。后来，这门手艺传到了其他地方，艺人们充分利用当地的植物，产生了用蒲草、还魂草、竹叶编织的虫鸟玩具。（图5-4、图5-5）

5. 树叶编织：树叶编织采用南方的棕叶与北方的玉米叶，纯手工编织成各种各样的动物，主要作品有龙、羊、马、蚱蜢等100多个品种。树叶编织的制作工艺复杂，首先采摘天然棕树叶和玉米叶，经过筛选、蒸煮、染色等处理，再由纯手工编织而成。其做工精细、形态生动、栩栩如生且防腐防蛀，可长期保存。（图5-6）

二、常见的编制技法

1. 编织：编织是最基本的技法，包括编辫、平纹编织、花纹编织、绞编、编帽、勒编等工艺。编辫是草编中最普遍的技法，它没有经纬之分，将麦秸、玉米皮等原料边编边搓转，编成3~7股的草辫，通常作为草篮、草帽、地席的半成品原料。平纹编织是草编、柳编、藤编普遍运用的技法。它以经纬为基础，按一定规律互相连续挑上（纬在经上）、压下（纬在经下），构成花纹。花纹编织是在平纹编织的基础上再进行变化，编织出链子扣、十字扣、梅花扣等花纹。绞编类似平纹编织，但结构紧密，不显露经。编帽是以呈放射状的原料互相掩压、旋转而编成圆形的帽子。勒编是柳编

的常见技法。它以麻线为经，以柳条为纬，编织时将麻线和柳条勒紧，所以结构坚固，质地紧密。

2. 包缠：包缠是以某一原料为芯条，再以其他原料包、缠于芯条之上，编织成所需的造型和花纹，主要有缠扣、包缠、棒锤扣等。缠扣是玉米皮编常用的技法。它以麦秸等编织成辫子状的芯条作为经绳，然后在外面以玉米皮缠之。每片玉米皮可在芯条上缠两圈后而结扣，并通过结扣，将上下缠过的芯条连接成形。包缠是将包缠原料沿芯条向一个方向均匀地包缠，如以藤条包缠藤编家具、柳编器皿的边沿、把子，不仅使其光滑，便于扶把，而且坚固耐用。棒锤扣是以玉米皮包缠的经线往返成约4厘米长的芯条，再缠几圈，形成相互连环成套的棒锤链扣。

3. 钉串：钉，是以针线或其他原料将两部分编织原料或半成品钉合成一体，构成器物；串，是将两者拢合并连成一体。常用的技法有手钉、机钉、砌钉等。手钉是将麦秸辫、玉米皮辫等用手工缝纫钉连成片，制成茶垫、壁挂、地席等。机钉是以缝纫机将麦秸辫、玉米皮辫钉连成草帽、提篮等。

4. 盘结：是经纬形式和包缠、结扣相结合的编织技法。常见的有马莲朵、套扣等。马莲朵又名打结，是以玉米皮包缠的芯条作为经纬，然后互相掩压、盘结，组成有立体感的莲花状四方连续花纹。套扣也是打结，但形状扁平，没有立体感。

三、草编蚂蚱简易步骤

图5-7~图5-12为草编蚂蚱简易步骤[①]

图5-7_准备材料：椰子叶一片

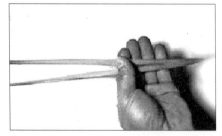

图5-8_将主脉由基部量起约5cm与叶片分离

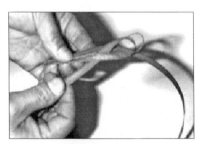

图5-9_主脉往后折，将叶片一左一右套入主脉并拉紧

① 参见http://www.ktz.cn/news_list.asp?id=65

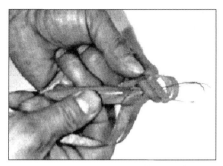

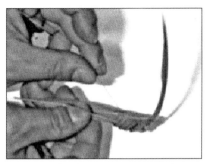

图5-10_主脉往后折，将叶片一左一右套入主脉并拉紧

图5-11_将剩余主脉切下插成一对后足，就将成为一只栩栩如生的蚂蚱了

图5-12_完成

●延伸与拓展

一、知识点击

中国草编工艺网: http://www.ktz.cn/

二、思考练习

打听一下附近有没有会民间编织的艺人，请他（她）到美术课堂中来展示一下编织技巧。

三、学习研究

调查一下本地区编织工艺品的历史和现状，写成一篇小论文。

四、相关知识

教学案例: 民间编织教案(小学)

课型: 综合课

教学方法: 欣赏、示范和编织练习相结合

教学目标:

使学生了解我国民间编织的特色及风格, 用民间编织教案增强学生热爱传统民间美术的感情。初步掌握民间编织的基本方法, 并要求学生按步骤用棕编或纸编做一个编织小动物的教案。

教学重点和难点:

重点: 民间编织的特点及制作方法与步骤。

难点: 掌握纸板、纸条的软硬程序及纸编时折纸的角度与手法。

教具与学具准备:

教具: 竹编、草编、藤编、纸编工艺品各式各样2件, 绘画纸, 硬纸片, 胶水, 红毛线, 黄毛线, 剪刀, 引渡针。

学具: 绘画纸、硬纸片、胶水、红毛线、黄毛线、剪彩刀、引渡针。

作业要求:

按照纸编方法编织一只猫头鹰, 要求图样美观、比例协调、制作精细。

教学过程:

第一课时:

1. 组织教学, 检查学生课堂常规及学习的准备

2. 导入新课

引言: 我们从小就有一个习惯, 用彩绳编织花篮, 过端午时用棕叶编织花篮、斗笠、水桶等, 这些都是最简单的编织。假如在这个基础上, 进一步编织出更多的花式来, 这就是我们今天要学习的新课——民间编织。

板书: 民间编织

3. 讲授新课

(1)欣赏民间编织的艺术特色。

  ①指导、启发学生认识教材上各图编织美的特点。

  ②大家谈谈最喜爱的作品, 以及在生活中所见到的编织品。

  ③小结: 竹编是我国南方传统的工艺美术品。它以竹篾为材料, 以造型生动、做工精美著名。请欣赏教材中图片竹编的背篓、果盒等图片。草编装饰品, 取材广泛, 以草为材料、编制成各式作品, 以夸张、变形为多。民间编织教案, 棕编以棕树叶为原料, 其作品有乡土气息和质朴的风格, 教材中的仙鹤、蜻蜓造型生动、逼真。

(2)民间编织的实用性与审美性融为一体的事例。

用废弃的包箱扎带编织的菜篮、提袋等。

用纸条、篾丝、毛线、麦秆编织的垫板、蒲团、玩具等。

(3) 棕编蚱蜢制作步骤:

  ① 棕叶泡制,在开水中煮3分钟。

  ② 编织: a.触须; b.头; c.背、腹、翅。

  ③ 整形修剪: 触须、腿、翅。

  ④用红毛线点眼。

(4) 民间纸编。由于棕叶取材较困难,我们学习另一种编织——民间纸编,它同样是人民群众喜爱的工艺品。

  ① 做线穗。

把一根1米的红毛线裁为三段,其中两段各15cm,一段70cm,把长段的红毛线缠成8cm的圈,然后用黄毛线(15cm)束紧一端打结,把另一端剪开,再用一根15cm长的红毛线穿过上端。

  ② 用硬纸片裁剪猫头鹰头部。

  a.画图、裁剪头部; b.挖眼洞。

  ③ 用绘图纸裁纸条。

  一条3cm×70cm的纸折成1cm宽的边,七条1cm×50cm的纸条。

(5) 课堂总结。

今天我们为下节课纸编猫头鹰做好了准备工作,希望大家把这些纸条及猫头鹰的头部保存好,不要弄皱了,因为平滑的纸面做出来的图形效果更好一些。请同学们下节课带齐学具。

第二课时:

1. 检查学具

2. 复习提问

民间编织的种类有哪些? 各有什么特色?

3. 导入新课

引言: 上节课,我们学习了民间编织并做了纸编猫头鹰的准备工作,这节课我们进行编织。

板书: 民间纸编——猫头鹰。

4. 讲授新课

(1) 教师先编织好范样。

(2) 教师示范,学生仿做,同步进行。

(3) 编织步骤如下:

外框: 先把3cm×70cm的绘图纸折成三折,做猫头鹰的外框,身长12cm,身宽11cm,尾部的高度4.5cm,再用胶水固定。

羽毛: 把1cm×50cm的纸条,用胶水粘接来回编织,并把靠近外框的纸条用胶水粘住。折时,手法要准、稳,纸条不能有多次折痕。

尾部: 把纸条上下折叠编织。

上线穗: 在猫头鹰头部穿一根15cm的红毛线,把线头两端合在一起打结,再在尾底部中间把线穗装上。

整理定型: 把外框修正,羽毛摆匀,线穗拉直。

(4) 课堂巡视、提示。

在编织过程中，要注意清洁，不要把纸条弄皱弄脏，编织要均匀，发现普遍的问题及时解决，提示学生按程序进行，牢记操作要领。

课堂小结：

1. 选出优秀作品挂在黑板上进行讲评。

2. 从实用变为艺术品是我国民间艺术的一大特色，鼓励学生多看多练多做，为弘扬我国民间艺术作出贡献。

——参见http://www.5ykj.com/Health/meisu/26778.htm

第二讲　走近民间剪纸

剪纸是中国最普及的民间传统装饰艺术之一，有着悠久的历史，在民俗活动中占有重要位置。它以纸为加工对象，以剪刀（或刻刀）为工具进行创作的艺术。因其材料易得、成本低廉、适应面广，形象生动，样式千姿百态而受到劳动人民的欢迎。全国各地都能见到剪纸，不同地方形成了不同的风格流派。剪纸既可作实用物，又可美化生活，它表现了群众的审美爱好，蕴涵着民族的社会深层心理，用自己特定的表现语言，传达出传统文化的内涵和本质。

一、剪纸的分类

民间剪纸与民俗紧密相连，而民俗则是民间群体意识的体现。农耕社会生产力相对低下，农民企盼风调雨顺、丰衣足食、年岁平安、驱邪镇妖，民间剪纸正是这种心理的具体体现，它往往通过谐音、象征、寓意等手法提炼、概括自然形态，构成美丽的图案，"龙凤呈祥"、"喜鹊登梅"、"福禄喜寿"等是常见的主题。

民间剪纸具有浓重的生活气息，体现了喜庆、吉祥、热闹的价值认同，受到各地劳动人民的喜爱。江苏徐州、山东高密、广东佛山、贵州台江、陕西安塞等地的剪纸广为人知。剪纸题材一般有劳动场面、家禽牛羊、民间传说、历史故事、花卉鱼虫、龙凤等带有美好祈愿的事物。此外，中国戏曲和古典、白话小说也使得民间剪纸多见戏曲人物脸谱。从具体用途看，民间剪纸大致可分四类：

1. 张贴类，即直接张贴于门窗、墙壁、灯彩、彩扎之上用作装饰。如窗花、墙花、顶棚花、烟格子、灯笼花、纸扎花、门笺；

2. 摆衬类，即用于点缀礼品、嫁妆、祭品、供品。如喜花、供花、礼花、烛台花、斗香花、重阳旗；

3. 刺绣底样类，即用于衣饰、鞋帽、枕头。如鞋

图5-13_窗花

图5-14_喜花

(1)　　　　　　　　　　　　　　(2)　　　　　　　　　　　　　　(3)

图5-15_剪纸折叠法

图5-16_四瓣折叠剪纸　　　　　　　图5-17_五瓣折叠剪纸　　　　　　　图5-18_六瓣折叠剪纸

花、枕头花、帽花、围涎花、衣袖花、背带花；

4. 印染类，即作为蓝印花布的印版，用于衣料，被面、门帘、包袱、围兜、头巾等。

以窗花和喜花为例，详加说明之：

窗花：用于贴在窗户上作装饰的剪纸，在北方较为普遍。（图5-13）北方农家窗户多是木格窗，有竖格、方格或带有几何形花格，上面张糊一层洁白的"皮纸"，逢年过节便更换窗纸并贴上新窗花，以示除旧迎新。窗花的形式有装饰窗格四角的角花，也有折枝团花，更有自由的各式适合花样，如动物、花草、人物，还有连续成套的戏文或传说故事窗花。

喜花：用于婚嫁喜宴时装点各种器物用品和室内陈设用的剪纸。一般是将剪纸摆衬在茶具、皂盒、面盆等日用品上，或贴在梳妆镜上。（图5-14）喜花图案多是

强调吉祥如意、喜气洋洋的寓意，色彩为大红，外形样式有圆形、方形、菱形、桃形、石榴形等，配置以各种吉祥的纹样，如龙凤、鸳鸯、喜鹊、花草、牡丹等。

二、剪纸的技法

1. 折叠剪纸

通常把一张纸对折或多折叠，剪出图案的叫折叠剪纸。一般折叠方法是：取一张正方形色纸，把带颜色的一面向里对折，每折一次就随即把折线压平，用订书机订好。然后，在折叠好的纸面上画好图稿，再按画好的线条剪去要剪的部分即成。常用四瓣形折叠法、五瓣形折叠法、六瓣形折叠法，其余折叠法以此类推。一般创作，纸的层数不宜太多，以四层为佳。如果想多折几

图5-19_不对称剪纸

图5-20_拼色剪纸

次，最好选择软且薄的纸。（图5-15~图5-18）

2. 不对称剪纸

不对称剪纸又称平剪法，制作自由，不受局限，很适宜进行各类题材的剪纸创作。其制作方法是，先在纸的背面起稿，然后剪刻。熟练了就可以直接在纸的正面剪刻。（图5-19）注意：（1）剪、刻刀要锋利，制作时才会剪（刻）得又快又准。（2）先从简单有趣的造型剪起。（3）要注意造型之间不散断。如用刀刻可先刻细部，再完成外轮廓；如用剪刀要先剪出外轮廓，再剪细部。（4）要注意点、线、面组合所产生的美感。

3. 拼色剪纸

拼色剪纸又叫分色剪纸，就是用几种不同颜色的剪纸造型拼贴成一幅作品。制作时，可以几种色纸叠起来剪刻，也可以分开剪刻，完成后，依据画面需要而分色拼贴。（图5-20）

三、剪纸的制作

在长期的艺术实践和生活实践中，民间艺术家们将这一艺术形式锤炼得日趋完善，形成了以剪刻、镂空为主的多种技法，如撕纸、烧烫、拼色、衬色、染色、勾描等，使剪纸的表现力大为加强。对于初学者来说，了解一下剪纸的制作步骤是非常有必要的：

1. 起稿：构思确定后，起稿布局，对画面进行具体的描绘，画出黑白效果。稿子越细，刻起来越省事。若是对称的稿子，画一半即可。

2. 剪、刻：如用刀子刻，须将画面和纸用订书机订好，将四角固定在蜡盘上，为了保证形象的准确，人物先刻五官部分，花鸟先刻细部或紧要处，再由中心慢慢向四周刻，刀的顺序由上到下，由左到右，由小到大，由细到粗，由局部到整体。尽量避免重复刀，不要的部位必须刻断，不能用手来撕，否则，剪纸会带毛边而影响美观。

3. 揭离：剪刻完毕后需要把剪纸一张张揭开。电光纸、绒面纸，因纸面光滑，比较容易揭开，单宣纸和粉连纸，因纸质轻薄，又经闷潮和上色，容易互相粘连，较难揭开，所以在揭离之前，必须先将刻好的纸板轻轻揉动，使纸张互相脱离，然后先将第一张纸角轻轻揭起，一边揭一边用嘴吹，帮助揭开。

4. 粘贴：揭离完毕后还需把成品粘贴起来，便于保存。方法有两种，第一是把剪纸平放在托纸上，用毛笔或细木条蘸糨糊由里向外一点点粘住。这种方法不能使剪纸全部粘平，速度也比较慢，优点是比较简便；第二是把剪纸反过来平放在纸上，然后用排笔蘸调稀了的糨糊，轻轻地平刷在要托的纸上。把刷好糨糊的这一面扣合在剪纸的背面，用手轻轻压平，使剪纸全部平粘在托纸上。轻轻揭起晾干夹平保存。

5. 成品修改：在剪刻时有时会走刀剪坏，特别是刻纸。如果属大面积刻坏，就不易修好，如小面积刻坏，可把局部刻去，补上一块重新刻。彩色剪纸染错了是不能覆盖的，所以也只好将染坏部位刻去，重新补上一块再染。修改时一定要做到心中有数后再下刀。

6. 复制——薰样——晒样：将剪纸样放在白纸上，一起平放在水中，待水浸透纸面，而又不含水珠时，将刻纸和白纸同时拉出水面，贴在木版上，然后将纸朝下放在油灯上蒸，但不要离灯头太近，以免烧焦。如果需要大量制作，可采取晒蓝图的方法：把原稿

和刷好一层药液（赤血盐和水的溶液）的白纸，黏合在一起，用两块玻璃夹紧，放在阳光下晒3~4个小时，待显影后用清水洗净纸上的药液，即可复制。

民间剪纸是劳动人民为了满足自身精神生活的需要而创造、并在他们自己当中应用和流传的一种艺术样式，它不受功利思想和价值观念的制约，体现了人类艺术最基本的审美观念和精神品质，具有鲜明的艺术特色和生活情趣。剪纸技法丰富，艺术风格多样，创作内容及造型符号兼具民间艺术通性与地方文化特性，其材料易得，工具简便，技法易于掌握，有其他艺术门类不可替代的特性，在中小学尤其是农村地区的美术课堂可积极开展。

●延伸与拓展

一、知识点击

1. 纸上奥运

咸阳市剪纸艺术家韩靖巧妙地把剪纸艺术与奥运会运动项目结合起来，精心创作出《纸上奥运》系列作品，还被确定为奥运会指定礼品。《纸上奥运》总长16米，包括8米长卷和8米册页。用剪纸艺术呈现出来的奥运会徽、吉祥物、火炬、五环、鸟巢和35个体育项目生动形象，别具韵味。据了解，这些剪纸作品被制作成礼品，赠送给来中国参加奥运会的各国友人。

2. 剪纸的鉴赏

一幅真正优秀的剪纸作品是具有一定标准的，如何来鉴赏一幅优秀的剪纸作品呢？

(1) 刀味与纸感：一幅优质的剪纸艺术作品必须要具备剪纸艺术自己应有的风格和特点。每一种艺术由于工具和性能的不同，从而都形成了自己独具的风格，如中国画注重笔墨，西洋油画强调色块，木刻则讲究黑白，剪纸就要讲究刀味和纸感了，用刀在纸上模仿版画刻出来的剪纸不应该算作是一幅好的剪纸、用剪子对着绘画图案临摹下来的剪纸也不能称为佳作。一幅优秀的剪纸应该用剪纸的语言来塑造艺术形象。

(2) 玲珑剔透：剪纸艺术语言很重要的一个特点是所有形象都是在玲珑剔透的形式中塑造。这除了剪纸的工具和材料性能以外，主要是要求剪纸具有"透光"的实用需要。尤其是"窗花"更要求如此，否则，一幅黑团团的剪纸贴在窗户上把室外的光线全给挡住了，既不透光，也不美观。

（3）强调装饰：一幅优秀的剪纸艺术作品应该强调装饰味，构图平视、对称，画面均衡、美观大方，线条粗细相宜，色彩鲜明，柔和协调等都是形成装饰风格的重要因素。另外由于工具和材料的关系，剪纸作品中一些特有的技法（如"月牙"，"锯齿纹"等）也是促成其装饰特点的重要因素。

（4）变形夸张：剪纸艺术作品应该强调造型夸张和兼顾影廓的优美，任何物象都存在着一些美和丑的地方，艺术夸张的目的就是强化突出美的因素，缩小和简化丑的因素，经过夸张处理后的画面会使人赏心悦目。

——参见http://zhidao.baidu.com/question/10583270.html?si=1

3. 相关网站推荐

中国民间剪纸网: http://www.cnjianzhi.cn/Index.html

中国陕西剪纸网: http://www.sxpaper-cut.cn/

二、思考练习

收集剪纸的各种技法，在学习实践中进行比较。

三、学习研究

作为一种独特的民间艺术形式，剪纸曾在动画片《猪八戒吃西瓜》中得到成功的运用。了解一下成功运用民间剪纸艺术的别的例子。

四、相关知识

教学案例: 民间剪纸（初中）

教学目的:

使学生认识民间剪纸艺术，学会运用剪纸的基本技法制作剪纸作品; 培养学生的创造性思维能力和动手能力，唤起学生对民间剪纸艺术的热爱之情。

教学重点:

理解和掌握剪纸的造型装饰手法，培养学生创造性地设计剪纸作品能力。

教学难点:

正确把握剪纸纹样的连接。

教学准备:

剪纸作品若干，各色电光纸，剪刀、刀子各一把，对开白纸两张，投影仪。

教学过程：

1. 组织教学、检查学具。

2. 学习新课。

(1) 教师出示剪纸作品，问学生：这是一幅什么艺术作品？学生回答：剪纸。引出课题。 教师讲述：这些作品出自农民之手，它不仅表现了人们喜闻乐见的事物，也反映对美好生活的向往和丰富的艺术想象力。

(2) 请学生欣赏课本剪纸作品。欣赏的同时归纳剪纸的题材种类。

(3) 结合剪纸作品教师讲解：剪纸是我国传统的民间艺术，历史悠久。大体上分为南北两大流派：北方剪纸粗犷朴拙、天真浑厚；江南剪纸精巧秀丽、玲珑剔透。剪纸的样式很多，如窗花、墙花、喜花、枕花、礼花等，具有单纯、简洁、明快、朴实、富装饰性的特点。

(4) 教师将剪纸展示给学生，问：这些作品是运用哪些工具制作出来的？（学生回答，教师板书）

(5) 教师手指图例，启发性地提问：都是人物头像，但在眉眼等细节上却用了截然不同的表现手法，哪位同学发现了？（教师综合学生回答板书）教师再指另一图例，问：用什么方法能让这两幅剪纸出现多种色彩呢？（学生回答困难，教师可用半成品给学生示范，结合学生回答教师总结板书）。

(6) 教师展示图例，讲：下面我们研究剪纸的造型装饰手法。老师手中这幅剪纸突出了人物的形态，而次要的细部却没有刻画，它采用的是什么方法？（学生回答，教师板书）教师指图例，问：鱼和猪的形象和生活中的形象有什么差别？大家讨论一下。（同学讨论后回答，教师板书）

(7) 教师展示图例，问：这两幅图的构成形式有什么不同？（根据学生回答教师板书）

(8) 教师给学生做剪纸示范。示范时配以讲解，注意扩展学生的思路。如：运用折叠法剪的是花卉，如果剪单独对称式的人物怎么剪？均衡式的呢？

3. 布置课堂作业，学生设计制作，教师辅导。

先让学生认真观察，指出阳刻时应"剪剪相连"，阴刻时要"剪剪相断"。再让学生观察图例，指出对错。经过比较议论得出画纹样时必须注意纸的连断的结论。突破难点。

作业要求：能够在课堂上独立设计完成一幅图样，做到造型单纯、简洁、富有剪纸情趣。

4. 展评学生作品，请部分学生阐述表现意图。

5. 回顾总结，并点题：

以上学习的是剪纸的一般常识，剪刻纸来自民间，表现民间，我们要从民间剪纸中吸取营养，多看、多想、多动手，一定会创作出好作品。

——参见http://www.cn-teacher.com/Article/meishu/gzms/200702/110144.html

第三讲　走近民间印染

中国的染织工艺早在西周时期已得到较大的发展。根据《礼记》等文献记载，染色当时都设有专官主管，楚国还设有主持生产靛青的"蓝尹"工官。民间印染是指流行于民间的各类纤维织物的染色与印花工艺及印染品。印染是我国传统民间工艺之一，其中扎染、蜡染工艺最为有名。

一、民间印染的主要类别

1.扎染

扎染是用线或绳子绑扎布料或衣片，放入染液中，绑扎处因染料无法渗入而形成具有自然特殊图案的一种印花方法。扎染作为一种古老的纺织品染色工艺，在中国约有1500年的历史。现存最早的实物是东晋年代的绞缬印花绢。唐代扎染发展到鼎盛时期，贵族穿绞缬的服饰成为时尚。扎染中各种捆扎技法的使用与多种染色技术结合，染成的图案纹样多变，具有令人惊叹的艺术魅力。在同一织物上运用多次扎结、多次染色的工艺，可使传统的扎染工艺由单色发展为多种色彩的效果。（图5-21）

2.蜡染

蜡染也是我国古老的民间纺织印染手工艺，古代称为"蜡缬"，与"夹缬"、"绞缬"并称为我国古代三大印花技艺。蜡染是用蜡刀蘸熔蜡绘图于布后用蓝靛浸染，去蜡后布面呈现出蓝底白花或白底蓝花图案的一种印花方法。（图5-22）目前的蜡染大体可以分三大类：一类是西南少数民族地区，民间艺人和农村妇女自绘自用的蜡染制品，这一类产品应属于民间工艺品。另一类是工厂、作坊面向市场生产的蜡染产品，这一类产品应属于工艺美术品。第三类是以艺术家为中心制作的纯观赏型的艺术品，也就是"蜡染画"。这三大类蜡染并存，互相影响。 蜡染艺术在少数民族地区世代相传，经过悠久的历史发展过程，积累了丰富的创作经验，形成了独特的民族艺术风格。是中国极富特色的一株民族艺术之花。在少数民族地区，蜡染的材料大多是自制的：绘制蜡染的织品一般都是用民间自织的白色土布。防染剂主要是黄蜡（即蜂蜡），有时也掺和白蜡使用。蜂蜡是蜜蜂腹部蜡腺的分泌物，它不溶于水，但加温后可以融化，人们正是利用这一特点将它作为蜡

图5-21＿扎染

图5-22＿蜡染

图5-23_凤凰蜡染艺术

染的防染剂。染料是自己生产的蓝靛。蓼蓝是一种一年生草本植物，属比较"专业"的染料。人们在菜园中随意种植几棵蓼蓝，将其叶子采摘下来发酵，与生石灰混合后就可以进行染色了。蓼蓝染过的布料呈鲜亮的蓝青色，不易褪色。

在贵州少数民族地区，蜡染已成为少数民族妇女生活中不可缺少的一种艺术。苗族妇女们的头巾、围腰、衣服、裙子、绑腿都是蜡染制成，其他如伞套、枕巾、包袱、书包、背带等也都使用蜡染；还有的把蜡染花纹装饰在衣袖、衣襟和衣服前后摆的边缘。在蜡染图案的选择上，也颇具特色，有的采用古代铜鼓的花纹和民间传说中的题材；有的是日常生活中接触的花、鸟、虫、鱼；有的则喜用几何图案。

蜡染图案丰富，色调素雅，风格独特，用于制作服饰、各种生活用品和工艺品显得朴实大方、清新悦目，富有浓郁的民族特色。它们是如何制造出来的呢？

二、民间蜡染的制作方法和工艺流程

1. 画蜡前的处理

将布漂白洗净，准备上蜡。

2. 点蜡

把白布平铺在木板或桌面上，把蜂蜡放在陶瓷碗或金属罐里，用火盆里的木炭灰或糠壳火使蜡熔化，便可以用铜刀蘸蜡描绘。绘制蜡花的工具不是毛笔，而用铜

刀，是因为用毛笔蘸蜡容易冷却凝固，而铜制的画刀便于保温。这种铜刀用两片或多片形状相同的薄铜片组成，一端缚在木柄上，刀口微开而中间略空，以易于蘸蜡、蓄蜡。根据绘画各种线条的需要，有不同规格的铜刀，一般有半圆形、三角形、斧形等。点蜡时，有的地区是照着纸剪的花样确定大致轮廓，然后画出各种图案花纹。有的地区则不用花样，只用指甲在白布上勾画出大轮廓，便可以得心应手地画出各种美丽的图案。

3. 染色

浸染的方法，是把画好的蜡片放在蓝靛染缸里，一般每一件需浸泡五六天。第一次浸泡后取出晾干，便得浅蓝色。再放入浸泡数次，便得深蓝色。如果需要在同一织物上出现深浅两色的图案，便在第一次浸泡后，在浅蓝色上再点绘蜡花浸染，染成以后即现出深浅两种花纹。当蜡片放进染缸浸染时，有些"蜡封"因折叠而损裂，于是便产生天然的裂纹，一般称为"冰纹"。这种"冰纹"往往会使蜡染图案更加层次丰富，具有自然、别致的效果。

4. 去蜡

用清水煮沸，煮去蜡质，漂洗后，布上就会显出蓝白分明的花纹来。

三、凤凰蜡染艺术

湖南凤凰县蜡染艺术历史悠久，其蜡染印花布纯美典雅，原始古朴，是凤凰民族民间工艺品中的精品。凤凰蜡染印花布制作工艺程序复杂，要先将各种图案投影在木板上并雕刻成模板，而后将布料置于两块模板间，再将特制的染料灌入夹好的花模空白处，这叫凸染。手染是把花模板压在平展的布面上，然后用特制的染料刷浸，稍干后揭开模板即可。（图5-23）

凤凰蜡染原始古朴，分为两大流派：一为土家族蜡染印花布；一为苗族蜡染土布。土家蜡染印花注重配色纯净，讲究立意构图，幅面艺术风格特异纯美，突出的工艺特点为热色；苗族蜡染土布注重染色纯，不讲究华美雕饰，给人一种自然纯净的艺术感，突出的工艺特点

为冷色。在古城区内随处可见蜡染作品，一般蜡染花布的颜色较为丰富，蜡染土布由工艺师用蜡在土布上画图，颜色局限于白和蓝。凤凰蜡染印花布可以根据需要设计，制成壁挂、屏风、被面、桌罩、衣物等，成品独具特色，具有鲜明的民族风格和浓郁的民族韵味。

作为民间工艺品和艺术品的蜡染生产，绝大多数工序是手工操作，到目前为止，仍然无法用机械化、自动化来代替。蜡染图案以写实为基础，艺术语言质朴、天真、粗犷而有力，特别是它的造型不受自然形象细节的约束，进行了大胆的变化和夸张，这种变化和夸张所彰显的想象和创造，含有无穷的魅力。蜡染是古老的艺术，又是年轻的艺术，它以概括简练的造型、单纯明朗的色彩、夸张变形的装饰纹祥、别具民族风格美感的样式等独有的魅力装点着现代人们的都市生活，赢得了越来越多人的青睐。

●延伸与拓展

一、知识点击

1. 蜡染冰纹

冰纹的形成，是蜡画胚布在不断的翻卷浸染中，蜡迹破裂，染液便随着裂缝浸透在白布上，留下了人工难以摹绘的天然花纹，像冰花，像龟纹，真是妙不可喻，同样的图案的蜡画布料，浸染之后，冰纹就似人的指纹一样绝不相同，展现出清新自然的美感。蜡染的"冰裂"纹，类似瓷釉之"开片"，极具艺术效果。裂之大小走向，可由人掌握，可以恰到好处地表现描绘对象，特点鲜明。

2. 蜡染之乡

中国贵州安顺被称为"蜡染之乡"。安顺是中国著名的旅游城市，境内有黄果树瀑布、龙宫、屯堡文化（天龙镇、云峰八寨等）、天星桥、花江大峡谷等众多著名景点。安顺有"滇之喉、黔之腹，粤蜀之唇齿"的赞誉，地理位置重要，交通方便。安顺于1992年成功举办了首届蜡染艺术节，吸引了来自国内外的众多宾客，自此蜡染艺术走向全国，走向世界。

二、思考练习

学习借鉴民间印染的手法，设计一件有个性的文化衫的装饰花纹，在废旧报纸上进行创作和表现。

三、学习研究

有条件的学校组织学生到农村或博物馆参观旧式织布机，向有经验的印染师傅或讲解员请教，详细了解纺纱、织布、染色的过程。

四、相关知识

教学案例: 染印花布 (中学)

教学目标:

1. 通过对本课的学习, 增强学生对蓝印花布的认识和了解。

2. 通过设计蓝印花布, 使学生能熟练掌握油水分离画法, 并拓展学生对此方法的应用范围。

3. 通过对本课的学习, 培养学生的传统文化审美意识。

教学重点:

掌握传统的蓝印花布的知识及本课设计蓝印花布的方法。

教学难点:

1. 对传统图案的理解。

2. 现代蓝印花布图案的大胆创新。

教学方法:

讨论法、实验法。

教学准备:

1. 教师: 蓝印花布数块; 与蓝印花布相关的录像资料、图片资料; 相关电教设备; 课堂演示用品。

2. 学生: 油画棒、颜料、排笔、画纸及手工制作用具。

课前准备:

教师于课前把蓝印花布数块布置在教室四周墙壁上, 营造出一种崭新的课前气氛, 给学生充分的时间酝酿。

教学过程:

1. 组织教学

2. 导入新课

3. 讲授新课

（1）欣赏

设问A:

① 你知道墙上挂的是什么布吗?

② 你能看出布上有什么图案吗?图案造型有什么特点?

③你知道这些图案有什么含义?为什么人们把这些图案印到布上呢?

学生讨论,教师提示,学生回答,教师板书课题并归纳出教学重点:

①蓝印花布图案形象单纯简练,多用点组成,层次分明,色彩对比强烈。

②蓝印花布多运用寓意美好吉祥的传统图案。象征人们对美好生活的向往。

设问B:

①你知道这种布是如何制作的吗?

②你选用什么方法能快速在课堂上仿制一块蓝印花布?

学生讨论后,教师播放蓝印花布的工艺制作录像资料。

（2）参与

①简要回忆油水分离画法的特点。

②教师用油水分离画法快速仿制蓝印花布。

在此过程中强调学生注意:

a. 先构思好图案内容,再用白油画棒用力勾线。

b. 蓝颜色要一次调足,避免深浅不同。

c. 刷颜色时笔触要方向一致。

③作业练习:仿制小幅蓝印花布一块。

提示:注意花纹的整体布局,要像是从大块布上剪下的一样。可用一大块布剪成两份。让学生观察布边的图案。练习时学生可参考教室周围的花布图案,也可参考教师提供的资料图案,鼓励学生根据蓝印花布的特点自己设计新的图案。

（3）应用

①欣赏传统蓝印花布所制成的用品:包括服装、围裙、门帘、被面、围嘴等实物或幻灯资料。

讨论A:为什么蓝印花布深受人们喜爱?　学生分组讨论,每组选一名代表把讨论结果用简练的语言表述出来。教师归纳总结要点:

a. 蓝印花布是我国的一种传统民间工艺,具有中国的民间特色。

b. 蓝印花布图案多变,色彩典雅,古朴大方,寓意美好。

讨论B:在现代社会,怎样扩大蓝印花布的应用范围? 如何扩大蓝印花布的应用范围?.

老师归纳总结:可用于背包、鞋类、伞、壁挂、手帕、窗帘、饰品、包装等。

②分组制作:每个组用大纸(四开至对开)分别选不同主题为内容仿制一块蓝印花布。

提示:a.明确小组成员分工,用较短时间完成。主题可选择花草、动物、昆虫、鸟类、建筑、几何形体、交通工具、风景、变化的线条等。b.根据制好的布设计制作出一种简单的物品。可为实用物品,也可为装饰用品。(限定时间完成)

③展示交流:互评出最佳图案设计组及最佳制作设计组。

④总结

学生总结:用一句话谈对学习蓝印花布的感受。

教师总结:蓝印花布是我国劳动人民智慧的结晶,是民族审美意识的体现,是我国传统工艺中的瑰宝。是我们值得骄傲,值得研究学习的内容。希望大家能把祖国的传统艺术发扬光大。

——参见: http://www.thjy.edu.cn/houhongzhuan/Article/1006/633308140319892500.aspx

第四讲　走近民间服饰

服饰是人类特有的劳动成果，它既是物质文明的结晶，又具有精神文明的含意。从服饰起源的那天起，人们就已将其生活习俗、审美情趣、色彩爱好，以及各种文化心态、宗教观念，都融汇于服饰之中，构筑成了服饰文化精神文明内涵。中国是个统一的多民族国家，56个民族的服饰各不相同，犹如56朵奇葩绽放在服饰的百花园里。本讲我们通过了解几种有代表性的民族服饰，来感受不同民间服饰的装饰风格、表现手法和深厚的民族文化底蕴。

一、几种有代表性的民族服饰

1. 苗族服饰

贵州东南部是我国苗族服饰种类最多、保存最好的区域，有苗族服饰200余种，因此被称为"苗族服饰博物馆"。苗族服饰总体保持着中国民间的织、绣、挑、染的传统工艺技法，通常运用一种主要的工艺手法的同时，往往穿插使用其他的工艺手法，或挑中带绣，或染中带绣，或织绣结合，从而使这些服饰图案花团锦簇、溢彩流光，显示出鲜明的民族艺术特色。

苗族服饰图案大多取材于日常生活中的各种物象，具有表意、识别族类的重要作用，这些形象记录被专家学者称为"穿在身上的史诗"。从造型上看，其采用中国传统的线描式或近乎线描式的、以单线为纹样轮廓的造型手法。在用色上，他们选用多种对比强烈的色彩，努力追求颜色的浓郁和厚重的艳丽感，一般均为红、黑、白、黄、蓝五种。构图上不强调突出主题，只注重适应服装的整体感的要求。苗族服饰分为盛装和便装，盛装为节日礼宾和婚嫁时穿着的服装，繁复华丽，集中体现苗族服饰的艺术水平；便装样式比盛装式素静、简洁，用料少费工少，供日常穿着之用。

苗族男盛装为左衽长衫外套马褂，外观与便装相

图5-24_苗族服饰

图5-25_苗族服饰局部

同，质地一般为绸缎、真丝等，颜色多为青、蓝、紫色，各地无异。女盛装一般下装为百褶裙，上装为缀满银片、银泡、银花的大领胸前交叉式"乌摆"或精镶花边的右衽上衣，外罩缎质绣花或挑花围裙。"乌摆"一般全身镶挑花花块，沿托肩处一般镶棱形挑花花块，无纽扣，以布带、围腰带等束之。头戴银冠、银花或银角。盛装颜色为红、黄等暖调色。（图5-24、图5-25）

2. 傣族服饰

傣族主要分布于云南省南部和西部的河谷平坝地区，西双版纳傣族自治州和德宏傣族、景颇族自治州是傣族主要的居住区。傣族生活的地方都是热带、亚热带地区，那里气候温热、山林茂密、物产丰富。傣族服饰也充分体现了这些地理特点，淡雅美观，既讲究实用，又有很强的装饰意味，颇能体现出热爱生活，崇尚中和之美的民族个性。

傣族男子的服饰一般都比较朴实大方，上身为无领对襟或大襟小袖短衫，下着宽腰无兜长裤净色长裤，多用白色、青色布包头，有的戴毛呢礼帽，天寒时喜披毛毯，四季常赤足。这种服装在耕作劳动时轻便舒适，在跳舞时又使穿着者显得健美潇洒。傣族男子一般不戴饰物，镶金牙、银牙是他们的喜好，他们通常把上好的门

牙拔去，换上金或银做的假牙。过去有文身习俗，在胸、背、腹、四肢等处文文字符号或狮虎、麒麟、孔雀等图案，以示勇敢或祈求吉祥。（图5-26）

傣族妇女一般都身材苗条，面目清纯娇美，看上去亭亭玉立，仪态大方，因此素有"金孔雀"的美称。傣族妇女讲究衣着，追求轻盈、秀丽、淡雅的装束，协调的服装色彩，极为出色。青年妇女盘发于头顶，是傣族服饰的一个显著的特点。傣族女子喜将长发挽髻，在发髻上斜插梳、簪或鲜花作装饰。傣族妇女都喜戴首饰，首饰通常用金银制作，上面刻有精美的花纹和图案。傣族妇女一般喜欢穿窄袖短衣和筒裙，把她们那修长苗条的身材充分展示出来。上身穿一件白色或绯色内衣，外套浅色大襟或对襟窄袖衫，紧身短上衣，圆领窄袖。窄袖短衫紧紧地套着胳膊，几乎没有一点空隙，有不少人还喜欢用肉色衣料缝制，若不仔细看还看不出袖管，前后衣襟刚好齐腰，紧紧裹住身子，再用一根银腰带系着短袖衫和筒裙口。下身着花色筒裙，长至脚踝的筒裙，腰身纤巧细小，下摆宽大，裙上织有各种图纹。傣族妇女的这种装束，充分展示了女性的胸、腰、臀"三围"之美，加上所采用的布料轻柔，色彩鲜艳明快，无论走路或做事，都给人一种婀娜多

图5-26_傣族男子服饰　　　　　　　　　　　　　　　　　　图5-27_傣族妇女服饰

图5-28_布依族服饰

姿、潇洒飘逸的感觉。（图5-27）

3. 布依族服饰

布依族男女多喜欢穿蓝、青、黑、白等色布衣服。青壮年男子多包头巾，穿对襟短衣（或大襟长衣）和长裤。老年人大多穿对襟短衣或长衫。妇女的服饰各地不一，有的穿蓝黑色百褶长裙，有的喜欢在衣服上绣花，脚上一般穿细尖而朝上翘的绣花鞋或细耳草鞋。布依族妇女喜戴银手镯或骨手镯、戒指、银簪、项圈等饰品，她们婚前头盘发辫，戴结花头巾，婚后则改戴青布和笋壳做成的"假壳"。

布依族服饰面料多为自织自染的土布，有白土布、色织布等种类，色织布有格子、条纹、梅花、辣子花、花椒、鱼刺等200多种图案。服饰色彩多为青蓝色底上配以多色花纹，既庄重大方又新颖别致。布依族服饰的制作集蜡染、扎染、挑花、织锦、刺绣等多种工艺技术于一身，反映了他们独有的审美特征。布依族姑娘

从小就学习制作蜡染的技巧，她们所穿的衣服大都是自己亲手缝制的。姑娘们穿上自制的蜡染裙十分合身，有种古朴典雅的美。每逢节日，布依族人民就把自己精心制作的服饰展示出来。恋爱时姑娘们常用自织的布匹和衣服、手帕、鞋等作为信物。布依族服饰也反映了其传统文化心态、生活习俗和宗教信仰。在布依族的婚姻中存有"不落夫家"之俗。姑娘必须通过"戴假壳"仪式才标志婚姻正式开始。"假壳"是一种帽子，形似簸箕，以竹笋壳为架，用青布结扎而成，戴时再加一块花帕子。布依族未婚姑娘都梳辫，婚后一段时间仍住娘家。在婚后当年的八九月到次年的四月期间的某一天，由新郎家的两位妇女趁新娘不备，将其搂住，强解发辫，换上"假壳"之后方可到夫家生活。（图5-28）

二、民族服饰的图案造型、色彩与审美

民族服饰与民族文化、民族审美、民族生活习俗甚至民族的经济、历史和地理环境等，都存在着内在的联系。民族服饰的这些基本品格，均可通过一定的服饰图案造型和服饰色彩呈现出来。图案是民族服饰的重要组成部分，在民族服饰乃至整个民间美术体系中都起着传情达意的作用。它不是简单地模拟对象形体的外形，而是同民族服饰整体造型艺术一样，以舍形取意的方式传达一定的社会文化信息和人的审美情感。例如，贵州东南部地区的妇女，将多种图腾崇拜的形象融合于一体，以水牛的头和角、羊胡、虾须、蛇身、鱼尾等整合为意象中的"苗龙"形象，刺绣在自己的衣服和围裙上，表达自己的民族信仰。这些视觉信息传达符号不仅对服装起着装饰美化的作用，使服装呈现千姿百态、靓丽夺目的艺术效果，更重要的是它以形象化的创造性语言，记录了民族的社会意识形态和民族情感世界的演变，为研究民族服饰艺术提供了极具史料价值的佐证。

民族服饰的图案造型设计，与民族心态、民族习俗紧密相连。中华民族传统文化心态崇尚吉祥、喜庆、圆满、幸福和稳定，这一理念反映在民族服饰图案上，则表现为追求饱满、丰厚、完整、乐观向上、生生不息的

情感意愿，通过图案造型，向人们展示民俗文化理念的深层底蕴和生命情感。我国北方民族喜欢在嫁妆的鞋垫、兜肚上刺绣鸳鸯戏水、喜鹊登梅、凤穿牡丹、富贵白头、并蒂莲、连理枝、蝶恋花及双鱼等民俗图案，以隐喻的形式，将相亲相爱、永结同心、白头到老的纯真爱情注入形象化的视觉语言之中，反映了朴素纯洁的民俗婚姻观，同时赋予纹样造型以生命的律动，表现大千世界芸芸众生的勃勃生机。

色彩是民族服饰视觉情感语义传达的另一个重要元素。不同的色彩所产生的视觉效果和心理反应不相同，因而有了冷热、轻重、强弱、刚柔等色彩情调，既可表达安全感、飘逸感、扩张感、沉稳感、兴奋感或沉痛感等情感，也可表达纯洁、神圣、热情、吉祥、喜气、神秘、高贵、优美等抽象性的寓意。民族服饰色彩多运用鲜艳亮丽的饱和色，以明亮、热烈、奔放的色块并置使色彩具有强烈的视觉冲击力和视觉美感。民族服饰的图案色彩经营，完全脱离了事物原始图像的固有特征，转变成为纯粹的色彩情感信息符号。

民族服饰色彩的形成和传达，在很大程度上受独特的人文意识的渗透和民族习俗的影响。有些少数民族地区以"人—地—天—道—自然"五位一体的宇宙观，追求素朴天真的自然之道，成为民族文明的主流意识。这一哲学理念反映在对民族服饰色彩情感的感悟和表达上，常以青、白二色为服饰主色调，表达一种质朴浑厚、洁净爽朗、简朴素净的自然之美，再辅以红、黄、绿、紫等为装饰对比色，既有强烈的艺术对比又有协调统一，体现出承载实用文化和精神意义上的双重审美品格。

●延伸与拓展

一、知识点击

1. 土家族服饰

土家族男子穿琵琶襟上衣，缠青丝头帕。妇女着左襟大褂，滚两三道花边，衣袖比较宽大，下着镶边筒裤或八幅罗裙，喜欢佩戴各种金、银、玉质饰物。

2. 侗族服饰

侗族男子的上衣有对襟、左衽和右衽三种，下着长裤，裹绑腿。缠头布为三米长的亮布，两端用红绿丝线绣着一排锯齿形的图案。盛装时戴"银帽"，并佩戴其他银质饰物。女子多穿鸡毛裙，上身以开襟紧身衣相配，胸部围青色刺绣的剪刀口状的"兜领"，裹绑腿；穿裤时，以右衽短衣相配。也有穿右衽无领上衣，以银珠为扣，环肩镶边，足蹬翘尖绣花鞋。侗族妇女喜欢佩带银花、银帽、项圈、手镯等银质饰物。

3. 满族服饰

满族穿袍服，袍服中最具特色的是旗袍。满族妇女的旗袍最初是长马甲形，后演变成宽腰直筒式，长至脚面。领、襟、袖的边缘镶上宽边作为装饰。坎肩是满族服饰的重要组成部分，其制作精致，不仅镶上各色花边，而且还绣有花卉图案。头饰是满族服饰的突出特点。过去男子留长发、结辫。而妇女的发型则富于变化,留发、结辫,还绾成髻等。

二、思考练习

比较与分析——了解本地区主要有哪几个民族? 他们的服饰各有什么特点? 从帽子、衣服、裤子、鞋子、装饰品等方面进行说明,并把这些情况整理在一张表格之中。

三、学习研究

民族服饰中的图案往往与本族的宗教信仰和图腾崇拜有关。试找一种民族服饰,就这方面进行详细说明。

四、相关知识

教学案例: 民族服饰 (初中)

教学目标:
1. 通过教学,使学生了解我国绚烂多彩的民族服饰文化
2. 能进行简单的服饰设计

教学重点、难点:
学习民族服饰的特点,并能进行灵活的运用

教学方法:
讲授法、示范法、练习法

教具:
多媒体课件

教学过程:
1. 导入新课
师:中国有56个民族,每个民族都有自己独特的民族服饰,汇集成绚彩、风格多样的中华服饰。他们或斑斓厚重,或丰富华丽,或简洁朴美,最为完整地展现了中华民族的智慧和审美理想。
2. 讲授新课
(1)欣赏、分析民族服饰
出示图1 傣族姑娘的服饰

提问: 这件服饰有什么特点?

学生讨论。

师: 傣族的服饰有许多纹样。

出示图2 藏族妇女服饰

提问: 这件服饰的色彩上有什么特色? 学生讨论。

"藏族的服饰色彩鲜艳, 有红色、蓝色、绿色、黄色等各种颜色搭配。"

出示图3 汉族妇女绣花衣

提问: 汉族的服饰衣服上的花纹有什么特点? 学生讨论。

出示图4 布依族服饰 图5 维吾尔族服饰 图6 苗族服饰

提问: 你能找出这些服饰的不同之处吗? 那么, 它们各有什么特点? 学生讨论。

"布依族按民族习俗, 头上所缠绕勒条的数量, 代表了少女的年龄。苗族服饰的标志是银饰, 装饰图案以龙凤花卉和象征吉祥的植物为主, 寓意高贵、华美。"

(2)出示范例, 讨论制作方法

师: 多变的款式、鲜艳的色彩、丰富的装饰纹样、精巧的戴饰, 构成了具有浓郁民族特色的服饰文化。织锦、刺绣、挑花、蜡染等民间工艺, 在服饰上被充分地展现出来, 美丽的民族服饰蕴涵了各民族的风俗、礼仪和对美好生活的追求, 是各民族传统文化不可分割的组成部分。

学生分组讨论制作的方法。

分别从: 款式、颜色、花纹、材质几方面讨论。

(3)老师示范制作

　　①剪出衣服的款式;

　　②上色、添加花纹;

　　③制作服装的配饰;

(4)学生小组制作。

要求: 根据民族服饰的特点, 设计一套服装。要美观、实用、有民族特色。

(5)展示并讲评学生作业, 进行小结。

服装表演, 学生穿上自己设计的服装表演。

集体评议。"你认为谁的服装设计得好? 好在哪儿?"

教师讲述: 服饰文化是涉及多方面的知识, 有环境因素、图腾崇拜等等, 课后同学们应多了解有关民族服饰的知识。

—— 参见http://www.srd1xx.com/-mainmenu-82/-mainmenu-84/1387.html

第五讲　走近民间雕刻

发端于石器时代的雕镌塑作技艺，进入文明时代后依然兴旺发达，并衍生出繁杂的门类，主要用于民居、祠堂、庙宇、园林等建筑的装饰，以及古式家具、屏联、笔筒、果盘等工艺雕刻。其材质有木、石、牙、角、玉、骨、竹、土、面、糖等等，其工艺手法有镂、凿、刻、钻、琢、磨、削、抟、吹、捏等，随形就势依色取巧，在方寸之间尽显匠心。

一、木雕

我国古代的木雕装饰，最早可溯源到新石器时代。在距今6900年的河姆渡文化遗址出土的文物中，就有刻花的木桨、剑鞘、圆雕木鱼、鱼形器柄等。在西周初年的周原建筑遗址中，考古学家也发现当时檐下椽木等多处采用蚌雕、玉雕、骨雕等木雕装饰。《周礼·考工记》提到"攻木之工七，轮、舆、弓、庐、匠、车、梓"，其中匠人专为营造，梓人专为制器，制器也包括属于小木作的雕刻，可见当时木雕已作为独立的手工操作而与建造分离了。

木雕一般选用质地细密坚韧、不易变形的树种，如楠木、紫檀、樟木、柏木、银杏、沉香、红木、龙眼等进行雕刻创作。木雕有圆雕、浮雕、镂雕或几种技法并用，采用自然形态的树根雕刻艺术品则为"根雕"。建筑装饰木雕，则多以民间传说、戏曲、历史故事为题材；玩赏性木雕则注重发挥木质本身的美感，相形度势因材得意，成为人们喜爱的艺术品。（图5-29）

图5-29_木雕作品

徽州山区盛产木材，建筑物绝大多数都是砖木石结构，尤以使用木料为多，成了木雕艺人发挥聪明才智之地。宅院内的屏风、窗棂、栏柱，日常使用的床、桌、椅、案和文房用具上均可一睹木雕的风采。徽州木雕的题材广泛，有人物、山水、花卉、禽兽、虫鱼、云头、回纹、八宝博古、文字锡联，以及各种吉祥图案等。始建于宋，大修于明嘉靖年间的绩溪县龙川胡氏宗祠的木刻花雕艺术就是一个佐证。古祠木雕采用浮雕、镂空雕和线刻相结合的手法，除了梁勾、梁托和门楼的雕龙画凤、历史戏文之外，整个落地门窗的木雕布局有"荷花、花瓶、百鹿"三种图案：千姿百态、亭亭玉立的各种荷花随风招展；悠悠漫步、回眸引侣、幼鹿吮乳、母鹿抚舐等各种形态的梅花鹿自在地生活；各种形状、精致美观的花瓶。图案的含义深刻，荷花图意味着"和为贵"，百鹿图意在祝愿祖辈延年益寿，花瓶图寄寓了世代平安生活的美好愿望。

木雕技法，就是作者在木雕创作中对形象和空间的处理手法。这种手法主要体现在雕与刻上，确切地说，就是由外向内逐步通过减去废料，让形体显现出来的过程：

1. 通常要画稿，再用墨线勾画放大到木材上。

2. 粗坯是整个作品的基础，它以简练的几何形体概括全部构思的造型，要求做到有层次、有动势，比例协调、重心稳定整体感强，初步形成作品的外轮廓与内轮廓。凿粗坯：可从上到下，从前到后，由表及里，由浅入深，一层层地推进。凿细坯：先从整体着眼，调整比例和各种布局，然后将具体形态逐步落实，并为修光留有余地。

3. 修光：运用精雕细刻及薄刀法修去细坯中的刀痕凿垢，使作品表面细致完美。要求刀迹清楚细密，或圆滑、或板直、或粗犷，力求把作品意图准确地表现出来。

4. 打磨：根据作品需要，将木雕用粗细不同的木工砂纸搓磨。先用粗砂纸后用细砂纸，顺着木的纤维方向打磨出理想效果。

5. 着色上光：着色不仅是为了弥补某些木质的缺陷，而且还能起到丰富材料质感美和作品形式美的作用。因此在作品上色时要酌情而定，要求尽量体现出作品内容形式的需求，并符合天然木质的种种美感。工具是用一支硬毛刷、一支小硬毛笔、一只调色缸。着色的颜料一般是指水溶性的，如水粉、水彩或皮鞋油。木雕上色不要马上擦光，一定要等干了（约12小时后），用一块干净的布使劲擦拭直至产生均匀的光泽，达到手感光滑的效果。有的作品可以视情况擦漏一些，使木的底色稍有显露，形成丰富的色彩感觉，可以增加作品的层次感。

二、砖雕

砖雕是在青砖上雕刻出人物、山水、花卉等图案，是古建筑雕刻中很重要的一种艺术形式，主要用于装饰寺塔、墓室、房屋等建筑物的构件和墙面。所用青砖在选料、成型、烧成等工序上质量要求较严，只有坚实而细腻的材质，才适宜雕刻。砖雕这种民间工艺美术，是劳动人民为适应生活需要和审美要求就地取材而创作的。

民间砖雕从实用和观赏的角度出发，形象简练，风格古朴，注重整体效果，颇有汉画像砖、画像石的风味。砖雕图案的题材非常广泛，以人物为主的题材内容包括神话传说、戏曲图谱、民间故事、习俗等；在猛兽题材的砖雕里，出现较多的是狮子图案，有狮子滚球、大狮小狮翻腾、对舞、立坐俯仰等各种姿态；在花鸟题材中，以松柏、兰花、竹、山茶、菊花、荷花、鲤鱼等寓意吉祥和人们所喜闻乐见的内容为主。（图5-30、图5-31）

在雕刻技法上，主要有阴刻（刻画轮廓，如同绘画中的勾勒）、压地隐起的浅浮雕、深浮雕、圆雕、镂雕、减地平雕（阴线刻画形象轮廓，并在形象轮廓以外的空地凿低铲平）等。景物前后紧贴，多借助于线刻造型，但富于装饰趣味。砖雕的实际运用范围正日益扩大。古典式园林的屋面的门楼、门罩、过廊的窗、景门上的门楣、漏窗间的嵌画、屏风墙角花、亭台等处都可根据适当的位置，灵活设计砖雕达到美的装饰效果。随着社会文明的建设，砖雕艺术将以它取材简易、雕制便捷、内容丰富形式多样、雅俗共赏等优点，更广泛地进入人们的生活。

图5-30 _ 砖雕作品1

图5-31 _ 砖雕作品2

图5-32 _ 石雕作品1

图5-33 _ 石雕作品2

三、石雕

从人类艺术的起源就开始了石雕的历史，可以说，迄今人类包罗万象的艺术形式中没有哪一种能比石雕更古老。石雕的历史就是艺术的历史，更是形象生动实实在在的人类历史。（图5-32、图5-33）

一般来说，将石雕制品分为以下几类：

1. 按用途不同可分为观赏石雕、挂戴石雕和收藏工艺品石雕。观赏石雕如宫殿、宅第和园林石雕，寺庙神殿、石桥石雕等。挂戴石雕如生活工艺用品石雕。收藏工艺品石雕如现代城市园林与纪念石雕等。

2. 按雕件形体不同分为立体石雕和平面石雕。

3. 按所用加工工具的不同可分为手工石雕、半机械化加工石雕、全自动数控机械加工石雕、喷砂石雕、化学品腐蚀石雕。

4. 按传统的雕件表面造型方式不同分为浮雕、圆雕、沉雕、影雕。其中浮雕是指在石料表面雕刻有立体感的图像，是半立体型的雕刻品，因图像浮凸于石面而称浮雕。

徽州石雕属浮雕与圆雕艺术，享誉甚高，主要用于寺宅的廊柱、门墙、牌坊、墓葬等处的装饰。安徽黟县西递村"西园"中有一对漏窗，左为松石图案，奇松从嶙峋怪石上斜向伸出，造型刚劲凝重；右为竹梅图案，弯竹顶劲风，古梅枝婆娑，造型婀娜多姿，精美至极。歙县北岸吴氏宗祠天井水池后壁上方，镶嵌着一幅石雕百鹿图，由9块石料雕就拼成，采用圆雕、透雕、浮雕技巧，具有很强立体感。石雕画面上有栩栩如生、大小不等的一百只山鹿；有矮而粗壮的黄山松；有重重叠叠高高低低的奇岩怪石；有弯弯曲曲淙淙流淌的小溪；路旁溪畔有疏疏密密的小草；有飞鸣啼叫前后觅食的小鸟，宛如一幅清新隽永的深山野趣图，被称为徽州石雕一绝。

四、竹雕

竹雕也称竹刻，是在竹制的器物上雕刻多种装饰图案和文字，或用竹根雕刻成各种陈设摆件。竹雕早期通常是将宫室、人物、山水、花鸟等纹饰刻在器物之上。古代遗留下来的竹雕作品极少，目前所见的多为明清两代的传世品。明代的竹雕风格大多浑厚质朴、构图饱满，刀工深峻，线条刚劲有力，图案纹饰布满器身。清代前期的竹雕制品带有明代的遗风，但表现技法更为丰富多样，浅刻、浅浮雕的技法并用。

竹雕虽是小器，但往往精雕细琢。竹雕传统手法就有透雕、浮雕、圆雕等，创作者不仅要有绘画、书法等功底，还要练就一番娴熟的刀功手法，对综合素养要求极高。竹雕大体分两类：一类为竹面雕，如香筒、笔筒等。竹雕香筒是用作盛香花或香料的，阵阵清香自玲珑剔透的筒壁溢出。筒壁四周雕镂人物、花鸟草虫等精美别致的图案。竹刻笔筒是明代徽州文人雅士推崇备至的高雅的文房用具之一，用以装饰书斋，搁置案头。另一类为立体圆雕，即竹根。所制为人物、鸟兽等立体形象之物。雕刻的方法主要有阴刻、阳刻、圆雕、透雕、深浅浮雕或高浮雕等，成形后的竹雕作品有的雕刻简练、古朴大方，有的精工细作、纹饰繁密，变幻无穷。（图5-34）

五、桃雕

在江苏省泗阳县临河乡云渡村，有一种特有的工艺品——桃雕，以其独特的民间工艺形式和民族文化内涵而受到人们的关注。云渡村位于我国东部沿海的江苏北部大平原，是一片古老而又神奇的土地。它地处黄河中下游华夏文明核心区的边缘地带，在保持自身东夷文化基因的同时，吸收了中原文明的先进因素，是历史上较早进入部落国家的地区并在夏商时代就以形成了自己的文明形态。（图5-35~图5-38）

优越的自然地理环境和深厚的文化传统都为云渡桃雕的产生提供了外部发展的必要条件。泗阳县古称桃源县，这一带的农民除了种田外，还广植桃树。在云渡村至今还流传着这样一首歌谣：

小桃船，两头弯，能渡孽海免灾殃。

要问产地在哪方？江苏泗阳云渡庄。

图5-34_竹雕作品

图5-35_桃雕作品1

图5-36_桃雕作品2

图5-37_桃雕作品3

图5-38_桃雕作品4

泗阳县，故桃源，桃树总有千千万。

千千万，万万千，四十九里不见天。

云渡村现有80多户人家，家家户户男女老幼都会制作桃雕，忙时种田、闲时刻桃核是这里一道特殊的风景线。云渡桃雕的制作流程一般分为采桃核、晒桃核、泡桃核、雕桃核几个步骤。每年的夏至前开始采集桃核，因为此时正是桃子成熟的季节。将采集的桃核放在太阳下暴晒三四天，干后装起备用。用时先把桃核砍成方坯子放在水里泡一下，目的是让桃核变得酥一些易于刻制。最后用锉子锉成物体的大概形状，再用刀刻出细部，一件陶雕作品即告完成。桃雕所用工具极其简单，只有锉、凿子、斜口刀和平口刀。

云渡桃雕主要的纹样有猴、猴登船、猴背鱼、猴摔跤、圆篮、扁篮、双喜花篮、大锁、小锁、船、元

宝船、宝剑、桃木剑、宝葫芦、十二生肖、鸳鸯、喜鹊、大象、孔雀、二龙戏珠、荷花合珠、凤凰踩牡丹、寿星佬、八仙过海、十八罗汉、宝塔、佛珠及各地花鸟纹样。在造型上，桃雕作品把良好的手感考虑进去，大部分作品都雕琢圆浑，打磨光滑以免伤人皮肉。在对虎、牛、羊、鸡、马等动物的处理上，只突出头部等主要特征，把爪子、腿部等省略或只寥寥几刀带过，造型上给人一种圆浑稳重、古朴大气、不拘小节的感觉，动物的特征更醒目、可爱和富有生气。

我国民间雕刻艺术以悠久的历史，丰富的品类，生动的神韵，精美的雕饰，精湛的技艺和广泛的表现内容而蜚声海内外。它蕴涵着中国人民的智慧，融合了中华民族特有的气质和文化素养，在世界民间雕刻史上也是独树一帜的。

●延伸与拓展

一、知识点击：

1. 精美的竹雕艺术

http://special.artxun.com/20080108/292905ac943fdf80ee14cb30ac4392d0.shtml

2. 扬州八刻

扬州八刻是久负盛名的扬州民间雕刻工艺的总称。通常是指木刻、竹刻、石刻、砖刻、瓷刻、牙刻和刻纸、刻漆等八种工艺。

扬州八刻历史悠久，早在宋代，扬州的雕版印刷已很精致，竹刻亦已流行。明代，扬州的雕刻艺术已经较为发达，小品雕刻颇为盛行。民间艺人巧妙地利用竹、木、牙、核、骨等材料的纹理、色泽、质地等的不同，运用刀、弓、铲、凿等工具，雕刻成精致而富于天然情趣的工艺品，或用以陈设观赏，或佩带以点缀生活。清代，扬州八刻继承传统，不论在制作技术或艺术创造上均有发展，精微雕刻尤其突出。作品大都出自民间无名技师之手，其中牙、竹、瓷刻也有不少文人雅士为之。金石巨匠吴让之的竹、牙刻堪称一绝，作品精美绝伦，为稀世之珍。画家潘西凤则精于皮雕，声名极盛。郑板桥有诗赞许道："年年为恨诗书累，处处逢人劝读书。试看潘郎精刻竹，胸无万卷待何如。"近代吴南愚在一粒米大的象牙上刻百余字。1927年他刻的《红楼十二金钗》等两件浅刻作品，参加巴拿马赛会，并且获奖。黄汉侯开创扬州浅刻缩临技艺，在每方寸牙板上，能刻4000余

字, 所临作品, 犹如原作, 神韵极佳。扬州市已启动民族民间文化保护工程, 对扬州八刻等民族民间文化进行重点保护, 使扬州八刻这一民间工艺得到了较好的保留和发展。

二、思考练习

从民间雕刻中吸取经验, 结合本地的物产资源, 用大白萝卜、土豆、西瓜皮等常见的、易雕刻的东西开设一堂趣味雕刻课。如果是低年级的小学生, 为安全起见, 建议改用橡皮泥为材料, 进行捏、塑造型。

三、学习研究

以"寻找我们生活中的雕刻"为主题, 让学生们在课后去发现、寻找民间雕刻作品美的形式和内容。

四、相关知识

教学案例: 动物——蔬果雕刻　(小学)

教学目标:

1. 知识性的目标: 通过学习用蔬果雕刻小动物, 引导学生善于动脑观察、联想、动手制作, 使学生初步学习用蔬果造型的设计知识及制作的方法。

2. 情感性目标: 对学生进行美的情趣教育, 激发学生热爱的情感, 养成善于观察、发现生活中的美的形象的品质。

3. 能力性目标: 培养学生发现美、创造美的能力, 以及观察、联想、动脑、动手创作的能力。教会学生雕刻方法, 为独立创作作准备。

4. 发展性目标: 培养学生善于、敢于发现, 联想, 创新的能力, 及造型和空间想象能力的发展, 体会创作的乐趣。

教学重点:

培养学生形象思维能力和空间想象能力及动脑、动手制作的能力。

教学难点:

蔬果形象转变为动物形象的制作方法。

教具、学具准备:

学生学习用具准备: 蔬果、牙签、切刀和刻刀等。

教师教学用具准备: 范样、有关示范、演示用具、用品。

教学流程:

1. 出示蔬果制作的小动物, 引出新题, 板书课题。

2. 观看书中的图片, 观察欣赏、分析。

3. 讲解、演示。

4. 提出要求。

5. 学生按要求作业。

6. 展示作品。

教师活动:

1. 出示范样。问:(1)是什么动物?(2)是用什么材料制作的?(3)是怎样作出来的? 归纳小结, 同时板书: 动物——蔬果雕刻。

2. 与学生一起欣赏分析。问: (1) 各是什么动物? (2) 是用什么材料雕刻的? (3) 为什么? 教师归纳小结。

3. 边讲解边演示, 同时简单书写步骤: (1) 观察、分析、联想。(2) 雕刻: ①割; ②切; ③挖; ④刻。(3) 组合。

4. 特别强调安全问题。教师巡视辅导。

5. 共同赏评, 给予肯定的评价。

学生活动:

1. 观察、思考, 回答教师提出的问题。

2. 与教师一起观察欣赏, 动脑回答教师的提问。

3. 听、看、动脑分析、联想, 适当回答教师问话, 记清雕刻的步骤与方法。

4. 认真听记教师提出的具体要求。

5. 按要求按步骤独立创作, 大胆联想。

6. 展示自己的作品, 互相欣赏、评价, 感受创作的喜悦。

——参见http://www.xjshzedu.com/Article/ShowArticle.asp?ArticleID=5221

第六讲　走近民间玩具

我国民间玩具历史久远，在几千年的农耕文化中逐渐发展成熟。它出自民间艺人之手，透着浓郁的乡土气息。它植根于民俗之中，在民间流传、发展、演变。民间玩具品类繁多，构思巧妙，造型夸张，色彩明快，是实用性与装饰性并举的造型艺术。玩具按制作方法，可分为：捏塑类，如面人、糖人、泥塑、料器等；削刻类，如东木、竹龙、空竹等；缝缀类，以织物、羽毛、皮毛、纸等为材料，用丝、线、钉、糨糊等缝缀粘连，如风筝等。各地区学校可以根据当地民俗传统和物产材料，在美术课上引导学生进行玩具的制作。

一、布老虎

布老虎造型大气，姿态优美，配色明快，对比强烈。圆圆的眼睛，炯炯有神；竖直的耳朵，静听八方；高翘的尾巴，气势逼人；尖牙利齿，威风凛凛；凹凹的脊梁、撅起的屁股，虎视眈眈。

布老虎的造型以头大、眼大、嘴大、身小来突出布老虎勇猛威严的神态。同时，比例较大的虎头和五官又

图5-39＿布老虎

显示出天真和稚气，透露着像孩子一般的憨态。老虎的脊柱是露在外面的，而且线条清晰，排列有序，象征着不向权贵卑躬屈膝，挺起腰杆做人的志气。布老虎的作者多是农村妇女，尤以老年妇女居多，作者希望自己的孩子像老虎那样勇敢强健。作者的创作动机决定了布老虎的形、神及性格特征，使每只布老虎都凝聚着大人对孩子的期望与祝福，因此布老虎才那么动人，那么惹人喜爱。（图5-39）

布老虎制作以头部为主，人们用虎头虎脑来形容健壮、活泼、有出息，所以虎头制作除造型讲究外，工艺非常精美、细致。常见的布老虎是用棉布或丝绸缝制而成的，内部装填锯末或谷糠，表面用彩绘、刺绣、剪贴、挖补等方法描绘出虎的五官和花纹。

布老虎在节令之处的民俗活动中发挥着重要的作用，华北、东北等地送布老虎、做布老虎的习俗，至今仍在各地农村流传。在孩子百日、周岁生日或两岁生日时，祖母、外祖母常送只布老虎，布老虎通常是孩子一生中的第一件玩具和生日礼物。

二、香包

香包，古代称"香囊"，是用彩色丝线在彩绸上绣制出各种内涵古老神奇、博大精深的图案纹饰，缝制成形状各异、大小不等的小绣囊，内装多种气味浓烈芳香的中草药研制的细末，以作节令志庆、生活实用和观赏品玩用。（图5-40）

香包则多半用做民间端午节的赠品，主要功能是求吉祈福，驱恶辟邪。庆阳香包有着悠久的历史，形成了自己独特的艺术风格，具有明显的地域特色：既粗犷豪放，又精细纤丽；既浓烈娇艳，又清纯素雅；既是大写意，又是纯工笔。其构图简洁明快，寓意传统古老；色

图5-40_香包

图5-41_风筝

彩大红大绿，跨度很大；绣面厚实沉重，形态稚拙传神。绣工细密精整，针脚平齐如画；针法丰富多变，品种千姿百态。

三、风筝

最早的风筝并不是玩具，而是用于军事、通讯上。唐代晚期，因为有人在风筝上加入了琴弦，风一吹，就发出像古筝那样的声音，于是就有了"风筝"的叫法。风筝是用细竹条做骨架，贴上鲜艳的纸或丝绸，再画上画而制作成的。（图5-41）

1. 风筝的吉祥寓意

我国的风筝已有两千多年的历史。在漫长的岁月里，我们的祖先在风筝上不仅创造出优美的凝聚着中华民族智慧的文字和绘画，还创造了许多反映人们对美好生活的向往和追求、寓意吉祥的图案。它通过图案形象，给人以喜庆、吉祥如意和祝福之意；它融合了群众的欣赏习惯，反映人们善良、健康的思想感情，渗透着我国民族传统和民间习俗，因而在民间广泛流传，为人们喜闻乐见。不同题材的风筝表达了人们同一种心理情感诉求，即人们对美好生活的向往和憧憬。

（1）求福。人们对幸福有共同的追求心理，蝙蝠因与"遍福"、"遍富"谐音，尽管它形象欠美但经过充分美化，成为象征"福"的吉祥图案。以蝙蝠为图案的风筝比比皆是，如在传统的北京沙燕风筝中，以"福燕"为代表，在整个翅膀上可以画满经过美化的蝙蝠。风筝寓意的是"福中有福"、"福在眼前"、"五福献寿"、"五福齐天"等。其他的求福吉祥图案还有"鱼"和"如意"，与此有关的吉祥图案风筝有："连年有鱼"、"喜庆有余"、"鲤鱼跳龙门"、"百事如意"、"必定如意"、"平安如意"等。

（2）长寿。古往今来人们都希望健康长寿，寄寓和祝颂长寿的风筝图案很多，如松柏、仙鹤、绶带鸟、灵芝、王母仙桃等。源于佛教的"万"字纹样，寓"多至上万"之意。在沙燕风筝中，腰部的图案就多为回转"万"字纹样。与此有关的吉祥图案风筝有："祥云鹤寿"，"八仙贺寿"等。

（3）喜庆。喜字有不少字形，"喜喜"是人们常见的喜庆图案。喜鹊是喜事的"征兆"，与此有关的风筝和吉祥图案有："喜上眉梢"，"双喜登眉"，"喜庆有余"，"福禄寿喜"，"双喜福祥"。

（4）吉祥。龙、凤、麒麟是人们想象中的祥禽瑞兽，以它们构成的传统吉祥图案有："龙凤呈祥"、"二龙戏珠"、"彩凤双飞"、"百鸟朝凤"等。中国传统风筝——龙头蜈蚣长串风筝，尤其是大型龙类风筝，以其放飞场面壮观、气势磅礴而受人喜爱。

2. 风筝的制作

（1）材料：糨糊、纸刀、竹篾、纱布、马拉纸。

（2）做法：

① 将竹篾浸水，泡软，用刀将竹篾破开，约三分之一宽度，然后修半形。竹篾不能太粗，否则会拉破纸张，而且纱布贴不稳。将修好的竹篾裁成两条长短适当的长度，长约53厘米。

② 将马拉纸裁成一个四方，长约80厘米。马拉纸是一种非常粗糙的纸张，最适合做风筝之用。

③ 将竹篾贴在纸上。注意将长长的竹篾，用纱布扎在短的三分之一，然后慢慢屈曲，直至长竹篾两端触到纸的对角之上将它贴好。

④ 将风筝的尾巴贴在风筝的下方，调好线与风筝的角度后便可起放。

需要说明的是，风筝的尾巴是平衡风筝的主要工具，当风筝乘风而上之时，如果一方较重，风筝就会偏向这方。故风筝尾巴宜长，长尾巴的重量会使风筝头部升起，全身受风而平衡了斜的一方。 风筝的丝线可以用牛皮线、棉线等线。

玩具是劳动人民自由自在的艺术创造，它凝结着浓郁的乡土感情，孕育着浪漫的艺术想象。中国民间玩具丰富的内容和绚丽多彩的形式决定了其在中国民间美术领域中的重要地位。开展对民间玩具的创作方法、构成原理及其作品所体现出的审美意义等方面的研究，将有助于中国工艺美术理论规律的总结和创作活动开展，有利于促进民族美术事业的繁荣。

●延伸与拓展

一、知识点击

1. 民间岁时节令玩具

中国是一个传统的农业国家，几千年来，农业一直是立国之本，所以对农时的节气节令非常重视，它们贯穿于人们的生活之中，形成了相对固定的岁时节令民俗。在各种岁时民俗活动中，都少不了民间玩具的参与。现按时间顺序排列一下：

(1)春节: 风车、花灯、空竹、陀螺、削木玩具、风筝泥塑、纸花、益智玩具等。

(2)二月二: 河南人祖庙会卖"泥泥狗"等各类泥玩具。

(3)立春: 民间有春鸡(多为布制和泥制)、春牛(捏泥玩具)。

(4)清明: 放风筝、面塑"寒燕"。

(5)端午节: 各种香包。

(6)七夕: "摩合罗"等泥玩具。

(7)七月十五: 面羊。

(8)八月十五: 泥塑"兔儿爷"和"兔子王"等。

2. 人生礼仪玩具

(1)乞子活动: 由希望生子的妇女到当地的娘娘庙等神庙烧香祭拜，并买回象征子嗣的"大阿哥"或"泥泥狗"一类的泥玩具。

(2) 生子和满月: 童衣、童鞋, 布老虎、童枕等。

(3) 周岁:"抓周"习俗, 让孩子自己任意抓取身边摆放的物品, 其中不乏小儿玩具。

(4) 成长礼: 羊拐、布娃娃、布口袋、翻花、连环玩具、陶模等等都是孩子离不开的玩物。

(5) 结婚: 对新人"早生贵子"的祝愿, 其中的布猴和布虎是最常见的。一对雌雄布猴的作用是男女婚配的暗示, 其他如面塑(面花)等更是少不了的装饰。

(6) 丧葬: 面塑(北方)和纸扎人, 这是为"喜丧"之家准备的东西, 山西至今仍有为寿终之人在棺材中放置纸泥制作的"寿星公、寿星母"偶人的习俗。

二、思考练习

民间玩具是中国民间传统文化中的一部分, 但现在很多民间玩具都被遥控车、芭比娃娃、变形金刚等所替代了。科技发展了, 社会文明进步了, 民间玩具是否该退出历史的舞台?

三、学习研究

采访当地的老人, 问问他们小时候都玩什么玩具? 如果可能的话, 让老人当场制作一个, 并详细了解关于该玩具的历史由来、有关传说。

四、相关知识

教学案例: 民间玩具(初中)

教学分析:

本课以民间玩具为题材, 引导学生欣赏学习。民间玩具是我国劳动人民为启迪儿童智慧、伴随儿童游戏玩乐而制作的娱乐用品, 一般是手工制作而成, 民间玩具具有浓郁的地方特色, 并随着时代的发展而不断变更, 把它介绍给沉浸在电动玩具世界里的孩子们, 既丰富和提高了学生的审美情趣, 又让他们受到民族传统文化的熏陶。

本课民间玩具具体作品介绍: 1. 肥燕风筝"五福捧寿"(纸玩具), 产于北京, 风筝色彩鲜艳, 造型简洁对称, 其制作主要有扎、糊、绘、放四个基本过程。2. 泥咕咕(泥玩具), 产于河南, 中间滚圆两头细尖, 可做成各种动物形象, 尾部一竖一正两个小洞, 用嘴一吹, 就会发出呜呜的叫声。3. 布老虎(布玩具), 产于陕西, 神态威风、可爱, 造型简洁又有动感, 头部纹饰多样, 寓意吉祥和健康, 既可观赏又可作枕头用。4. 木马(木玩具), 产于云南昆明, 可在地上滚动, 曾在民国年间获巴拿马国际博览会金奖, 其造型与色彩具有浓郁的中国特色。5. 蚂蚱(棕编玩具), 产于湖南, 利用棕叶编织而成, 南方各省均有棕叶编织艺人。

教学目标:

1. 欣赏并了解民间玩具的材质、造型和色彩特征, 启迪智慧。

2. 用简短的话表达自己的感受, 体现对玩具制作的学习欲望。

3. 培养学生热爱祖国民族传统艺术、热爱生活的情感和健康向上的审美情趣。

教学设计:

本课是一节欣赏课, 强调学生在感性基础上认识和了解民间玩具的形、色特征, 教师应尽量向学生提供较多的民间玩具实物和图片, 激发学生的学习兴趣, 在宽松的学习情境中掌握简单的欣赏评述方法。教学过程安排如下:

体验——审美——表现——迁移

利用身边易找的民间玩具让学生玩一玩, 体验乐趣。在审美过程中可采用直观教学法、比较教学法, 引导学生仔细观赏作品, 了解民间玩具的材质、造型、色彩、花纹等特色, 领略、初步认识形式美基本法则, 探究其制作方法, 再给学生讲一讲关于民间玩具的故事, 渗透简单的民俗文化知识。

学习活动的开展考虑突出自主的方式, 让学生对自己喜欢的玩具作出简单的评价, 可以单独讲述, 也可以同桌之间或小组之间交流。

学习迁移、拓展体现在鼓励学生进行课后社会调查, 去发现身边的民间玩具, 去了解其间的故事、历史, 甚至可以尝试去学着做一做。

作业要求: 能用简短的话语表达观赏民间玩具的感受并能说出其特色。

教学建议:

1. 根据实际情况来处理教材, 有的地区可以观赏为主进行教学; 有民俗地域特色的地区甚至可以安排学生动手尝试制作简单的民间玩具; 城市发达地区可鼓励学生在因特网上或书店查找关于民间玩具的资料, 做简单的社会实践调查。

2. 指导学生欣赏教材中的作品应有的放矢, 先扶后放, 精讲有代表性的作品, 重点介绍学生感兴趣却不了解的作品, 可根据地方特色推荐当地民间玩具作为教学材料。

——参见http://blog.sina.com.cn/s/blog_5f5fb9ae0100cuoz.html

第七讲　走近民间年画

年画始于古代的"门神画"，清光绪年间，正式称为年画，是中国特有的一种绘画体裁，也是中国农村老百姓喜闻乐见的艺术形式。作为祈福迎新的一种民间工艺品，它承载着人民大众对未来的美好憧憬。年画常贴于院门、房门、堂屋、灶头、内室等处，以增加节日气氛，美化环境，祈祥祝福。传统年画以木刻水印为主，追求拙朴的风格与热闹的气氛，线条单纯、色彩鲜明。内容有花鸟、胖孩、金鸡、春牛、神话传说与历史故事等，表达人们祈望丰收的心情和对幸福生活的憧憬，具有浓郁的民族特色与乡土气息。

民间年画历史源远流长，有着较多的产地，也曾十分普及流行，拥有大量的读者和颇为兴盛的发展。中国著名的四大"年画之乡"是天津杨柳青、山东潍坊、四川绵竹、苏州桃花坞，这些地方所生产的年画深受城乡人民喜爱。

一、天津杨柳青年画

天津杨柳青民间木版年画产生于元末明初，至今有600多年的历史。全盛时期杨柳青全镇连同附近的30多个村子，"家家会点染，户户善丹青"，画店鳞次栉比，店中画样高悬，各地商客络绎不绝，是名副其实的绘画之乡。

杨柳青年画继承宋、元绘画传统，吸收了明代木刻版画、工艺美术、戏剧舞台的形式，采用木版套印和手工彩绘相结合的方法，制作时，先用木版雕出画面线纹，然后用墨印在上面，套过两三次单色版后，再以彩笔填绘。既有版味、木味，又有手绘的色彩斑斓与工艺性。因此，民间艺术的韵味浓郁，富于中国气派。杨柳青年画创立了鲜明活泼、喜气吉祥、富有感人题材的独特风格。在中国版画史上，杨柳青年画与南方著名的苏州桃花坞年画并称"南桃北柳"。

杨柳青年画通过寓意、写实等多种手法表现人民的美好情感和愿望，尤以直接反映各个时期的时事风俗及历史故事等题材为特点。如年画《连年有余》（图5-42），画面上的娃娃"童颜佛身，戏姿武架"，怀抱鲤鱼，手拿莲花，取其谐音，寓意生活富足，已成为年画中的经典，广为流传。其他题材包括诸如历史故事、神话传奇、戏曲人物、世俗风情以及山水花鸟

图5-42_连年有余

图5-43_杨柳青年画作品

等，特别是那些与人民生活密切关联的题材，如《庄稼忙》、《庆赏元宵》、《秋江晚渡》、《携壹南村访旧识》、《新年多吉庆、合家乐安然》、《渔妇》以及带有时事新闻性质的《女子求学》、《文明娶亲》、《抢当铺》等，不仅富有艺术欣赏性，而且具有珍贵的史料研究价值。以这些优秀作品为代表的现实主义和浪漫主义相结合的优良传统，形成杨柳青年画艺术的主流，一直延续发展至今。

一幅杨柳青年画，要经过勾、刻、印、画、裱五大工序。勾，即勾勒轮廓；刻，即将勾成的轮廓刻成版样；印，即将版样印在纸上；画，即在纸上的轮廓描绘涂彩；裱，即将成形的图画装裱起来。杨柳青年画制作的前期工序与其他木版年画大致相同，都是依据画稿刻版套印，而杨柳青年画的后期制作，却是花费较多的工序于手工彩绘，把版画的刀法版味与绘画的笔触色调，巧妙地融为一体，使两种艺术相得益彰。而且还由于彩绘艺人的表现手法不同，同样一幅杨柳青年画坯子（未经彩绘处理的墨线或套版的半成品）可以分别画成精描细绘的"细活"，和豪放粗犷的"粗活"，艺术风格迥然不同，各具独自的艺术价值。每一幅画都要画师艺人亲自动手，画每一幅画都是一次独立的创作。（图5-43）

二、山东潍坊杨家埠年画

山东潍坊杨家埠木版年画兴起于明代，全以手工操作并用传统方式制作，发展初期受到杨柳青年画的影响，清代达到鼎盛期，杨家埠曾一度出现"画店百家，画种过千，画版上万"的盛景，产品流布全国各地。杨家埠年画风格纯朴，想象丰富，重用原色，线条粗犷，多反映理想、风俗和日常生活。构图完整匀称，造型粗壮朴实，线条简练流畅。根据农民点缀生活环境的实际需要，主要有大门画、房门画、福字灯、美人条、站童、爬童、月光等，具有浓厚的民间风味、乡土气息和节日氛围。（图5-44、图5-45）

杨家埠木版年画题材广泛，表现内容丰富多彩，"巧画士农工商，描绘财神菩萨，尽收天下大

事，兼图里巷所闻，不分南北风情，也画古今轶事"。其主要内容包括6大类，即过新年、结婚、农忙等风俗类，年年发财、金玉满堂等大吉大利类，门神、财神、寿星、灶王等招福辟邪类，包公上任、三顾茅庐、八仙过海等传说典故类，打拳卖艺、升官图等娱乐讽刺类，三阳开泰、四季花鸟等瑞兽祥禽花卉风景类。杨家埠年画的制作工艺也别具特色。艺人首先用柳枝木炭条、香灰作画，名为"朽稿"，在朽稿基础上再完成正稿，描出线稿，反贴在梨木版上供雕刻，分别雕出线版和色版。再经过调色、夹纸、兑版、处理跑色等，手工印刷。年画印出来后，还要再手工补点上各种颜色进行简单描绘，以使年画显得自然生动。土生土长的杨家埠木版年画，一步步走上了高雅的艺术殿堂。1983年春节，中国美术馆展出了杨家埠年画。同年，杨家埠年画赴美洲、欧洲、非洲的9个国家巡回展览。1987年，民间艺人杨福元应邀到新加坡作木版年画的画、刻、印表演。 到20世纪90年代，一批杨家埠年画艺人前后前往巴西、日本等国家作现场表演，深受好评。2002年，具有200年历史的"同顺德"画店的正宗传人、76岁的年画民间艺人杨洛书被联合国教科文组织授予"民间工艺美术大师"荣誉称号。如今，一个只有310户、1150口人的小村庄杨家埠，年制作的木版年画却达2000余万幅，远销全国各地与世界100多个国家和地区。在山东潍坊千里民俗旅游线上，杨家埠成了重要一站。在这里，人们可以欣赏到100多套年画佳品，可目睹自明代以来的各种各样的年画制作工具、原版，还可现场观看充满神秘色彩的年画制作工艺。

三、四川绵竹年画

绵竹年画历史悠久，它起源于北宋，到明末清初进入繁盛时期。乾隆、嘉庆年间，绵竹全县有大小年画作坊300多家，年画专业人员达1000余人，年产年画1200万多份，产品除运销两湖、陕、甘、青及四川各地外，还远销印度、日本、越南、缅甸和港澳等国家和地区。绵竹年画以彩绘见长，具有浓厚的民族特点和鲜明

图5-44 山东潍坊杨家埠年画作品1

图5-45 山东潍坊杨家埠年画作品2

的地方特色。绵竹年画构图讲求对称、完整、饱满，主次分明，多样统一；色彩上采用对比手法，设色单纯、艳丽，强烈明快，构成红火、热烈的艺术效果；线条讲求洗练、流畅，刚柔结合，疏密有致，具有强烈的节奏感；而夸张、变形、象征、寓意的造型，更具诙谐活泼的效果。（图5-46、图5-47）

绵竹年画的内容极其广泛，有孔明、张飞等历史英雄人物，有小说、戏曲的精彩画面，还有武士、神像、动物、花果等等。其中最有趣的是《耗子嫁女》、《三猴烫猪》、《狗咬财神》、《看官盗壶》等民间传说。绵竹年画分红货、黑货两大类。红货指彩绘年画，包括门画、斗方、画条。黑货，是指以烟墨或朱砂拓印的木版拓片，多为山水、花鸟、神像及名人字画，此类以中堂、条屏居多。

四、苏州桃花坞年画

桃花坞位于江苏省苏州市以北，桃花坞木版年画是中国江南主要的民间木版年画。桃花坞年画源于宋代的雕版印刷工艺，由绣像图演变而来，到明代发展成为民间艺术流派，清代雍正、乾隆年间为鼎盛时期，每年出产的桃花坞木版年画达百万张以上。太平天国末年，清兵围攻苏州，桃花坞木版年画生产受到了严重的破坏，以后一直萎靡不振。直到20世纪50年代初期，由苏州市文联组织艺人恢复生产，后又成立"苏州桃花坞木版年画社"，在整旧创新方面，取得了很大进展。

桃花坞年画，主要有门画、中画和屏条等形式，其中门画可谓集历代门神之大全。桃花坞木版年画用一版一色的木版套印方法印刷出来，形式以门画、中堂、条屏为主。桃花坞年画题材多样，有岁朝吉庆、戏剧、风俗

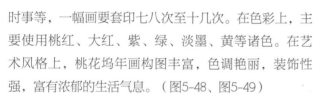

图5-46_四川绵竹年画作品1

图5-47_四川绵竹年画作品2

时事等，一幅画要套印七八次至十几次。在色彩上，主要使用桃红、大红、紫、绿、淡墨、黄等诸色。在艺术风格上，桃花坞年画构图丰富，色调艳丽，装饰性强，富有浓郁的生活气息。（图5-48、图5-49）

在人物塑造、刀法及设色上，具有朴实、稚拙、简练、丰富的民间美术特色，故数百年来一直畅销于海内外，欧洲许多国家的博物馆及艺术馆都有收藏。

桃花坞年画的印刷兼用着色和彩套版，构图对称、丰满，色彩绚丽，常以紫红色为主调表现欢乐气氛，基本全用套色制作，刻工、色彩和造型具有精细秀雅的江南民间艺术风格，主要表现吉祥喜庆、民俗生活、戏文故事、花鸟蔬果和驱鬼辟邪等民间传统审美内容。民间画坛称之为"姑苏版"。桃花坞木刻年画的制作是先由设计人员根

① 钱锦华.江南古典美女：桃花坞木版年画[J].鉴宝，2009（2）.

据题材内容、意境设计出画稿，然后在画稿上用透明纸勾出墨线稿。线稿线条要有骨力，挺拔，细而不弱、粗而不野，线条要清晰明快，疏而不散、密而不粘，便于刻制，然后将墨线稿反贴在梨木版上进行刻制。

从桃花坞木刻年画的刻版步骤来说，主要有选材、反贴画稿、刻制线版、擦样填套、分刻色版五道流程。①

选材：木刻年画的材料要求木材木质坚硬，木纹细密，无节疤又不容易翘裂。一般用梨木做刻版材料。最好把板材放入水池浸泡，使板材日后不易变形开裂。版片厚度通常为三到六厘米，由木工按要求尺寸拼出大小板子，然后用木砂皮砂平、砂光，使板子的拼缝平整。

反贴画稿：有了好的板坯，就可以反贴画稿了，在板坯上均匀地涂上糨糊，将用透明纸勾出的墨线稿，用

图5-48_苏州桃花坞年画作品1   图5-49_苏州桃花坞年画作品2

棕刷轻柔地刷平在板坯上，但不可有皱褶。

刻制线版：一幅好的桃花坞木版年画的线版刻制，要求线条流畅、富有版味、经久耐用、体现原作风貌。木刻年画的刻版全凭手中的一把刻刀，其方法有"发、衬、挑、复"四种。"发刀"是用刀在线条右边向内发划。"衬刀"是在线条右边相距约一厘米的地方所衬的一刀。然后用挑刀在"发刀"、"衬刀"和墨线间挑去木面，一根线条就刻出来了，线条刻出后，到敲底前又必须先在线条着根处再复一刀，要比前三刀略深。以便在敲底时既能顺利地敲出空间，又能保证线条根底的牢。一般是：长线条应当"坡"一些，以保证其牢固；短线条宜"直"一些，以便印刷时线条清晰。刻十字交叉线时，两端线条宜"坡"，交叉处应"直"，这样交叉处才不会被墨汁所淤。

擦样填套、分刻色版：刻好墨线版子后要擦样填套，先在涤纶纸上印上墨线，方法如同一般印制线版，然后由辅助印版师傅拎起印有墨线的涤纶纸的四角，同时匀力地把这张涤纶纸的墨线面附在准备好的空白套版上，印版师傅在涤纶上呈放射状擦印之后，两人匀力，垂直向上提拎涤纶纸，墨线就清晰地印于那一块套版上了。每刻一块套色版，均需重复"擦样"一次。套版"上样"结束，干后就可填色套版了。

木刻年画的刻版方式不论大小版片，一旦放上刻桌，不能颠倒或侧放，自始至终，由上而下，刻完为止。木刻年画的刀法，其中真正的诀窍还要在不断的苦练中得出，要达到所谓"刀头具眼，指节通灵"的境界非一朝一夕所能成。

民间年画是中国民间美术中较大的一个艺术门类，它从早期的自然崇拜和神祇信仰逐渐发展为驱邪纳祥、祈福禳灾和欢乐喜庆、装饰美化环境的节日风俗活动，表达了民众的思想情感和向往美好生活的愿望。无论是题材内容、刻印技术，还是艺术风格，民间年画都具有自己鲜明的特色。它不仅对民间美术的其他门类曾产生深远的影响，而且与其他绘画形式相互融合成为一种成熟的画种，具有雅俗共赏的特点。

●延伸与拓展

一、知识点击

1. 年画馆: http://www.nianhuaguan.cn/

2. http://www.xywq.com/jieri/files/nianhua-6.htm/

3. 四川绵竹年画: http://news.xinhuanet.com/ziliao/2004-01/16/content_1279748_1.htm/

4. 苏州桃花坞年画: http://news.xinhuanet.com/ziliao/2004-01/16/content_1279748_2.htm/

5. 天津杨柳青年画: http://news.xinhuanet.com/ziliao/2004-01/16/content_1279748_3/

6. 年画: http://www.tupianz.com/jieri/zhongguo/nianhua/index_2.htm/

7. http://zhidao.baidu.com/question/5812936.html/

8. http://www.chinaseo.org.cn/forum/view_4152,12.html/

9. 中国工艺品网: http://www.cacra.cn/tech/ShowArticle.asp?ArticleID=29/

二、思考练习

作为一种传统民间艺术，年画曾有过一段非常红火的发展时期，但近些年来却逐渐走向衰落。试分析原因，并针对传统艺术的延续和发展提出自己的看法。

三、学习研究

从天津杨柳青、山东潍坊杨家埠、四川绵竹、苏州桃花坞年画中选择一个，阐述年画题材内容与地方人文传统的关系。

四、相关知识

教学案例: 年画艺术 (小学)

教学目标:

1. 知识与技能目标

(1) 让学生初步了解年画的造型、色彩、构图的艺术特点。

(2) 鼓励学生大胆用语言表达对年画的感受。

(3) 让学生了解民间年画的寓意。

2. 过程与方法目标

(1) 学生通过回忆、询问长辈、翻阅书籍、上网查询、参观展览等方式了解什么是年画，了解年画的历史及发展。通过收集年画、年画故事以及年画的装饰物等, 进一步加深对年画的认识, 培养学生自主探究的能力。

(2) 通过让学生动手涂绘年画, 感受年画独特的美。体验美术活动的乐趣, 培养学生的学习兴趣。

3. 情感、态度、价值观目标

培养学生热爱祖国民族传统绘画艺术, 热爱生活的情感, 激发学生的民族自豪感

教学重点:

感受传统年画的造型、色彩、构图等特点。

教学难点:

通过欣赏, 能利用已有的知识进行绘画欣赏活动。

教学准备:

1. 布置学生用两周的时间通过询问父母、老师, 查阅书籍或上网查询, 了解什么是年画, 并搜索年画以及与年画相关的艺术饰品, 筹备班级年画艺术展。

2. 老师尽量多搜集一些年画, 并制成课件。

3. 老师准备供学生涂色用的年画线描稿。

教学过程:

1. 课前播放新年的音乐, 创设过年的气氛, 引入新课。

师: 同学们, 听到这段音乐, 是否觉得就像回到了过年那天?同学们喜欢过年吗?

生答: (略)

师: 你们在知道过年有些什么习俗呢?

生答: 放鞭炮、穿新衣、放烟花、包饺子、贴对联、贴年画等等。

师: 同学们, 你们看, 这些画漂亮吗?你见过这些画吗?给你什么感觉?这些就是年画。年画是我国特有的传统民间艺术, 大多数的年画艺人都是生活在乡镇的农民。今天这节课就让我们一起走近年画, 了解年画!(课件播放课题: 走近年画艺术)

师: 同学们, 到底什么是年画?

师: 年画就是过年时张贴的画, 用以增添节日的气氛, 又因为一年更换一次, 故称为年画。(播放课件)

2. 学习有关年画的知识

(1) 年画的来历: 同学们, 瞧!你们认识年画中的这两个人吗?(播放课件) 他们一个叫尉迟恭、一个叫秦叔宝, 你知道他们是什么人吗?他们是唐朝有名的武将, 为帮助唐太宗李世民建立唐朝立下了汗马功劳。为什么他们成了门神了呢?这里流传着一个有趣的传说, 同学们, 想听听这个故事吗?

(2) 展示各自收集的年画资料, 介绍各自收集的年画特点?

同学们有没有发现, 年画多以什么为题材?(课件展示)

随着历史的不断发展, 年画的题材也逐渐扩展到生活风俗、神话传说、历史故事等方面。年画多以吉祥、喜庆、欢乐、美好等事物, 或者是以典故、成语历史故事、神话传说作为主题。表达人们对美好生活的向往, 寄托自己的理想, 画面散发出浓郁的乡土气息。

（3）你知道这些年画是怎样制作的吗?(课件展示制作工序)早期以手绘为主,后来发明了印刷术就用木刻印制。还有剪纸等形式。

（4）年画与普通绘画有什么不同(课件展示几张普通作品和年画作品让学生仔细观察)。通过欣赏,同学们知道了年画有哪些特点?(课件展示)年画色彩夸张、红火热烈,大胆使用红黄蓝绿等颜色。年画造型夸张强烈,构图饱满、繁密。表达了劳动大众健康淳朴的情趣。

课后拓展:

同学们,通过今天的学习,你们知道了年画哪些知识?课后我们可以通过图书馆、上网等方式进一步了解我国年画在漫长的历史长河中产生了哪些年画艺术中心,寻找年画艺人,了解年画在当今的状况等相关知识。如果有兴趣还可以找找外国到底有没有年画,下节课我们还将更进一步探讨年画艺术,了解更多的年画知识。

——参见http://www.ttadd.com/jiaoan/HTML/274800.html

第八讲　走近民间活动

民间活动是民俗文化的载体，也是乡土美术教育资源开发的有效来源。民俗是一个国家或民族中广大民众所创造、享用和传承的生活文化。它以独特的氛围，借助音乐、舞蹈、文字等形式，传承着人类的历史变化，表现出广大民众的喜乐。民俗一旦形成，就成为规范人们的行为、语言和心理的一种无形力量，从某种意义而言，民俗艺术能影响人们的精神世界和审美观念，并构成民族特征和气质。民俗中的造型艺术，是民族文化艺术传统的重要组成部分，在我国已有数千年的历史。随着生产力不断地发展，社会形态也出现新的变革，民俗活动和民俗艺术也随之丰富发展起来。

一、傩戏中的面具造型

傩戏又称傩堂戏、端公戏，是在民间祭祀仪式基础上吸取民间戏曲而形成的一种戏曲形式，广泛流行于安徽、江西、湖北、湖南、四川、贵州、陕西、河北等省。傩祭、傩戏及其面具艺术是中国古老而神秘又极富特色的一种民俗文化，堪称中国丰富多彩的民俗文化百花园中的一枝奇葩。（图5-50）

傩师为驱鬼祭神、逐疫驱邪、消灾纳吉而进行的宗教性祭祀活动称为傩祭、傩仪。傩师所跳的舞叫傩舞，所唱的歌叫傩歌。在傩舞、傩歌的基础上经过历史的艺术演化，产生了傩戏。傩戏是傩祭和戏剧表演相结合的一种民俗艺术形式。在傩戏中，面具起着十分重要的作用。傩祭之风盛行的商周时期，为了在傩祭中获得强烈的祭祀效果，主持傩祭的方相氏佩戴着"黄金四目"面具。《周礼·夏官》说："方相氏掌蒙熊皮，黄金四目，玄衣朱裳，执戈扬盾，帅百隶而时傩，难索室驱疫。"方相氏成了驱鬼逐疫、消灾纳吉的神化形象，那模样神秘可畏。在傩戏表演中，面具则成了傩戏造型艺术的重要手段，也是

图5-50　傩戏中的面具造型

傩戏最为重要、最为典型的道具。演员佩戴面具是傩戏区别于其他戏剧的重要特征。

伴随傩祭而产生和发展的傩面具，源远流长，丰富多彩。除了《周礼》等诸多历代文献对傩面具作了较为生动和形象的描述外，多年来一些地方已出土和发现了不少属于远古、上古、中古、近古的傩面具实物和面具图像。近代以来发现的傩面具的实物则更为丰富。例如四川巫山大溪出土的双面石雕人面、山东藤县岗上村出土的玉雕人面、甘肃永昌鸳鸯池出土的石雕人面、辽宁牛梁河红山文化遗址出土的泥塑女神头像等等就是远古时期很有代表性的傩面具。

无论是傩祭活动还是傩戏演出，面具都被赋予了神秘的宗教与民俗含义。面具是神灵的象征和载体，如何对待面具，往往要遵守约定俗成的各种清规戒律。例如制作面具时要先举行"开光"仪式，去用面具要事先举行"开箱"仪式，存放面具要举行"封箱"仪式。面具

图5-51_石雕傩面具1

图5-52_石雕傩面具2

的制作、使用、存放都是男人的事情，女人不允许触摸和佩戴面具。男人带上面具即表示神灵已经附体，不得随意说话和行动等。

尽管傩面具被赋予了复杂而神秘的种种宗教和民俗的含义，但它本身却不失为艺术百花园的珍品。它本身就是一种造型艺术，遵循着它自身的艺术规律，其造型因角色的不同而有差异。其表现手法主要以五官的变化和装饰来完成人无的剽悍、凶猛、狰狞、威武、严厉、稳重、深沉、冷静、英气、狂傲、奸诈、滑稽、忠诚、正直、刚烈、反常、和蔼、温柔、妍丽、慈祥等等性格的形象造型。从戏剧角度讲，面具具有艺术代言体的功能，什么角色一般佩戴什么面具都有讲究。同时，千姿百态的面具造型一经展示，便让人获得无穷的艺术美感。剽悍之美、凶猛之美、狰狞之美、刚烈之美、英气之美等无不显示其中。（图5-51、图5-52）

傩面具制作工艺复杂，重视色彩调配，浑厚凝重大方，造型丰富，制作时往往有范本参照。傩面具的各种艺术造型、质料选择、色彩运用、功利目的、民俗意向等等，都因地域、民族、文化、审美等方面的不同而有差异。贵州傩戏面具一般用柳木、白杨木制作，白杨木质轻，不易开裂；柳木在民间被认为辟邪之物，用它制作面具，有求吉祥之意。在面具造型上，注重人物性格的刻画，依此可将傩面具分为几大类：正神、凶神、世俗面具、丑角面具、牛头马面。正神都是正直善良，开山面具威武、凶悍、怪异，面容黪黑发亮，眼球突出，呲牙裂嘴，眉毛上扬。雕刻粗放概括，奇特剽悍的面目，使人感到一种神秘的威力和粗犷的美。从人物造型上看，地戏面具包括将帅面具、道人面具、丑角面具和动物面具四大类。

1. 将帅面具

地戏中的将帅面具最为引人注目，而且造型独特，又有文将、武将、老将、少将、女将之分。它们均

图5-53_将帅面具1

图5-54_将帅面具2

图5-55_丑角面具——歪老二

图5-56_丑角面具——烟壳壳

图5-57_动物面具1

图5-58_动物面具2

由面部、头盔、耳翅三部分构成。头盔又有平盔和尖盔之分，这类面具特别注重对头盔和耳翅的精雕细刻。头盔多以龙、凤做装饰。男将多为龙盔，女将多为凤盔，龙、凤可多可少，有头有尾，龙有鳞，凤有羽，形体有圆有扁，形态变化多端。地戏面具这一特征，体现了中华民族崇高尚龙、凤这一民族精神。（图5-53、图5-54）

2. 道人面具

地戏中的道人很多，它们或为反派营垒中的军师，或为前来助战的神仙或修道之人。它们不戴头盔而戴道冠，相貌丑陋、怪异。如鸡嘴道人，面部被刻成人面鸡嘴，道冠被刻成鸡翅和鸡尾，一副似人非人，似鸡非鸡的形象，整个造型于怪异中显现其反派人物的奸诈、狡猾的性格。

图5-59_舞龙造型

图5-60_舞龙队伍

图5-61_舞狮队伍

图5-62_北狮造型

3. 丑角面具

地戏中的丑角面具使用得比较多，最常见的有歪老二、笑嘻嘻、老好人、烟壳壳、眼镜先生等。最为难忘的是歪老二（图5-55）和烟壳壳（图5-56）。

4. 动物面具

地戏中的动物面具主要有虎、狮、犬、马、猪、猴等。这类面具在造型上或写实或夸张，以充分体现各种动物的头部外表特征和内有特征为雕刻的着眼点。（图5-57、图5-58）

二、舞龙、舞狮中的龙、狮造型

舞龙也叫"耍龙灯"、"龙灯舞"，从春节到元宵灯节，许多地方都有舞龙的习俗。龙在中华民族代表了吉祥、尊贵、勇猛，是权力的象征。人们在喜庆日子里用舞龙来祈祷龙的保佑，以求得风调雨顺、五谷丰登。今天，在我们祖国这个多民族的大家庭里，"龙"已成为整个中华民族的象征。舞龙的创造和流传是中华民族光辉历史的一部分，为我国人民所喜爱。（图5-59）

舞龙的"龙"，通常都安置在当地的龙王庙中，舞龙之日，以旌旗、锣鼓、号角为前导，将龙身从庙中请出来，接上龙头龙尾，举行点睛仪式。龙身用草、竹、布等扎成圆龙状，节节相连，外面覆罩画有龙鳞的巨幅红布，每隔约两米有一人掌竿。龙的节数以单数为吉利，多见九节龙、十一节龙、十三节龙，多者可达二十九节，首尾相距约莫有30几米长。龙前由一人持竿领前，竿顶竖巨球，作为引导。舞时，巨球前后左右四周摇摆，龙首作

图5-63_南狮面具造型

图5-64_南狮造型

图5-65_南狮舞动造型

抢球状，引起龙身游走飞动。（图5-60）

　　舞龙头是福建畲族祭祖活动中的一种仪式，由日、月、星等组成仪仗队。龙头用木雕成，涂上色彩，显得古朴、庄严。祭祖时，执龙头者随着鼓点做出各种动作，或进或退，或舞或止，或跳或蹲，有一定章法。舞龙头表现了"九龙"出世及成长的过程，包含了"九龙出世"、"东海嫁水"、"行云布雨"、"深潭求亲"、"九龙归位"等套路的表演。

　　综观各地、各族人民的舞龙表演，种类繁多，各具特色。常见的有火龙、草龙、人龙、布龙、纸龙、花龙、筐龙、段龙、烛龙、醉龙、竹叶龙、荷花龙、板凳龙、扁担龙、滚地龙、七巧龙、大头龙、夜光龙、焰火龙等近百种之多。

　　舞狮也是我国优秀的民间艺术，每逢元宵佳节或集会庆典，民间都以舞狮前来助兴。表演者在锣鼓音乐下，装扮成狮子的样子，做出狮子的各种形态动作。狮子体型威武，被誉为百兽之王，而中国一般不受狮患所害，民间对狮子有亲切感，把它当成威勇与吉祥的象征。中国民俗传统认为舞狮可以驱魔赶邪，故此每逢喜庆节日，例如新张庆典、迎春赛会等，都喜欢打锣打鼓，舞狮助庆。（图5-61）

　　舞狮子有北狮南狮的说法。北狮在长江以北较为流行；而南狮则是流行于华南、南洋及海外。北狮一般是雌雄成对出现；由装扮成武士的主人前领。北狮的造型（图5-62）酷似真狮，狮头较为简单，全身披金黄色毛。舞狮者（一般二人舞一头）的裤子、鞋都会披上毛，未舞看起来已经是惟妙惟肖的狮子。狮头上有红结者为雄狮，有绿结者为雌性。北狮表现灵活的动作，舞动则是以扑、跌、翻、滚、跳跃、擦痒等动作为主。

　　南狮又称醒狮，造型较为威猛（图5-63），舞动时注重马步。南狮主要是靠舞者的动作表现出威猛的狮子形态，一般只会二人舞一头。狮头以戏曲面谱作鉴，色彩艳丽，制造考究，眼帘、嘴都可动。严格来说，南狮的狮头不太像是狮子头，有人甚至认为南狮较为接近年兽。传统上，南狮狮头有刘备、关羽、张飞之分。三种狮头，不单颜色、装饰不同，舞法亦据三个古人的性格而异。（图5-64）

　　南狮的舞动造型很多，有起势、常态、奋起、疑进、抓痒、迎宾、施礼、惊跃、审视、酣睡、出洞、发威、过山、上楼台等等。舞者透过不同的马步，配合狮头动作把各种造型抽象地表现出来。故此南狮讲究的是意在和神似。南狮有出洞、上山、巡山会狮、采青、入洞等表演方式。（图5-65）

三、山西民间礼馍

　　山西地处黄土高原，外缘山脉环绕，为温带大陆性气候。自然条件宜种植小麦和五谷杂粮。面粉是山西人的主食，蒸、煮、烧、烤、油炸等多种制作方法与食法，形成了灿烂的面食文化。礼馍，又称花馍，是山西

图5-66 — 山西民间礼馍

图5-67 — 制作礼馍

图5-68 — 龙形礼馍

图5-69 — 礼馍的花饰

省各地人们在民间礼仪庆典、岁时节日中用面粉特意加工、精心装饰而成的一种富有意味的食品。（图5-66）

　　逢年过节，老人过寿，小孩满月、过岁，婚丧嫁娶或献奠祖先，在农村有制作礼馍作为赠送礼品和祭祀供品的古老乡俗。礼馍有食用与观赏之分，白式的礼馍一般是供观赏，其他礼馍以食用为主。食用的礼馍保持了面粉的质地，其本身就具朴素的原始美。捏制时信手随意，一团柔软的面泥任由作者扭来绕去，简练概括，自由洒脱。（图5-67）

　　观赏的礼馍，重在敷色、彩绘、彩纸装饰，追求精细美观。礼馍的主料是面泥，辅料为红枣、豆类、杏仁等。制作手法有切、揉、捏、揪、挑、压、搓、拨、按等。工具有剪刀、镊子、梳子等。工具不同，施艺有别，产生的艺术效果也迥异。面泥的可塑性很强，任人摆弄是它的优势；力度性差又是它的弱点，为适应入笼蒸的工艺需要，捏制时多数为高浮雕式。例如捏一条龙，在张启的口里镶嵌上一枚红枣，既表现出龙张口后口腔呈凹形的效果，又防止面泥经蒸汽打湿后变形（图5-68）。捏一只卧状的兔或狮、虎，前躯与后体各卷一枚红枣，白色的面与红枣对比，既起支撑作用又易熟，口感也佳。一粒黑石镶嵌在小小的面团内，取豆形横式状态的两端一捏，一双眼睛就诞生了。捏爬娃的双臂、双腿的关节部位时，用梳子以垂直状压出密集的一行小点，增强了爬娃胖墩墩的美感；其掌则捏扁，剪几刀显出手指，惟妙惟肖，可爱动人。将头部与身躯组合时，拇指与食指捏住面部的鼻子部位，向颈部一按自然地隆起鼻梁，浑然天成。人物造型信手随心，姿态各异，基本上是裸体。礼馍中人物呈裸体并非是艺术家们的刻意追求，而是天然造就，是她们在长期的实践中特别注意突出材料的表现性，追求所塑造形象的装饰性。

礼馍的花饰以神态自然的花鸟虫鱼、蝴蝶、蔬菜杂果、猴献桃等万物生灵为主，表达对祖先的祭祀、老辈的祝福、新婚夫妇的恭贺和对美好生活的热爱、向往。（图5-69）五月端午或婴孩满月时，由舅家送外甥一个特制的大型圆圈面花，群众叫"曲莲"，上面捏塑着鱼、龙、莲花之类，鱼指五谷丰登，吉庆有余；龙指时运亨通，青云直上；莲指幸福花开，喜气迎门。民间礼仪习俗中的礼馍它连着昨天，又连着今天。但是，随着人们审美趣味的变化，今天的"礼馍"虽然保留了传统的形制，但已被今人赋予了新的意蕴。

民俗艺术存在于民间活动之中，各种民间活动构筑成民俗文化。民间活动中的造型艺术，是民俗文化中不可缺少的一部分，它塑造的各种具体的、生动鲜明的艺术形象，给人们留下了深刻的印象，离开了这些艺术造型形象，民俗活动美也就失去了直观的依托。发掘民间活动中的美术文化，对继承优秀的传统文化，发展民俗学科有着极其重要的意义。在本单元中，我们讲了民间剪纸、民间玩具等资源开发的课例，但由于篇幅所限，乡土文化资源还没有谈全，更不可能穷尽，本单元可视为对乡土美术教育资源开发的一个总结，目的在于抛砖引玉使师生们关注乡土生活、民间活动本身，这才是个艺术及其教育的源头活水。

●延伸与拓展

一、知识点击

1. 中国传统节日网站：http://www.china.com.cn/ch-jieri/
2. 部分节日与民俗、民间活动

节日	日期	民俗、民间活动
清明节	春分后十五日	禁火、扫墓、踏青、荡秋千、插柳、祭祀、扫墓
端午节	农历五月初五	包粽子、挂艾草、赛龙舟
七夕节	农历七月初七	穿针乞巧、喜蛛应巧、投针验巧、种生求子、供奉"磨喝乐"、拜织女、拜魁星、晒书/晒衣、贺牛生日、吃巧果

中秋节	农历八月十五	赏月, 赏桂花, 吃月饼和桂花糕等东西
重阳节	农历九月初九	登高望远, 吃重阳糕, 插茱萸

二、思考练习

2005年10月由韩国申报的江陵端午祭被联合国教科文组织正式确定为"人类传说及无形遗产著作"。一度沸沸扬扬的中韩端午节"申遗"之争以韩国的胜利而告终, 引发国人的极大关注。请谈谈你对文化遗产重要性的认识。

三、学习研究

以当地某项民俗、民间活动为题, 全面搜集与艺术相关的材料, 加工、整理成一篇中小学美术教学案例。

四、相关知识

1. 教学案例: 美在民间永不朽——中国民间美术 (高中)

教材分析:

(1) 教学目标

通过讲述、演示和欣赏使学生明确民间美术的基本概念, 了解丰富多彩的民间美术形式、民间美术的艺术特征以及民间美术与民俗的关系, 使学生明确学习民间美术的重大意义, 丰富和发展学生的艺术创造力。

(2) 内容结构

本课的教学内容为四大问题层层递进。通过介绍最有代表性的民间美术艺术样式, 了解民间美术与民俗的关系, 欣赏课文图版中优秀的民间美术作品, 来理解民间美术的艺术语言特征。全课分为以下五个部分:

第一部分是引述。从我国农历新年民俗活动情景中的各类民间美术品引出民间美术的概念, 给学生以感性的认识。

第二部分的标题是"如何界定民间美术?"通过说明民间美术概念的基本含义和特性, 引出民间美术中最有代表性的艺术样式。

第三部分的标题是"民间美术主要有哪些?"通过优秀作品欣赏, 具体介绍民间美术中剪纸、年画、刺绣、玩具、雕塑这五类艺术样式。其中玩具中又分为风筝、泥玩具、布玩具和活动玩具四种; 民间雕塑中又分为石雕、砖刻、木雕、泥人、面人和面塑六种。

第四部分的标题是"民间美术的艺术语言有什么特征?"举例分析民间美术艺术语言最重要的特征, 即寓意性与象征性。

第五部分的标题是"如何理解民间美术的艺术语言?"通过典型的案例分析, 说明民间美术与民俗的紧密关系, 说明中国民间美术是中华民族精神的艺术之根。

(3) 教学的重点与难点

本课的教学重点是让学生了解中国民间美术中最有代表性的艺术样式以及民间美术与民俗的关系, 理解民间美术的艺术语言特征。

本课的教学难点是第二部分"如何界定民间美术?"和第五部分"如何理解民间美术的艺术语言?", 这两部分内容理论性较强,其中还有一些专业名词。

教学内容资料:

(1)作品分析

①赐福生财灶王(山东杨家埠年画)

灶王也称司命主。《敬灶全书·真君劝善文》中记:"灶君乃东厨司令,受一家香火,保一家康泰,察一家善恶,奏一家功过。每逢庚申日,上奏玉帝。终日则算,功多者,三年之后,天必降之福寿。过多者,三年之后,天必降之灾殃。"在民间,灶王被奉为主宰家庭平安兴衰的一家之主。

图版中是一幅三段式的灶王图。上层是赐福财神和童子;中层为灶王夫妇及侍从;下层是宅神,两边有文官、武将和侍从。最下边有聚宝盆和鸡犬。加上画幅两侧的八仙人物,全图共有32人。采用阁楼式构图,画面层次丰富、构图饱满,装饰性很强,同时体现了多子多福的吉祥寓意。

②刘海戏金蟾(河南朱仙镇年画)

刘海即刘海蟾,本名刘操,字昭远,又字宗成。五代时燕山府人(今属北京市人),曾为辽朝进士,后事燕王刘守光为丞相。公元911年,刘守光僭号燕帝,刘操谏之不听,遂托疾挂印弃官而去,改名刘玄英,道号"海蟾子"。相传后遇吕洞宾(吕纯阳)传授秘法,隐修于太华山、终南山,乃得道成仙,全真道将其奉为北五祖之一。

刘海原是一个不修边幅的清癯老人,人称"海蟾",或者把海蟾二字分开,直接称其为刘海。因为"蟾"字就是"蟾蜍"的蟾,慢慢地讹传为"刘海戏蟾"。刘海戏蟾的"仙迹"在明代已有传说,明人李日华《六砚斋笔记》中记载:"黄越石携来四仙左像……一为海蟾子,哆口蓬发,一蟾五色者戏踞其顶。手一桃,莲花叶,鲜活如生。"后来白发老人的形象转变为饱满、憨稚的童子模样,在民间代代相传。民间俗称"刘海戏金蟾,步步钓金钱",所以刘海成为钓钱散财之神,也称招财童子,反映出民间百姓希望发财富裕的愿望。在传统年画中此神像常常与和合二仙、天官、财神配合,更增添了喜庆、吉祥的寓意。《刘海戏金蟾》年画主要是张贴在窗户中央或室内。

此幅年画为左右对称两童子戏耍,左边一童子红衣紫裤,右边一童子绿衣黄裤,运用了强烈的对比色系,色彩浓艳。人物形象朴拙,线条粗犷,动态和谐,构图饱满,体现了朱仙镇年画独有的风格。

③白蛇传·盗仙草(天津杨柳青年画)

南宋时,白蛇幻化成一名叫白素贞的女子,游西湖时与许仙相识并结为夫妻。端午日,白素贞因饮雄黄药酒现出原形,吓死了许仙。白素贞知道昆仑山上的灵芝仙草能起死回生,就与青蛇飞奔至昆仑山盗草,途中遇到鹤、鹿二仙童巡山,格斗起来,白素贞不敌。后遇到南极仙翁赐予仙草一棵,救活许仙。后白素贞生子孟蛟,法海闯进家中,收服白素贞,金钵化为雷峰塔,把白素贞镇于塔下。18年后,孟蛟考中状元,祭拜雷峰塔,塔倾,白素贞得救,全家团圆。

此幅年画表现的是民间传说《白蛇传》中的一个情节——盗仙草。讲述白蛇为救许仙,带着青蛇潜入昆仑山去盗灵芝仙草,与鹤、鹿二仙童格斗拼杀的故事。

图中头扎双髻的鹤童,身穿红衣,颈系百叶帔,腰扎鹿皮裙,足踏云头鞋,手握长剑,乘云从天而降,青蛇身护白蛇前,作拔剑迎战状。白素贞左手举着灵芝草,右手仗剑,凝目合唇,面露忧郁神情。三个人物的表情动态刻画得十分传神,如鹤童双眉倒竖的怒容,青蛇沉着应战的姿态,白蛇焦虑担忧的心情。人物造型清秀,面部设色雅致,服装色彩艳丽,背景有奇山峭石、祥云朵朵,都带有中国传统工笔重彩画的韵味,是天津杨柳青年画的特色。

④麒麟送子(河南朱仙镇年画)

麒麟,古人称之为瑞兽。《瑞应图》中记:"麟者仁兽也,牡曰麒,牝曰麟。不践生虫,不折生草,不群居,不侣行,不食不义,不饮汙池,贤者在位则至。"早在汉代以前,关于麒麟的传说就已形成。前秦方士王嘉所著的《拾遗记》中记载:"夫子生之夕，有麟吐玉书于阙里人家。"又《圣迹图》中记："孔子生，见麟吐玉书。"意思是说孔子母亲夜里梦见麒麟入室于是生了孔子。所以麒麟送子，意味圣明之世，麒麟送来的童子长大成人必定是可以辅佐治国的贤良之臣。人们以麒麟喻仁厚贤德，有出息的孩子常被贯以"麒麟儿"、"麟子"的美称。麒麟后来转化为可送子嗣的吉祥灵兽。

在民间，年画《麒麟送子》主要是张贴在新婚夫妇的屋门上，有祝愿新娘早生贵子的寓意。画面以童子为中心，童子要佩戴长命锁，手持莲花或抱笙，童子骑在麟上，麟角挂"玉书"。童子身后有送子娘娘护送，并且有侍女持扇或打华盖。画面的右上角还有一只蝙蝠，象征吉祥。此年画是一对中右边的一幅，色彩浓重艳丽，有喜庆热闹的气氛。

⑤吉庆有余（天津杨柳青年画）

"吉庆有余"是旧时农历新年，人民大众企盼生活幸福，钱财、粮食充足的一种吉利美言。画面中心为一白胖童子，胸前佩戴一如意长命锁，右手执戟，左手握磬，磬下悬挂一对鲤鱼，举足起舞，一幅欢笑可爱的神态。童子背后衬一黑底填花的大"福"字和"一"字不断头连续图案。画幅最外边四周边框绘有葫芦如意花样，四个角上各画一只红蝠，是借"戟"（吉）、"磬"（庆）、"鲤鱼"（余）的谐音取意，组成的一幅吉祥图画。此年画以正方菱形构图，富有动感。人物设色细腻雅致，背景层次丰富，有很强的装饰美感。这种年画因过去常常张贴在影壁灯的后壁，所以又称作"福字灯"。

⑥门神神荼、郁垒（山东潍坊杨家埠年画）

在民间年画中，门神起源最早。而神荼、郁垒又是我国最古老而且流传最广的门神。汉朝王充所著《论衡》"灯鬼"一篇中引古籍《山海经》之说："沧海之中，有度朔之山，上有大桃木，其屈蟠三千里，其枝间东北曰鬼门，万鬼所出入也。上有二神人，一曰神荼，一曰郁垒，主阅领万鬼；恶害之鬼，执以苇索而以食虎。于是黄帝乃作礼，以时驱之，立大桃人，门户画神荼、郁垒与虎，悬苇索以御；凶魅有形，故执以食虎。"汉末时，蔡邕的《独断》、应劭的《风俗道义》中都提到了岁暮门上画神荼、郁垒的故事。

此年画采用门神通常采用的对称构图形式，在对称中互有呼应和变化，装饰性很强。人物态势如待发之弓，稳中有劲。色彩（红、绿、黄、紫）在画面上大小块错落并置，显得斑斓华美。

⑦炕头狮（石，高23厘米）陕西

炕头狮，又称"拴娃石"，主要流传于中国黄河流域中部的农村，特别是在山西、陕西一带更为多见。在当地农家的炕头上（北方农村习惯睡炕），常常可以看到有用红绳一头拴在小娃娃身上，另一头拴着一个高20厘米左右的小石狮，这就是"炕头狮"。用小石狮拴住娃娃，不仅可以防止娃娃滚落到地上，而且可以当作娃娃的玩物。最特别的是农家人认为石狮子能"拴"住娃娃的"命"和"魂"，按照老百姓的话说，石狮能赶走"邪魔野鬼"，"拴住娃娃的魂"，使娃娃"浑全"成活，反映了人们祈望拴娃石狮能辟邪降福、镇宅保家。

炕头石狮艺术风格独特，与汉代霍去病墓中的动物石雕有些类似。粗糙的石料经过民间石雕艺人稍加雕琢，便创造出各式各样，造型浑朴奇特、稚拙大气的石狮，真是令人赞叹。石狮虽小，但这种夸张概括的大写意手法与宫廷中崇尚的精雕细刻、面面俱到的大石狮形成了鲜明的对比，反而显得小中见大，艺术性更强，更有感染力，体现了民间艺人非凡的创造力。

石狮突出狮子威武可亲的面部神态，头部比例几乎占去了整个身体的四分之三。在民间有俗语："十斤狮子、九斤头"，"七分头、三分身"，这正是民间艺人长期实践后获得的造型观念。

⑧拉洋车（河北泥模）

泥模是在河北、山东、河南、江苏等地流行的一种泥玩具印模，土称"泥饽饽模子"，供农村孩子模拟做"泥饼"玩耍。泥模制作是先用本板雕出母型，将泥和好填入，压印成形阴干，然后放入火中焙烧而成。泥模以圆形为主，尺寸不过五厘米，所表现的图案内容非常丰富，有戏曲人物、农家事物、飞禽走兽、社会生活等。其造型简洁、夸张，情态生动犹如儿童图画。农村孩子爱玩泥，有泥模子一磕一个样，既增加了游戏趣味，又从中认识了事物。

⑨牛轭门、娃女子（陕西面花）

面塑起源于民间祭祀活动中用面塑动物代替宰杀真牛羊等动物的习俗。现在面塑不仅成为敬神敬祖的献祭贡品，同时它也是年节和喜庆日子馈赠亲友的祝福礼仪食品，用来庆贺丰收、贺喜和祝寿。例如春节要做枣花馒头、枣山，还有"佛手"、"满堂红"之类，象征多福多寿；婚礼时多做鱼莲、娃娃、凤凰戏牡丹等吉祥如意类面花；给长辈做寿，要蒸"寿糕"、"寿桃"面花；陕西关中地区小孩过生日时，外婆要送"混沌"花馍，这种面花是在一个圆形大馒头上插满各种面塑小动物和花卉鲜果，象征混沌初生的生命能够滋生万物繁盛，寓意小孩健康成长、前程似锦。

"牛轭门"是陕西合阳县面花，专门为孩子满月做的礼物。女儿生的孩子要过满月了，当外婆的就会花心思准备面花。如果生的是男孩儿，就做个"牛轭门"，意思是希望孩子能具备牛一样坚忍的耐力，经得起生活中的艰难困苦，长大后能担当起家里的重任。如果生的是女孩儿，外婆就做一条大鱼面花，鱼身上插满花朵。在当地方言中"鱼"与"女"同音，是希望孩子像鱼一样活泼可爱。

"娃女子"是专门在清明节用的礼馍。女娃盘腿而坐，头上插满了花朵，上面还有一只花蝴蝶。女娃手托一只凤鸟戏牡丹，腿部塑有鱼戏莲花。设色明丽鲜艳，显得富丽堂皇。

⑩五福捧寿（宁夏回族自治区团花剪纸）

"五福捧寿"已经成为民间剪纸中约定俗成的组合符号，并且发展成了许多不同形式的图案。蝙蝠的蝠与"福"谐音。《书·洪范》中记载："五福：一曰寿，二曰官，三曰康宁，四曰攸好德，五曰考终命。"其中寿为首福。以五只（或四只或八只）蝙蝠作围绕在四周的边纹，中央是一寿字符号，即为捧寿。寿字符号除了用汉字的"寿"外，还有"￣"、""以及""的变体纹。

"五福捧寿"剪纸是以五只蝙蝠像五角星样分散在外圈，中间团花中有一圈是由八个寿桃组成，团花中还有如意纹，最中心是一个大的挂钱纹套四个小挂钱纹，仿佛五只蝙蝠向着中间繁密的团花飞动，静中有动感，别有创意。

⑪坐虎（陕西凤翔泥玩具）

每年农历四月初十，陕西凤翔灵山庙会的集市上就会有琳琅满目的凤翔泥玩。大的有坐虎、挂虎，小的有牛、马、兔爷、麒麟送子等。赶庙会的村民都会选购几个给孩子玩耍，或摆放在家中案头，以图吉利、求平安。

凤翔彩绘泥玩可分两类：一类是挂片，以虎头挂片（又称"泥虎脸"）为代表，挂片最大的可达1米多高，最小的只有小孩子手掌大小。另一类是圆雕，分人物和动物两种，人物有古装戏曲人物，如《西游记》人物、娃娃、麒麟送子、娃娃骑虎、娃娃骑象和娃娃骑牛等；动物中有坐虎、卧虎、狮、牛、马、兔、象等，飞禽有鸡、鸟等。民间艺人通过大胆的夸张与丰富的想象力，运用粗塑、细描与重彩的表现手法，创造出奇特威严、纯朴厚重、富丽丰盈的民间艺术品，表现了劳动者对生命的热爱和追求。

泥玩坐虎姿态威武，色彩绚丽，是外甥满月时，舅舅赠送的礼物，祝愿孩子健康成长，如虎一样充满生机。

⑫双头猴（河南淮阳泥玩具）

在河南淮阳有座太昊伏羲陵，俗称"人祖庙"。每逢农历二月二到三月三，当地就会有规模宏大的"人祖庙会"。在热闹的庙会集市上有一种当地民间艺人手工捏制的泥玩具出售，叫做"泥泥狗"。"泥泥狗"的来源与伏羲、女娲的远古神话有关。民间艺人说他们的手艺是"人祖爷爷（伏羲）和人祖姑姑（女娲）传下来的"。"泥泥狗"玩具都是一些奇形怪状的奇鸟异兽，很像《山海经》中描绘的形象，又仿佛是一组组原始社会的图腾。

双头猴泥泥狗造型神奇，面部似人，身上长毛。引人注目的是隆起的大肚子，让人联想起淮阳人祖庙会上的求子风俗。这个双头猴反映出中国传统的阴阳相合化生万物的观念。

（2）名词解释

①五毒

民间习俗认为五毒（蛇、蝎、蜥蜴、蜈蚣、蟾蜍或蜘蛛）在端午节开始滋生，所以每到这一天午时，要在屋角阴暗处撒石灰，喷雄黄酒，可以灭毒，并同时张贴镇五毒的剪纸以驱邪避毒，使全家不受五毒之害。在小孩围涎、鞋帽、兜肚上也经常绣有"虎镇五毒"、"鸡镇五毒"的图案。在河南农村，还能常见在"鸡镇五毒"的剪纸旁写着："五腥，五端阳，吃粽子，饮雄黄，金鸡贴在俺门上，蝎子蜈蚣都死光！"

② 十二生肖

十二生肖为：子鼠、丑牛、寅虎、卯兔、辰龙、巳蛇、午马、未羊、申猴、酉鸡、戌狗、亥猪。民间以十二种动物与十二地支相配，作为纪岁的方法。在远古时代，我们的祖先就已用干支纪年。传说黄帝命大挠作甲子，而在殷墟出土的甲骨文字中，确实可见干支的文字。所谓干支纪年，就是十天干的甲、乙、丙、丁、戊、己、庚、辛、壬、癸与十二地支的子、丑、寅、卯、辰、巳、午、未、申、酉、戌、亥相配，协调成六十年为一周期的纪岁方法，十天干取象于兵器，十二地支则是取象于十二种动物（即十二生肖），这样难以名状的无形时空就成为有形的了。

将干支纪年与动物相配的记载，最早见于东汉王充的《论衡》："寅，木也，其禽虎也；戌，土也，其禽犬也；丑未，亦土也，丑禽牛，未禽羊也，故犬与牛羊为虎服也；亥，水也，其禽豕也；巳，火也，其禽蛇也；子，亦水也，其禽鼠也；午亦火也，其禽马也，水胜火，故豕禽蛇，火为水所害，故马食鼠屎而腹胀。"南北朝时已普遍使用。

东汉以后，使用干支纪年渐渐发展为以之名岁的习俗。如甲子年叫"鼠年"、丙午年称"马年"，2004年甲申年就是"猴年"，进而，在龙年出生的人就是"属龙"，鸡年出生的人的属相就是鸡，一直延续到现在。

旧时民间巫师将十二生肖附会五行之相生相克，以确定婚配，如"蛇盘兔，必定富"、"金鸡怕玉犬，猪猴不到头"。

③ 鹿鹤同春

相传鹤是长寿仙禽。《相鹤经》中称其"寿不可量"，《淮南子》中记："鹤寿千岁，以极游"。鹿也是长寿的象征。鹿与鹤在一起，谐音为"六合"。民间阴阳家以子与丑和、寅与亥合、卯与戌合、辰与酉合、巳与申合、午与未合为"六合"，有天作之合、同享春光之意。《淮南子·时则训》里说：六合，孟春与孟秋为合，仲春与仲秋为合，孟夏与孟冬为合，仲夏与仲冬为合，季夏与季冬为合。有四季如意之意。《庄子·齐物证》中记"六合，天地四方"，是处处皆春之意。在民间剪纸中常以鹿鹤配以松柏常青之树，寓意同春。

教学建议：

（1）本课着重让学生了解中国民间美术代表性的艺术样式及其艺术语言特征，了解各类民间美术与民俗相互依存的关系，这是理解民间艺术的重要一环。因此建议教师除了讲解课本中的图例作品，还应该给学生提供更多的反映民间美术产生的环境、背景和民俗场面的资料，为学生搭建一个感性的、鲜活的、立体化的学习空间，例如VCD、DVD光盘、影像资料、实物投影等。有条件的建议带学生参观一些民俗博物馆、民俗展览。

（2）建议教师在课前准备一些民间美术的实物（根据当地的条件），如剪纸、年画、刺绣、玩具等，上课时带进课堂，提高学生的兴趣，活跃课堂气氛。

参考书目：

《中国民间美术全集》，山东教育出版社、山东友谊出版社，1995年版

《中国美术分类全集·中国民间美术全集》（全六册），人民美术出版社、吉林美术出版社、江苏美术出版社、浙江美术出版社、岭南美术出版社、广西美术出版社，2002年版

《民间美术概论》，北京工艺美术出版社，1990年版

——参见http://www.5ykj.com/Health/gaomei/34803.htm

2. 推荐学习书目:

① 付小彦. 云渡桃雕[M]. 哈尔滨: 黑龙江美术出版社, 2004.

② 张青. 山西民间礼馍艺术[M]. 哈尔滨: 黑龙江美术出版社, 2003.

③ 吴仕忠, 胡廷夺. 傩戏面具[M]. 哈尔滨: 黑龙江美术出版社, 1999.

④ 叶春生. 区域民俗学[M]. 哈尔滨: 黑龙江人民出版社, 2004.

⑤ 倪宝诚. 淮阳泥泥狗[M]. 哈尔滨: 黑龙江美术出版社, 1999.

●单元小结

民族民间美术是我们民族文化的一个重要组成部分,它是人民淳风之美的结晶,其中蕴涵着民族的心理素质和精神素质,反映了质朴的审美观念。民间美术贯穿于人民生活和精神世界的各个领域,直接反映劳动人民的思想感情和审美趣味,显示出他们的聪明智慧和艺术才能。我国是一个多民族的国家,各个地方的地域文化都是祖国传统文化的一部分,从美术人类学的角度去理解和研究民族民间艺术,创造性和经常性地利用本民族民间艺术,使之成为学校美术教学的延伸,在学校美术教育中引入优秀民族民间美术作为学校美术教学内容,重视地域文化和民族民间艺术的开发利用,补充鲜活的本土视觉文化课程资源,以拓展学校美术教育的教学空间,这也是在全球化背景下后现代主义倡导的尊重多元文化、理解异文化理念的一种表现,它既有利于引导学生了解本民族的传统文化,又有利于学生主动参与华夏文化的传承,并对于当代经济全球一体化进程中日益突显的淡化和消解本土文化有着深刻的现实意义。

拓展篇

第六单元
信息化美术教育资源的开发

单元提示

　　网络是一种社会物质资源和信息资源。随着网络资源的普及，它进入学校教师和学生生活，成为师生知识和生活经验的一部分。有关网络的各种知识，包括关于网络技术知识、网络上各种虚拟知识，都可以成为他们教学活动资源的一个重要组成部分。在美术教学实践中，计算机网络可以传输给学生丰富多彩的图像信息，这些平面的、立体的、声光色结合，多形态、多感触、全方位的形象思维语言，大大扩大了学生的视野，丰富了学生想象的空间，激发了学生的思维能力，提高了他们的创造能力。无论在绘画设计、工艺制作、作品欣赏还是其他方面，现代电脑多媒体教学都能很好地发挥其独特作用。

第一讲　信息化资源概述

表6-1 因特网的四个阶段

	第一阶段	第二阶段	第三阶段	第四阶段
时间	1970—1991	1991—1993	1994—1996	1996—现在
适用人群	大学生和政府	为商业而开放	商用普及	网络为所有人服务
服务	应用领域	电子邮件、文档传输、远程登录	研究、开发图书馆	网络（万维网）发布信息、销售商品内部网络、交易、多媒体应用

网络萌芽于20世纪60年代美国国防部的空袭防御网络，从那时起它逐渐扩展到其他行业。因特网经历了四个阶段，如表6-1：

第一阶段网络是研究界的工具，学术专家和政府实验室利用电子邮件相互联络。第二阶段由于数据过多，公共和私人基金用户相互影响，导致了远程商业基础网络的分离。第三阶段网络的商业应用价值大潮伴随着万维网的诞生而来。由于开发出电脑鼠标，用户可以不必掌握技术就可以一页页地点击浏览信息。第四阶段国际互联网已经从只读环境发展为一个用户可以通过浏览器在远程范围内使用的网络。[①]网络逐渐渗入社会各个行业，显示出强大的功能，它在美国和其他一些国家获得大力发展，在世界范围内得到广泛的推广和应用。

美国是目前世界上网络建设投资最大的国家，也是目前世界上网络系统最为发达的国家。它的网络建设是依靠雄厚的财力支持，在大规模的信息技术研究的基础上进行的。20世纪40年代，世界上第一台计算机在美国诞生；20世纪70年代，美国研究并试用了局域网；到20世纪90年代中期，美国提出了建设"信息高速公路"，斥巨资开始建设国家高速网络。90年代中后期，日本、德国、法国、英国、意大利、加拿大、韩国等许多国家也相继加入到信息高速公路的建设之中。许

多发展中国家，如中国、巴西、印度、马来西亚等纷纷出台了工业化和信息和共同发展的政策，投入大量资金建设网络系统。各国政府进行着一场激烈的信息基础设施建设的竞争，试图抢占知识社会的制高点。

教育投资的公共性决定了教育网络建设是政府投资的国家信息基础工程的重要内容。美国已经将它所有的中小学全部联上因特网。英国1998年推出的"全国教育网络5年计划"，决定在2003年以前使全国2.3万所中小学全部联上因特网。我国教育部已经作出决定，计划到2010年左右普及中小学信息技术教育。

网络不仅是一个由各种信息构成的世界，而且是一种知识的载体，几乎所有的人类知识，都可以通过运用数字技术，以文字、图片、声像等形式在网络传播。所以，网络在诞生以后立即显示出强大的生命力。对学校课程资源而言，只要是现实社会中存在的，都可以搬上网，运用各种虚拟技术，还可以实现和现实一样的真实感。随着信息化资源的普及，网络已经进入学校生活，网络知识和经验已经成为师生生活的一部分，他们通过各种途径获得网络知识，包括关于网络系统本身的知识，即有关网络技术的知识、网络上各种虚拟知识，都可以成为他们教学活动的资源的一个重要组成部分。

我国教育部《基础教育课程改革纲要（试行）》指

---

① [英]大卫·J. 斯卡姆. 知识网络——明天的工具. 张宏佳，等，译. 沈阳：辽宁画报出版社，2001：23.

出："大力推进信息技术在教学过程中的普遍应用，促进信息技术与学科课程的整合，逐步实现教学内容的呈现方式、学生的学习方式、教师的教学方式和师生互动方式的变革，充分发挥信息技术的优势，为学生的学习和发展提供丰富多彩的教育环境和有力的学习工具。"①它带给教育的不仅是教学手段方法的变革，而且还不断地促使教育观念与教学模式变革。随着现代教育技术的发展和素质教育的逐步推行，传统授受式的美术教学模式的局限性日益凸现出来，建构新的美术教学模式迫在眉睫。网络技术不仅强烈冲击和改变着人们的教育思想观念，而且还在不断改变教育教学的环境、过程和方法。

① 钟启泉. 等. 主编. 基础教育课程改革纲要（试行）解读[M]. 上海：华东师范大学出版社，2001：8.

第二讲 网络资源在美术教学中的应用

新一轮课程改革明确提出将迅速提高青少年的信息素养作为渗透素质教育的核心要素，并力求将信息素养的培育融入有机联系着的教材、认知工具、学习过程以及各种教学资源的开发之中。《全日制义务教育美术课程标准（实验稿）》也明确提出"教师应尽可能尝试计算机和网络美术教学，引导学生利用计算机设计、制作出生动的美术作品；鼓励学生利用国际互联网资源，检索丰富的美术信息，开阔视野，展示他们的美术作品，进行交流"、"有条件的学校应积极开发信息化课程资源，充分利用网络，获得最新的美术教育资源，开发新的教学内容，探索新的教学方法，并开展学生之间、学校之间、省市之间和国际的学生作品、教师教学成果方面的交流"。如何利用网络信息资源进行美术教学已成为基础美术教育研究的新的关注点。

一、利用网络拓展美术学习的时空与内容

现代多媒体技术主要包括电影、电视、幻灯、计算机和网络。从这个角度上看，网络是一种教学辅助手段，一种媒介工具，是依靠物质的硬件设备为基础构建的空间系统。网络除了具有存储与传播信息的功能外，还能依靠数字化技术和光纤传输，使远距离即时交流成为可能，从而创造了一个新的生存空间。在这个空间里，处在网络终端的人可以与网络中心对话，也可以在网友之间对话。同时，网络还是一个由多种技术综合支持的系统，它利用文本、图片，通过视频、音频等构成一个虚拟世界，在这个世界里人可以模拟现实生活中的各种活动，获得超现实的种种感受。

传统的美术课堂十分封闭：其地点是固定的，仅仅局限于某一班级；其时间也是固定的，每周只有一节课。计算机网络可以突破传统媒介的局限和障碍，突破时空的限制，实现课堂教学的开放和延伸。通过互联网，学生可以随时随地进入学习美术的课堂和实践活动，运用美术去交流和沟通，拓展美术的学习领域。网络辅助教学，充分调动学生的视觉、听觉，激发学生的多种感官功能，实现了多种感官的有机结合，从而使知识能多层次、多角度、直观形象地展示于学生面前，调动学生学习的积极性和探究欲望，对活跃课堂气氛和提高课堂教学效率极为有利。网络信息化资源的介入也大大拓宽了美术教学的内容，使美术教材不再局限于教科书。网络资源的知识包容量巨大、覆盖领域广阔，是学生进行研究性学习获得知识源泉的宝库，具有资源无限开放性和共享性，它弥补了其他媒体传播方式上的不足。师生们可以通过搜索引擎查找到所需要的作品图片及相关背景资料，并可以将学习内容下载保存，再通过软件进行编辑处理，以供长远研究学习使用。网络信息资源，特别是图像、动画、影像、声音使教材更为生动形象，使凝固在教材中的静态美转化为动态美，教材中蕴涵的意境、音乐、诗情等艺术美充分表现出来。这些审美因素刺激学生的生理感官，激发学生的各种积极心理因素，调动审美主体的心理功能活动，从而产生强烈的美感效应，因而大大提高学生的学习兴趣，真正使学生爱学、乐学。如上美术作品欣赏课时，出于篇幅的考虑，美术教材上的图例不会很多，这时候网络就是最好的辅助工具。

在教学中我们充分利用网络拓展课堂容量，增加很多与教材内容有关的动画、影像、图片等素材，创作模拟仿真的教学课件，让学生多个感官并用，提高教学的实效。充分利用网络资源还可以弥补个人知识面狭窄的不足，有利于实现跨学科领域的教与学。在网络环境的美术教学资源永远是开放的、跨越时空的，它不仅改变了学生的学习方式，而且也深刻影响了教师的工作方

式。网络有助于促进教师之间、学生之间的交流，共同探讨教学与学习困惑和经验，可以激发学生的学习热情和兴趣。

捷而强大的信息搜索能力、存贮能力和处理能力，必将成为学生自主性学习的最佳的资料搜集和存贮处理工具，也会成为学生美术素养、美术创造能力提高的平台。

二、利用网络搭建美术自主学习平台

改变学生的学习方式，让学生自主学习是本次课程改革的重点之一，教师应鼓励学生开展自主式学习、探究式学习。网络环境下的美术教学活动，突出了学生学习过程的自主性，主要体现在对学习内容和学习方式的自主选择上。在专题学习网站对学习内容的扩展为学生学习方式的转变提供了更多的选择，学生可根据自身的需要，对教学内容与教学策略逻辑进行挑选与重组，以实现个性化学习，真正实现了将学习主体地位还给学生的目标。

网络平台支持的课堂教学，对于优化学生学习方式、促进他们形成积极的学习态度和良好的学习策略、培养学生的创新精神和实践能力都具有非常重要的作用。电脑绘图软件完成的美术作品，摆脱了传统课堂中对绘画工具的限制。由于电脑作品修改起来极为方便，这一切都大大增加了学生学习美术的兴趣。在教学过程中由于网络技术给学生带来的新鲜感、电脑界面所独有的画面展示方式、电脑绘图软件所产生的意想不到的偶然效果，都对学生的视觉有一定的刺激，这些诱因能很好地调动学生的学习兴趣和创作思维，唤起学生投入美术创作的热情。从作业的完成情况来看，学生在电脑教室中完成的作业由于具备较好的完成条件，如完成作品的辅助资料搜集、电脑绘图的效果等，学生能灵活运用一些网站中的图片及形象来帮助完成自己的作业，学生学习兴趣更浓厚，完成作业的积极性更大，得到的成就感也更多。

在计算机技术走进美术课堂的当今，计算机因具有快

三、利用网络促进师生关系的民主平等

新课程标准要求："特别重视对学生个性和创新精神的培养，开发学生的创新潜能，并重视实践能力的培养"，这必然会改变传统的师生关系，而网络环境则为这一转变提供了有利条件和保障。网络环境下的美术教学，教师的角色和作用发生了根本的变化，师生互动的方式也实现了全面革新。教学过程不是教师指向学生的单向活动，而是师生之间、学生之间的多向互动交流，教师不再是课堂教学的唯一主角，师生之间是一种情感交流和平等关系。在网络中搜集资料时，也不是教师指定任务，而是师生之间、学生之间各取所需、自主学习、交互学习、协作学习。在网络环境中师生关系是民主、平等的，此时教师是整个学习过程中的一个重要成员，适时地提供自己收集的资料，平等地参与学生的讨论，发表自己的看法，实现与学生的共同成长。在网络环境下的学习评价，采用自评、互评等各种形式的评议，学生能直观地看到自己作品的不足之处和闪光之处，也能对他人的作品进行评价。

网络技术的恰当应用，为美术教学提供了多样化的教学方式和丰富多彩的教学环境。随着计算机和网络技术的不断成熟，网络美术课件和教学的完美结合会更加完善。在美术教学中，只要不断地利用计算机网络教学的优势，充分发挥其作用，就能优化课堂教学，突破教学难点，解决教学重点，并有效提高教学效果，开阔学生视野，激发学生兴趣，促进学生素质的全面发展，从而更好地推进现代化教育和素质教育的长足发展。

第三讲 信息化美术教育资源的建立

学校的美术教育在现代媒体技术的推动下，教育的方式与手段已发生了质的变化。现代多媒体数字信息化教学的一个重要特点就是教学的信息化与集约化，运用现代媒体，以数位集成的形式传授知识，它具有直观性强、信息量大、传播速度快等优点，同时也避免了教师个体重复性劳动。专题学习网站是围绕某一个学科的学习专题或密切相关的多个拓展学习专题而展开深入研究学习的资源学习型网站。它可以用来存储、传递、加工和处理教学信息，还能让学生进行自主学习和协作交流，并对学生的学习情况进行记录和在线评价反馈。

一、美术教育网络的建立

教育信息化的主要特点是在教学过程中广泛应用以电脑多媒体和网络通讯为基础的现代化信息技术，其主要表现形态为资源全球化、教材多媒体化、教学个性化、学习自主化、活动合作化、管理集约化、办公自动化、环境虚拟化。网络数字教育对于学校美术教学具有重要的意义。它为我们的美术教学提供了一个无限的虚拟空间、学习空间，使教师从传统的教案、教参、资料室、图书馆的小圈子里走出来，走进一个全球化的大美术教育背景下的大教室。因此，建立一个全球范围内的美术信息网络与数据库，逐渐形成一种全新的信息化美术教学模式是学校美术教学信息化的一项实际性策略。具体措施如下：[①]

1. 创建美术教育信息库，开设数字图书馆。打破教材只限于书本的传统，为学生个体学习提供专业化的信息网络资源。与媒介中心结合的现代化图书馆电子检索系统，可以使学员在很短时间内获得最需要的资料。

2. 建立跨校跨国美术教育同盟，实现教学资源的交流与共享。比如教学课题的研究、专业课件的共同开发、数字教育信息的交互使用等。有条件学校的师生还可以跨校讲课、听课、评课。教育同盟包括了同级兄弟学校、不同级别的上下级学校及相关单位。近十年来，中国的高校之间或联合或合并成综合性大学，或开发为大学城，这都是一种资源共享、提高办学综合实力的一种做法。

3. 进一步提高多媒体教学设施的覆盖率。在师生宿舍、教室及公共教学场合安装网络设施。文化教室要有智能寻址调频广播系统、VOD多媒体教学系统、智能监控教学评估系统、电脑、电视、音响、投影仪、网络、操作系统教学软件等电子教学设施，画室要有电子演示板、便携式投影仪等。电脑设计室应有标准配置的PC机（最好是苹果机）、交换机、双向互动DVB-C系统等，以及相关软件。

4. 实现教学管理的数字化与办公系统的智能化。教育行政系统日常工作中会产生大量的基本数据，如学校基本信息、学生基本信息、教师基本信息、教学安排信息、课堂教学信息、教学评估信息、学籍信息、成绩统计信息等等。这些数据经常需要进行整理、保存、统计、上报等处理。真正的教育管理现代化需要建立一个相对完备和稳定、面向管理的基本数据库。智能化的管理与办公系统是教育现代化发展的必由之路。

5. 实现教材的电子集成化。教师的大部分讲义可采用"电子课件＋讲义提纲"的形式，要求图文、音像、形色、版式、直观性、交互性、知识性、趣味性、艺术性及操作性的高度统一。以网盘、电子邮箱、移动硬盘、光盘等形式存储或在互联网上直接发布，这种方式空间小、容量大，下载、携带都很方便，经济实惠。对于部分课程，完全可以取消传统教材（以课件代替教材）。但任

---

① 周飞战. 高校美术教学的数字化信息化策略[J]. 艺术教育, 2006（9）: 25.

表6-2 美术专题学习网站的基本结构

专题学习网站										
学习准备区			学习资源区			学习讨论区		学习档案区		
电子教案和课件	研究课题选择	完成作业辅助资料	专题学习资源	美术学科学习资源	综合学科学习资源	教师信箱	学习论坛	作品展示功能	多元评价功能	个人研究记录卡	小组研究记录卡

课教师对此课程的教学大纲、课程标准、课程目标、课程性质、课程基本理念、课程设计思路、教学主要内容、重点、难点、实施建议、考试范围应做出相应的界定与说明，并给学生提供阅读书目及相关资料。对于学生，可以普及掌上多媒体学习机、MP4数字播放器等教学辅助工具。新开发的掌上多媒体学习机、MP4数字播放器可以上网下载，为学生提供电子教材、课件、名师课堂等数码视频，不愧为美术教学的好帮手。建议这些工具由校方购置，学生可以低价租用。

6. 普及"移动教育"（Mobile Education，也有人称为Mobile Learning）。移动学习具有移动性、高效性、广泛性、个性化等特性。移动互联带来"随时、随地、随身"的信息交流和服务手段，从而实现了真正的信息传达。利用移动互联技术，学习者不仅可以依靠掌上电脑上网，还可以用手机、PDA和智能电话等小巧、便于携带的移动终端上网，尤其是3G技术的发展与应用，可以实现瞬间上网和永远在线，使信息获取也更加便捷，信息处理更加实时高效。"移动教育"的发展将成为教育信息化的一种重要途径。

二、美术专题学习网站的建设

专题学习网站是围绕某一个学科的学习专题或密切相关的多个拓展学习专题而展开深入研究学习的资源学习型网站。它可以用来存储、传递、加工和处理教学信息，还能让学生进行自主学习和协作交流，并对学生的学习情况进行记录和在线评价反馈。在建设专题学习网站时，教师首先要对专题进行仔细的考量，对专题所蕴涵的教学目标有充分的了解。根据建构主义学习理论，情境是教学环境中重要的一环，因此给学习者营造一个良好的学习环境是设计学习平台的首要基础。教师、学生、教学内容和教学媒体四者作为教学系统的有机组成部分，如何在网络平台上相互作用，形成一个支持教学活动顺利完成的整体是设计时必须思考的问题，教师应该考虑教学的各个环节中，专题学习网站如何发挥作用，如何对各个教学环节进行合理的控制。一般而言，美术学科专题学习网站的基本结构可以按照学习准备区、学习资源区、学习讨论区、学习档案区几个部分来进行设置。[①]（表6-2）

1. 专题的选择

在设计专题学习网站时，专题的选择非常重要，既要选择适合网络技术支持的美术学科主题，又要考虑到不同学习目标的实现和阶段性教学的良好实施过程。李克东教授认为专题学习网站的选题有三点要求：（1）来源于课本，又不拘泥于课本。（2）围绕主题进行学科间的整合。（3）扩展性和开放性。[②]美术学科专题学习

① 黄露. 基于网络的中学美术教育系统的研究与实践[D]. 北京：首都师范大学出版社，2007：19.
② 黄娟、李克东. 开发专题学习网站及进行相关研究性学习的思路及方法[J]. 信息技术教育研究，2003（5）:25

网站的主题选择应该遵循以下原则：（1）主题应具备拓展性，主题知识可以进行一定的拓展，适合深入学习和完成不同的教学目标；（2）选择主题的灵活性，主题可以来源于教材，也可以来源于校本教材；（3）主题的选择应该与学生的生活经验密切相连，充分考虑学生的学习兴趣。

以"我们的奥运"的专题设计为例（图6-1）。这一选题来源于湘版教材初中一年级下册第八课，本课题具有较强的实践性，能培养学生的动手能力、创新意识和创造能力。由于北京2008年奥运会的成功申办，全国掀起奥运热潮，将单一的标志设计学习融入到奥运文化这样一个大背景下来学习，通过设计与北京2008年奥运会相关的综合性学习活动，无疑会更激发学生的学习兴趣。

2. 学习准备区的设计

在学生注册、登录网站后，学生应该首先进入"学前准备区"，它主要设置了以下三个方面的内容：

（1）对之前学习的知识进行简单的测试，激发学生的学习兴趣。教师在设置小测试的题目时，应该考虑测试的目的在于提升学生的学习兴趣，因此不用设置非常专业的难题，但也不能过于简单，应该把握好其中的"度"。

（2）提供教师的电子教案和课件。学生可以比较清晰地了解教师的教学目标和教学思路，既可以让学生在课前做好学习准备，又兼顾学生对学习内容的复习和重新理解。

（3）提供完成作业的辅助资料，包括作业完成规范、供选择的研究课题以及他人完成的优秀作品等。对于学生而言，能提供一个完成作品的范本，可以让学生更有学习方向感。一般选取同龄人完成的作品，他人的作品主要是告诉学生完成作品的规范，而不是一件非常完美的作品，应该让学生有能完成这类优秀作品的愿望。

通过"学前准备"栏目，学生应该要了解自己的学习现状，明确研究课题、学习目标和课题完成方式。

3. 学习资源区的建设

此次美术课程改革将美术课程的性质确定为人文性质，让学生在广泛的文化情境中学习美术已成为当前美术学习的重要观点，学习资源区的设置无疑会给学生创

图6-1 _ "我们的奥运"专题学习网站

造一个更好的学习情境。

学生只有在拥有大量知识的基础上，才能更好地进行自主学习、合作学习、探究性学习，形成新的知识建构。在进行学习资源区的规划设计时，我们应该充分运用网络信息资源展示充分的特点，选择更多、更合适的学习内容进行展示，重视知识的整合与拓展，体现知识的意义建构。将学习资源区的学习内容划分为专题学习资源、美术学科学习资源和综合学科学习资源三个知识模块是基于补充传统教材中认知内容不足的考虑。在资源库的建设过程中，教师应该按照这三个模块的设置要求，准备好大量与学习专题相关的知识，同时注意对于知识的有序组织，而不是将知识简单地罗列出来。在选择资源时，教师应该提前考虑提供的内容可否支持学生依自己的学习兴趣和探究方向进行研究学习。

初期建成的学习资源库主要由教师准备的大量相关学习资源组成，以此作为课堂教学资源来辅助教学，而网站资源的真正丰富还依靠学生在学习过程中，在深入探索学习后寻找的相关补充资源。学生充分利用学习网站作为平台进行研究性学习，同时依据其对某一知识点进行深入研究性学习的程度，通过"学习资源上传"功能将他们在学习过程中找到的新资源上传到指定的栏目中，与同学分享学习成果，不断地丰富和完善原有的学习资源库。

"我们的奥运"专题学习资源库的建设主要包括"奥运标志"、"绘画奥运"、"奥运文化"、"综合学科学习资源"等栏目内容。"奥运标志"栏目包括历

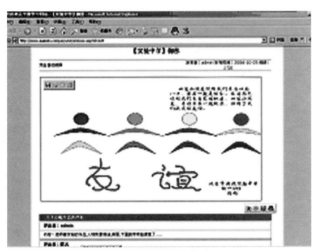

图6-2 _ "我们的奥运"学生作品展示和评价

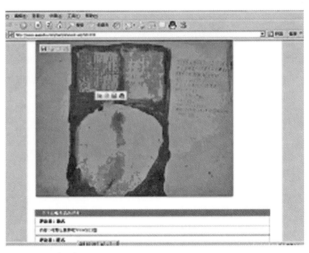

图6-3 _ "门"学生作品展示和评价

届奥运会的标志系列设计，以"设计·应用"领域为基础知识目标；"绘画奥运"栏目则包括与奥运相关的海报、主题绘画等内容，希望能够将美术学科内的知识进行整合拓展学习；设置"奥运文化"栏目主要是考虑将本专题学习网站纳入到文化学习的情境中，理解美术作品及文学作品中所蕴涵的奥运精神，传递奥运文化；"综合学科学习"栏目包含了语文、体育、地理等相关学科的内容，试图引导学生进行综合性学习。

4. 学习讨论区的设计

网络教育理念中很重要一点就是交流板块的设计，特别是远程教学，交互功能发挥着重要的作用，其设置是必不可少的。由于本次研究建立在"课堂教学"和"互联网"的基础上，因此有必要对这两种教学模式下的交流方式进行分析。

面对面交流可缩短交流时间，有利于提高交流效率，同时也有利于教师对教学的引领和干预，不至于使学生迷失方向，对学习进程起有效的督促作用。

专门网络学习平台的交流功能同课堂教学对比，也有着自身独有的特点和优势，比如，交流更具有平等性，可以给一些不习惯面对面与老师和学生交流的学生提供交流的机会；为课后依兴趣的延续学习提供交流的平台，方便解决学生的学习困惑；给课堂以外的网络访问者提供交流的机会等等。

在网络环境下的课堂教学活动中交流方式的选择较为灵活，根据不同教学环节选择的交流方式，能更好地保证教学活动有序进行。为了提供一个好的协作学习平台，我们在"学习讨论区"设置了"学习论坛"，方便学生对相关课题进行探讨，同时设置了"教师信箱"，方便学生同教师之间的探讨。

5. 学习档案区的设计

学习档案区是网络平台的重要组成部分，网络的交互性和技术优势都能在这个板块体现，美术教学活动的几个主要环节也能得到有效的支持。这个板块主要包括作品展示功能、学习档案记录功能和多元评价功能的设计。

（1）作品展示功能

学生完成美术作品是美术学科教学的最重要一环，教学评价往往都是在作品的基础上展开。当学生完成美术作品后，提供给学生的展示空间将对学生的学习兴趣产生极大的影响，因此作品展示区的设计非常重要。

（2）档案记录功能

学习过程的记录主要依靠学生填写的课题研究记录卡（个人、小组）来展示，教师能对学生的学习过程有较清晰的了解，学生也能通过查看反馈信息进行学习反思。

（3）多元评价功能

评价是美术课堂教学的重要组成部分，也是本次美术课程改革关注的一个重要方面，美术课程标准对评价的方式提出了"重视学生的自我评价，注重对学生美术活动表现的评价，采用多种评价方式评价学生的美术作

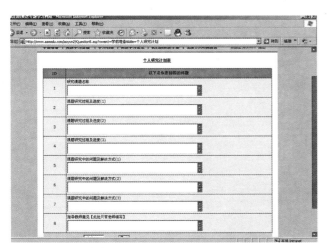

图6-4_个人研究计划表填写项目

图6-5_课题小组研究计划表反馈信息

业"[①]的建议。在专题学习网站的评价系统设计中，根据学生在学习过程中的不同学习目标设计了在线评价系统，具体可以分为以下两个维度：

① 对表现性学习目标的评价。学生作品是美术学科的重点考量目标之一，为此我们在作品展示区域里设置了即时评价系统来展开评价活动，以学生自我评价、学生互评、网友参与评价等方式进行，每一条评价意见都将展示在作品下方。同时对作品的评价还设置了"非常喜欢、比较喜欢、一般喜欢"三种直观评价方式，"作品排行榜"将依这三种选择的次数排列来进行展示。如图6-2、图6-3分别是"我们的奥运"学生作品展示和评价、"门"学生作品展示和评价。

② 伴随性学习目标。新课程强调对学生学习活动表现的评价，在网站中主要通过学生填写的课题研究记录卡来完成，教师应事先对记录卡中学生需要回答的问题进行详细的设计以确保评价的效果。如图6-4、图6-5分别是个人研究计划表填写项目、课题小组研究计划表反馈信息。

整合学习资源，建立共享资源平台，让学生按自己的学习需求自主地利用学习资源，使信息技术真正成为辅助学生学习的工具，是学习资源呈现方式的又一大变革。基于资源共享环境下的教学是美术课堂教学中一种先进的教学方式。它对于以培养学生的创新精神、实践能力为基本价值取向的美术教育，有着十分重要的现实意义。

① 中华人民共和国教育部制订. 全日制义务教育美术课程标准（实验稿）. 北京：北京师范大学出版社，2001：29-30.

●延伸与拓展

一、知识点击

网络美术馆的建立

随着互联网的发展，网络传播方式日益为公众接受和使用。建立网络美术馆，可以突破时间和空间的限制，使中国艺术家的美术作品为更多的热爱美术的观众欣赏。中华网络美术馆将由中华文化信息网承建。目前，中华文化信息网作为国家文化部主管的大型文化网站，已经成为国内外关注中华文化的人士了解中国文化的重要窗口。利用中华文化信息网的技术与传播优势，与中国美术界合作，打造"中华网络美术馆"，既可使美术作品通过互联网被更多的人欣赏，取得提高人民文化素质、促进精神文明建设的社会效益，又为广大美术工作者提供了一个没有时空限制的展示场所和发展机会。

"中华网络美术馆"将建成中国最大的网上美术品展览展示阵地，成为最具影响力的美术品交流、销售中心。为此，将组成专家艺术委员会，上网作品均需要专家委员会的资格审查。

"中华网络美术馆"将实现五个功能：

1. 展览展示功能——为部分艺术家举办网上艺术个展、联展；

2. 数据库功能——为艺术品建立图片数据库，为艺术家建立个人数据库；

3. 交流评鉴功能——为中国美术家，美术评论家，美术鉴赏家及收藏、鉴定家建立网上交流社区；

4. 文化活动功能——利用"中华网络美术馆"举办全球华人艺术家的文化活动和公益活动，以服务艺术家和回馈社会；

5. 文化服务功能——代理美术作品的网上销售，网络美术培训，美术用品购买，集字、书画租赁，书画订制等。

二、思考练习

利用网络资源，以中外美术史中某一绘画流派或设计风格为主题，设计一课美术欣赏教学课件。

三、学习研究

在计算机信息技术教师的指导下，学生分工合作设计一个个性鲜明的美术专题学习网站。

四、相关知识

1. 教学案例: 网络资源共享下的小学美术教育例析

(1) Internet资源平台的美术欣赏课

美术作品欣赏是美术学科中一大教学内容。它所塑造的艺术形象与当时社会的经济、政治、宗教、文化等密切相关，反映了作者和社会的人们对客观世界的认识、观念与情感。美术欣赏教学可以使学生从美术作品的形态、造型、形象和内容等信息中，获得多方面的认识。如：

① 对各时期的社会情态，包括政治、经济、宗教、人们的生活等各方面的情态的认识。

② 对各时期社会精神风貌的感受与认识。

③ 对各时期美术成就的认识。

④ 对各时期科技文化与工艺水平的认识。

⑤ 对各时期人们的精神世界的了解。

但由于教学时数的局限性，要学生在课堂上实现这些认识是不现实的。因此，我根据教材特点设计了基于互联网的美术欣赏课，让学生利用网上丰富的图文资源，并将找到的资料放到教师设置的文件服务器上，以便让更多的学生全面地、自主地、有目的地、随时随地地了解作品，将其内在信息以知识呈现给观赏者。这样的欣赏课，深受学生喜爱。

范例：

《阿尔的吊桥》是人美版小学九年义务教育美术实验教材第十一册的欣赏画幅。让学生了解油画及凡·高，认识凡·高在阿尔时期的作品背景、作品风格是十分必要的。但是要让学生在一个课时内对欣赏的几个知识点作透彻、全面的理解、掌握又是传统美术欣赏课难以实现的，并且小学生对欣赏外国名画的兴致并不是很高。因此，我根据教材特点将此课设计为基于互联网的美术欣赏课，让学生利用教师推荐网站拥有欣赏材料，自由、创造性地欣赏、感悟、了解，并在欣赏过程中将所得知识以美术报的形式呈现。这节课学生学习参与性极高，学习兴趣极浓，学习效果较以往明显好转。

教学过程：

① 导入新课

教师直接切入网址http://www.worldartsexposition.com/yhzg/index.htm

对学生呈现多幅油画。(小学生很少接触油画，故以此导入，创设情景，学生感到新鲜，较易激发兴趣。)

学生说说对所看画面的感想。

② 指导欣赏

学生观察《阿尔的吊桥》，说说关于这幅画的所知所想。

讨论：从这幅画里你想知道些什么？

教师提示：A.凡·高是个什么样的人？B.有哪些代表作？C.这幅画的创作背景？表现特点？……

板书欣赏题：关于阿尔的吊桥——

教师提示：在"——"后续上自己确定的标题。

③ 小报设计 (学生利用Word文档进行)

讨论：怎样了解这幅画？你认为欣赏这幅画我们能学到什么知识？(指导围绕中心选材)

板书：http://vincent.hdcafe.net (凡·高全集)

提示：可通过网络浏览器进入

查找资料，下载并存为设计素材文件。(允许学生针对学习内容自由交流，教师巡视，随机指导。)

④ 作品展示、评价

课堂交流：说说自己的小报选材、内容。(选择部分电脑作品评价，以利学生互为借鉴。)(通过多媒体教学管理平台展示)

⑤ 扩展练习

完善习作(根据搜集的素材,用纸质表达自己的所想。)

检索、下载资料,办一期手抄报《凡·高专刊》。(突出美术学科技能特性,向课余延伸。)

教例分析:

① 信息技术与学科课程整合应突出学科特点,体现信息技术是教师"教"与"学"的工具。教师利用网络,让学生带着任务在无限广阔的数字化天地里任意遨游。丰富的图文资料让他们看到了凡·高的生存背景,了解了《阿尔的吊桥》的创作背景及表现特征,也让他们有个性地选择了解与作品、作者有关联的其他知识。在课堂的"无纸设计"过程中,教师放手让学生自主利用网络资源而不过多地干预学生的学习活动,很好地发挥了"主导"作用,充当起学生学习的"好参谋"。对同一欣赏画幅,学生可根据自己的理解,从不同的角度表达自己的观点;可随着拥有资料的不断丰富,逐步完善自己的观点;可在合作、协商的学习中,修正或者充实自己的观点。这正符合了美术教育发挥与培养学生学习个性的这一教育目标。

② 利用Internet丰富的教育资源,丰富了教育的过程,改进了传统的美术教学模式,以图文并茂、动静皆宜的表现形式,将教学相关知识点化繁为简、化难为易、化抽象为具体、化艰涩为通俗的效果,优化了整个教学过程。各种网上资源的共享使教师将大千世界、古往今来浓缩于课堂之中,增大了课堂容量,还给学生一个必要的开放空间,创造了一种学生乐学的宽松愉悦的课堂环境,让学生的创新潜能得到充分的释放。

(2)基于校园网络资源平台的美术创作课

美术创作需要学生标新立异,即创新。积极思维和大胆想象是创新的起点。创新教学中要尽可能地创设情景,再现分析各种形象资料,引发学生联想,增强想象力和想象的丰富性。尤其通过讨论,让学生间的智慧撞击,出现丰富多彩的"新"、"奇"、"特"的艺术构思。教学中利用校园网络资源平台就能做到这一点。

教例简介:

"发挥自己的想象,画一幅表现海底景观的想象画。"是湘版美术小学二年级下册的一道活动作业。假如能让学生"置身于海底的景象中",去体验那自然的神奇,感受海底的奥妙,无疑能让学生的创作思维更加开阔,想象更加科学、合理,创造更加个性化。我上这课时是这样设计的:

课前准备:

学生通过网上下载、音像店采购等途径,搜集一定量的有关海底景象的录像、图片、文字资料,汇总到教师处,由教师整合为一个小资料库,以课件的形式呈现。(学生可将网址提供给教师,也可直接将资料传送到教师指定的文件服务器ftp上,或以电子邮件的形式传送)

课堂活动:

学生将课件中的信息资料与学习内容有机结合起来,进行自主或协作学习。

① 找到自己准备在创作中运用的素材,将画面构想说给其他同学听。

② 学生在互听时可给他人提构图建议,也可使自己的初步构思得到充实、完善。即吸收他人经验,弥补自己不足。

③ 创作表现过程中,对物象需再次观察,辅助想象的,可随时点播资源,加深感悟。

课后拓展:利用扫描仪、数码摄像机等设备,将学生创作的画幅存储到资源库中,让学生随时随地自由打开文件欣赏画幅,同时将评价语言以电子邮件形式传送到画者信箱或集体共用信箱中,与画者或更多欣赏者进行创作交流,提高鉴赏评价能力。

教例简析：

① 这样的美术创作，让学生从课前就树立起分工协作的观念，将自己视为教学资源共享的一个环节，使各人的资源得以集中。根据学生的不同个性特点和需求进行学习资源的提供与帮助，使他们以最少的时间、精力获取所需信息。由于作业评价是隐形呈现，不公布姓名，因此能让学生大胆发表自己的看法，让一些自尊心强但创作欠缺的学生既得到他们指点帮助又能让自尊心得到呵护。使这部分学生由厌恶、害怕被评价变成对评价有兴趣，开始接受评价、参与评价，对自己有了信心，学习积极性得到提高，创作能力得以增强。

② 这节课利用自制的电子教材（师生共创的海底景象资源库），为学生自主学习提供了极其便利的条件。

③ 课后的人机互动评价活动，让学生的思想资源得到共享，将网络资源共享的物质共享提高到了一个新高度。如果设置一个美术聊天软件，则评价活动进行起来会更加便捷，参与面会更广。

(3) 基于多媒体资源平台的美术技能课

美术课教学目标的制订离不开对学科知识和技能的学习。新课程中的美术教学虽重视创造性活动，而将技能传授退居其次，但技能的掌握也不是就不需要了。它只是要让教师启发、引导，在隐性教育中不断渗透给学生，是要帮助学生通过独立思考去创造性地运用和掌握。事实上，学生的每一种艺术创造都离不开技能表现。所以美术教学仍然离不了技能演示这一环节。

美术技能教学平时均靠教师课堂演示传授。但由于课时限制，演示速度通常很快，技能呈现也不一定照顾到每个学生的需求。对于技能较弱的学生来说，这类演示往往变成"雾里看花"、"不知所云"。为了让学生根据自我所需进行技能训练，得到及时指导，我采用将所需技能分类分模块存储于计算机桌面的方式。让学生在所需时自己点击，重温整个绘画或制作过程。

例如：三年级教授中国画——画麻雀。要求学生初步了解、掌握中国画的基本用笔、用墨方法，了解中国画的特有布局。但对于三年级学生来讲，中国画技能的学习属于难点，让他们在教师短短的演示中全都领悟、接受，几乎不可能。于是我找寻相关教学录像，将作画步骤分步剪辑，成为墨色、用笔、构图、画头、画身、背景、落款等多个学习模块，以快捷方式放置于桌面。课中学生画哪部分有难点，就点击相应模块，自我再次学习，直至领悟。

这种针对不同学生能力进行教学资源模块设置的技能课，能较好地帮助每个学生得到发展。这正是新课程理念的实践体现。体现了学生学习的自主性与选择性，凸现了"以人为本"的教育观念，使课堂上的"个别化学习"占有了尽可能大的空间。在这种特定专项资源共享过程中，学生学习是极其自由的，可边看边画，也可琢磨透再画；可独立点击，也可同类情况者集中学，并且可反复看反复学。从而使得原本枯燥被动的技能课变得生动、主动起来，促进了学生的能力开发。

这些课例，无论教学资源是以哪种形式呈现的，媒体资源都得到了充分的利用，而且教师资源和其他资源也得到了合理开发，是立足于"有利于学生的发展"所存在的。它说明了要实现学习方式的变革，必须从变革"教"的方式抓起，才能真正促进教与学的方式、师生的互动发展方式的变革，促进学生创新精神的培养。对于传统美术课堂教学来说，这种资源共享的教学方式在师生之间的地位、教学过程、教学方法上都发生了许多根本性的转变。

——摘自《网络资源共享下的小学美术教育例析》，有删节

参见http://www.jcjykc.com/Post/ShowArticle.asp?ArticleID=5062

2.推荐学习书目：

① 范兆雄. 课程资源论[M]. 北京: 中国社会科学出版社, 2002.

② 王大根. 美术教学论[M]. 上海: 华东师范大学出版社, 2000.

③ 黄露. 基于网络的中学美术教育系统的研究与实践[D]. 北京: 首都师范大学出版社, 2007.

④ 吕良茂. 信息技术环境下创新教育例析[J]. 北京: 北京教育技术研究, 2004.

⑤ 周飞战. 高校美术教学的数字信息化策略[J]. 艺术教育, 2006.

⑥ 桑新民. 探索信息时代高校课程与教学的新模式[J]. 中国大学教学, 2005(6).

●单元小结

　　信息化是当今世界经济和社会发展的大趋势, 以网络技术和多媒体技术为核心的信息技术已成为拓展人类能力的创造性工具。信息技术在美术教学实践中的应用, 不单纯是一种技术的引进, 更是一种全方位的教学改革。应用网络技术辅助教学, 改变了传统的教学模式和学习方法, 网络的普及使教育教学再一次进入更高的发展阶段, 网络环境下的美术教学更有独特风格, 美术教学具有多样性、灵活性、可视性, 应用网络教学在培养学生的创新能力方面, 具有非常明显的优势。信息技术对美术教学的渗透给美术教学带来无限生机的同时, 还带来各方面的问题, 我们只有在实践中不断探索、发展、完善, 充分利用网络, 获得最新的美术教育资源, 开发新的教学内容, 探索新的教学方法, 让信息技术在美术教学的实际运用中得到和谐发展, 我们的美术课堂才能更加鲜活。

参考文献 References

[1] [美]约翰·杜威.我们怎样思维·经验与教育.姜文闵，译.北京: 人民教育出版社，1991.

[2] [美]伊莱恩·皮尔·科汉，等.美术，另一种学习的语言.尹少淳，译.长沙: 湖南美术出版社，1992.

[3] 尹少淳.美术教育: 理想与现实的徜徉.北京: 高等教育出版社，2000.

[4] 常锐伦，唐斌.美术学科教育学.北京: 人民美术出版社，2007.

[5] 常锐伦.美术学科教育.北京: 首都师范大学出版社，2000.

[6] 钱初熹.美术教学理论与方法.北京: 高等教育出版社，2008.

[7] 王大根.美术教学论.上海: 华东师范大学出版社，2008.

[8] 黄壬来.艺术与人文教育.台北: 桂冠图书股份有限公司，2002.

[9] 尹少淳.走近美术.长沙: 湖南美术出版社，1998.

[10] 尹少淳.走进文化的美术课程.重庆: 西南师范大学出版社，2006.

[11] 王宏建.美术概论.北京: 高等教育出版社，2003.

[12] 范兆雄.教育资源论.北京: 中国社会科学出版社，2002.

[13] 陈雅玲.怎样开发和利用美术课程资源.重庆: 西南师范大学出版社，2006.

[14] 王德峰.艺术哲学.上海: 复旦大学出版社，2007.

[15] 邓福星.美术概论.上海: 上海人民美术出版社，2009.

[16] 李利亚.废物的报复.天津: 天津教育出版社，2004.

[17] 黎先耀，张秋英.世界博物馆大观.北京: 旅游教育出版社，2008.

[18] 王宏均.中国博物馆学基础.上海: 上海古籍出版社，2002.

[19] 杨玲，潘守永.当代西方博物馆.北京: 学苑出版社，2005.

[20] 董耀会.长城.北京: 中国水利水电出版社，2004.

[21] 陈湘源.漫话岳阳名胜.深圳: 华夏出版社，2004.

[22] 朱耀廷.中华文物古迹旅游.北京: 北京大学出版社，2004.

[23] 成有子，许志宇.中国历史文化寻踪游.深圳: 海天出版社，2005.

[24] 阮仪三.城市遗产保护论.上海: 上海科学技术出版社，2005.

[25] 周飞战.高校美术教学的数字信息化策略.艺术教育，2006（9）.

[26] 周致元.皖南古村落.北京: 中国旅游出版社，2005.

[27] 王妮娜.中国古镇古村古寨.长沙：湖南人民出版社，2004.

[28] 章采烈.中国建筑特色旅游.北京：对外经济贸易大学出版社，1997.

[29] 翟文明.话说中国园林.北京：中国和平出版社，2006.

[30] 陈从周.中国园林.广州：广东旅游出版社，2004.

[31] 李乡状.中国园林艺术与欣赏.长春：吉林文史出版社，2005.

[32] 黄震宇，唐鸣镝.古建园林赏析.北京：旅游教育出版社，2006.

[33] 谢燕，王其钧.皇家园林.广州：中国旅游出版社，2006.

[34] 付小彦.云渡桃雕.哈尔滨：黑龙江美术出版社发行，2000.

[35] 张青.山西民间礼馍艺术.哈尔滨：黑龙江美术出版社，1999.

[36] 吴仕忠，胡廷夺.傩戏面具.哈尔滨：黑龙江美术出版社，1999.

[37] 叶春生.区域民俗学.哈尔滨：黑龙江人民出版社，2004.

[38] 倪宝诚.淮阳泥泥狗.哈尔滨：黑龙江美术出版社，1999.

[39] 蔡琴.作为视觉艺术博物馆的美术馆.美术馆，2002（3）.

[40] 李清泉.强调教育功能的美国艺术博物馆.美术馆，2002（2）.

[41] 黄露.基于网络的中学美术教育系统的研究与实践.北京：首都师范大学出版社，2007.

[42] 陆琦编.中国古民居之旅.北京：中国建筑工业出版社，2005.

[43] 中国民俗游编写组编.中国民俗游.北京：中国藏学出版社，2004.

后记 Postscript

　　本书从主体框架结构的搭建到具体内容的充实完成，历时一年多。在这过程中，尹少淳先生给予了极大的支持与帮助。他站在新世纪美术教育改革的前沿，对诸多理论与实践问题有着高屋建瓴的把握和领会，对本教材提出很多有益的意见与建议。《美术教育资源》在编写过程中，参阅了不少他人的研究成果，其中包括一些网络图片资源和教案资源，在此一并谢过。

　　在教材编写的同时，编者还担任了比较繁重的教学任务，在时间、精力上努力做好平衡与协调。由于多方面原因，《美术教育资源》难免存在一些疏漏之处，请各位读者不吝批评指正。

洪琪

2010年8月

图书在版编目（CIP）数据

美术教育资源 / 洪琪，唐杰编著. 一长沙：湖南美术出版社，2010.8
普通高等学校美术学（教师教育）本科课程教材
ISBN 978-7-5356-3711-6

Ⅰ.①美… Ⅱ.①洪… ②唐… Ⅲ.①美术－教学研究－高等学校－教材 Ⅳ.①J-4

中国版本图书馆CIP数据核字(2010)第096073号

普通高等学校美术学（教师教育）本科课程教材

美术教育资源

编　　著：洪琪 唐杰

责任编辑：陈秋伟　莫宇红

特约编辑：谭冀俊

装帧设计：陈秋伟　文　波　谭冀俊

出版发行：湖南美术出版社（长沙市东二环一段622号）

经　　销：湖南省新华书店

制　　版：嘉伟文化 JARL.V CULTURE

印　　刷：长沙市天涯彩印包装有限公司（长沙市开福区文星桥1号）

开　　本：889X1194 1/16

印　　张：12

版　　次：2010年8月第1版　　2010年8月第1次印刷

书　　号：ISBN 978-7-5356-3711-6

定　　价：38.00元

邮购联系：0731-84787105　　邮　编：410016

网　　址：http://www.arts-press.com/

电子邮箱：market@arts-press.com

如有倒装、破损、少页等印装质量问题，请与印刷厂联系斟换。

联系电话：0731-85163588